1
俺以外誰も採取できない素材なのに
「素材採取率が低い」と
パワハラする幼馴染錬金術師と絶縁した専属魔導士、
辺境の町でスローライフを送りたい。

元・聖女
アイリス
元・専属魔導士
ロイド

この町――ミネルバで
セカンドライフを始めよう！
冒険者
マルス
冒険者
レラ
冒険者ギルド長
イゾルテ

「もう目を開けていいぞアイリス」
魔光石の青い光に包まれた街の夜景。
宿屋から見た街の景色が綺麗だったから、
もっと高い位置にある時計塔の
上から見たらもっと
綺麗だろうなと思ってここを選んだ。

1
俺以外誰も採取できない素材なのに
「素材採取率が低い」と
パワハラする幼馴染錬金術師と絶縁した専属魔導士、
辺境の町でスローライフを送りたい。

口絵・本文イラスト：NOCO
地図：江本昴紀

CONTENTS

MAP

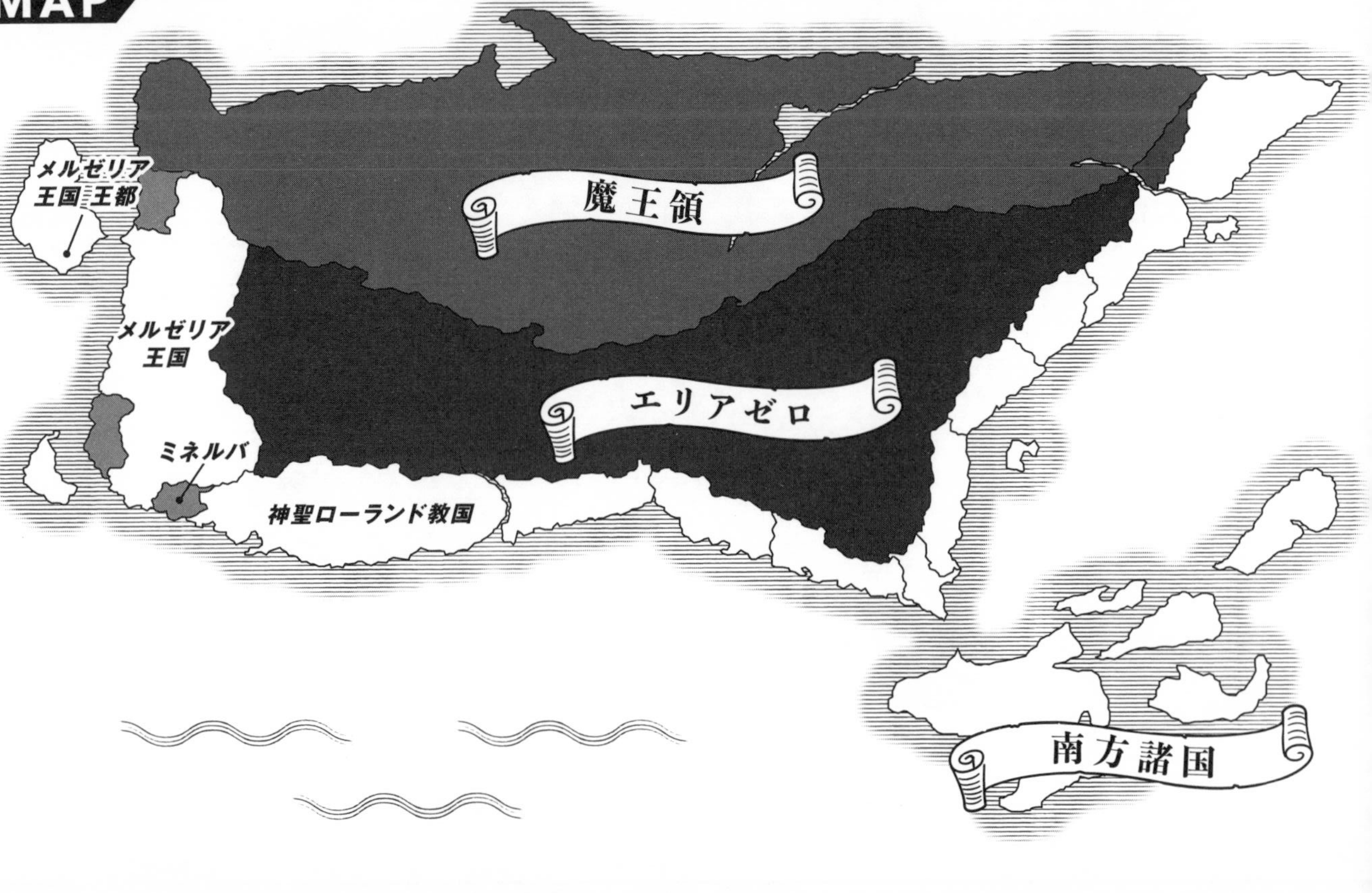

第1話 天才錬金術師と無能の専属魔導士

「ねえ、ロイド。素材の鮮度《せんど》は錬金物《れんきんぶつ》の完成度に大きく影響《えいきょう》するっていつも言ってるよね。なんでこんな簡単な事がわからないかなー」

俺《おれ》が採取してきた素材をゴミ箱に全部捨てながら怒気《どき》を含《ふく》んだ声で俺を睨《にら》む。

現在、俺を睨んでいる人物は、俺の幼馴染《おさななじみ》で恋人《こいびと》として付き合っているルビーだ。

年齢《ねんれい》は俺と同年齢の19歳《さい》。

鮮《あざ》やかな赤い髪《かみ》に橙色《だいだいいろ》の瞳《ひとみ》、瑞々《みずみず》しい桃色《ももいろ》の唇《くちびる》、白磁《はくじ》のような傷一つない白い肌《はだ》。

年相応の幼さが残る顔立ちは可憐《かれん》で、男性の保護欲をじかに刺激《しげき》する。

紺色《こんいろ》のコートは体の線を目立ちづらくしているが、赤い髪とのコントラストを意識してコーディネートされており、全体的な服のまとまりと静謐《せいひつ》さを彼女《かのじょ》にもたらしている。

丈《たけ》の短いスカートに、すらりとした長い脚《あし》。胸の起伏《きふく》は少ないが、それもまた彼女の美術品のような品の良さに一役買っていると言える。

町を歩けば10人中10人が振《ふ》り返るであろう恵《めぐ》まれた容姿を持っている。

さらに彼女は王国に3人しかいない《宮廷《きゅうてい》錬金術師》の称号《しょうごう》を持つ天才錬金術師にして、一代限りの貴族として叙任《じょにん》を授《さず》かったアルケミア卿《きょう》でもある。

王国が誇《ほこ》る心優《やさ》しき大錬金術師。

それがルビーに贈《おく》られた世間からの評価であった。

しかし、それはルビーの表の顔しか知らない人々からの評価であり、猫《ねこ》を被《かぶ》った対外的な姿に過ぎない。幼馴染の俺からすれば彼女は悪魔そのもので、日常的にパワハラをする人である。

今日だって、俺が命を削《けず》って採取してきた幻《まぼろし》の花《フルールド・エインセル》を「鮮度が足りない」と吐《は》き捨ててゴミ箱に放り捨てた。

「アイテムボックスに入れて、ちゃんと保護魔法もかけて、俺なりに鮮度を保って慎重《しんちょう》に運んだつもりだ。それに、本来なら1週間かかる道のりを、不眠不休《ふみん》で馬を走らせて3日で持ち帰ってきたんだ」

「言い訳禁止。基準はロイドじゃないの、わかる？　私達《たち》がやってる事は遊びじゃないんだよ。れっきとしたお仕事なの。一生懸命頑張《いっしょうけんめいがんば》りましたが通じるのは趣味《しゅみ》だけの世界なの。ちゃんとプロ意識持ってよ、《専属魔導士》でしょう？」

《専属魔導士》は、錬金術師が求めるレベルの素材を必ず提供しなければならない。

これは《専属魔導士》ならば誰《だれ》もが知っていて当たり前ともいえることだ。

ルビーが納得《なっとく》しなかった時点で、すべての責任は《専属魔導士》にある。とても悔《くや》しいが世間の常識なので認めるしかない。

もちろんそれだけで《フルールド・エインセル》をゴミ箱にポイしてもいい理由にはならないが、

ルビーは錬金術師というだけあって非常に頭がよく、理詰《りづ》めでこちらを言い負かすのが上手だ。

今回だって『プロ意識』という部分でこちらの逃《に》げ道を潰《つぶ》した。口喧嘩《くちげんか》になった場合、俺は彼女に絶対勝てない。

「あのね、私もロイドが普段《ふだん》から自分の仕事をちゃんとできているなら、こんなに怒《おこ》ったりしないよ。ちゃんとできてないから怒っているんだよ」

「わかっている。ルビーは優しいから怒るのにはちゃんと理由がある」

「いや、わかってないよね絶対。心こもってないもん。あのね、ロイドの『素材採取率』は王国最下位なの。私はそれがとても恥《は》ずかしい。それをちゃんと自覚してよ」

上から目線の言い回しは苦痛であったが、これまでは胸の内に秘《ひ》めてすべて我慢《がまん》していた。

俺自身にも欠点がある事を自覚していたからだ。

素材採取率の低さ。

俺にとって最大のコンプレックスであり、ルビーが槍玉《やりだま》に挙げる一番の原因だった。

王国には魔導士のランキングが存在する。

魔導士の職種によって評価観点が異なるが、錬金術師の素材を採取する《錬金術専属魔導士》の場合、素材採取率がもっとも高く評価される。

錬金術はレシピを発想・調合する錬金術師と、そのレシピに記されている素材を調達してくる《専属魔導士》の二人で成り立っている。

どちらが欠けても錬金術は成り立たない。

世間一般《せけんいっぱん》では、錬金術師が太陽で《専属魔導士》が月と比喩《ひゆ》される。

裏方ではあるが俺の役割は非常に重要だ。だからこそ責任を常に求められている。

一般的な《専属魔導士》の素材採取率は『90％』以上。

よほどの難易度でない限り、素材を集めてこられないという事態にはならない。

俺の素材採取率は『40％』と極《きわ》めて低く、他の魔導士からは嘲笑《ちょうしょう》の対象だった。

無能の専属魔導士、金魚のフン、ルビーの幼馴染であること以外何の価値もない男。

これが世間一般の俺の評価だ。

一応タイムリミットさえ気にしなければ、すべての素材を採取することは可能だが、いかんせん錬金術の依頼《いらい》は『時限式の依頼』が常識だ。タイムリミットを超《こ》えてしまうとアトリエの評判が大きく落ちてしまう。

ルビーの場合はレシピ発想と調合が『１００％』の成功率を誇るので非難の対象になる事はない。よって、依頼失敗＝タイムリミットまでに素材調達が間に合わないという図式になる。

「この依頼はもう失敗だね。今から《靫蔓《うつぼかずら》の群生地》に出向いても絶対タイムリミットまでに間に合わないもん。ロイドのせいでまたアトリエの評判が大きく下がっちゃったよ」

ルビーはわざとらしく大きなため息を吐いた。

「俺が至らないばかりに、ルビーに迷惑《めいわく》をかけてすまない」

「そうやって謝《あやま》る余裕《よゆう》があるならちゃんと仕事してよ。ロイドって本当役立たずでグズでノロマ。ロイドが下げたアトリエの評判を取り戻《もど》すの、すごく大変なんだよ」

「ごめん」

「だーかーらー。いちいち謝るな！　本当鬱陶《うっとう》しい！」

ルビーは舌打ちして、地面に散乱している本を蹴《け》り飛ばした。

彼女は整理整頓《せいとん》ができないため部屋には常に本が散乱している。そのせいか、ルビーは機嫌《きげん》が悪くなると地面の本を蹴り飛ばす悪癖《あくへき》がある。

物に当たるのはみっともないのでやめろと注意しても「ロイドの分際で私に指図するな」と聞く耳を持たない。

錬金術師になったばかりの頃《ころ》はもう少し穏《おだ》やかで、俺に対してもある程度優しかったが、世間から天才錬金術師としてもてはやされた事で天狗《てんぐ》になり、人としての性《しょう》根《ね》が完全に腐《くさ》ってしまった。


「もう終わりにしよう」

無意識に口から出てきた言葉は俺の本心だった。

ルビーのワガママにこれまで付き合ってきたが、もう限界だ。世間からのバッシング、幼馴染のパワハラ。これ以上は俺の身が持たない。どこにでもいい、この地獄《じごく》から早く逃げ出したかった。

「なにを終わりにしたいの？」

「俺達の関係だ。俺はもうお前の専属魔導士は疲《つか》れた。彼氏《かれし》彼女も今日限りで解消する」

「はいはい、夕方までには帰ってきてね。今日の晩御飯《ごはん》はカレーでお願いね」

二人の会話にはかなり温度差がある。ルビーは自分が捨てられるとは夢にも思っていないようで、人を小馬鹿《こばか》にしたような表情で笑っている。

「理解してないみたいだが俺はちゃんと伝えたからな。俺はアトリエを出ていく。お前との関係も今日でさよならだ」

「どっか行くならさっさと行きなよ。ロイドのそういう細かいところすごくウザい。絶縁《ぜつえん》するのに手続きなんていちいち踏《ふ》まなくていいよ」

ルビーの許可も取ったので俺は寝室《しんしつ》に戻り荷物をまとめる。

「アイテムボックス」

魔法を使って目の前に《アイテムボックス》を出現させる。

アイテムボックスは、長方形をかたちどった箱の形をしており、全長は１メートル程度。空間魔法の原理が応用されており、見かけ以上に多くの物を入れる事ができる。この中には素材や装備といったアイテムを合計で１０００個まで収めることができる。

アイテムボックス内はそれぞれ敷居《しきい》で区切られており、一つのフロアごとに１畳《じょう》分くらいの広さがある。

現在は２００個のアイテムが入ってる。ここに新たに服や日用品などを追加していった。

いつの間にかルビーが俺の隣《となり》に立っており、アイテムボックスの中を覗《のぞ》き込《こ》んでいる。

「アイテムボックスを使うなんて結構本格的じゃん。無能魔導士のロイドが私なしで生きていけるなんてちょっと考えられないなぁ。出奔《しゅっぽん》先で私のような優しい錬金術師が見つかるといいね」

冗談《じょうだん》じゃない。お前のようなクズはまっぴらごめんだ。

ルビーをキッと睨む。

ルビーはそれを鼻で笑い、一枚の紙きれをアイテムボックスに投入した。

「お前いま何を入れたんだ?」

「帰りに紅茶を買ってきて、っていう手紙だよ。今日の夕方まではお願いね」

こ、この女。この期《ご》に及《およ》んで俺をパシリにするつもりか。もはやこれ以上の会話は不要。彼女の顔はもう二度と見たくない。


俺は行き先を告げることなくアトリエを飛び出した。もちろん別れの挨拶《あいさつ》なんてものはない。

「さてこれからどこに行こうか。故郷に帰るのは気まずいから、できれば俺のことを誰も知らない新天地がいいな」

まだ目的地は定まっていない。感情だけでアトリエを飛び出してきたので、思えば完全にノープランだ。

できれば一から人生をやり直したいので俺の悪評が広まっていない辺境の領地がいいだろう。

王都の公園にある噴水《ふんすい》近くのベンチに座《すわ》って今後の予定を考える。

1時間ほど考えて、最終的に目的地は《ミネルバ》へと決めた。

ミネルバを選んだ理由は大陸側の領地という点が大きい。

俺が暮らしている《メルゼリア王国》は、《メルゼリア島》と《西方大陸》の2種類の領土から成り立っている。

王都があるのはメルゼリア島で、目的地のミネルバがあるのは西方大陸側である。

大陸側の領土には知り合いがまったくいないので俺がロイドだとバレる心配がない。

この点が辺境ミネルバを選んだ一番の理由である。

うかうかしていると突然《とつぜん》気が変わったルビーによってアトリエに連れ戻されかねない。目的地が決まり、俺は先を急いだ。

王都の中央にある駅舎へと走った。小さな時計が目印の大きな駅だ。

ここには多くの乗合馬車が存在する。乗合馬車とは不特定多数の客を乗せ、一定の路線を時刻表にしたがって運行される馬車である。

駅舎では旅慣れた大人が馬車を乗り降りしていた。

俺は大陸行きの客船があるメルポート行きの馬車に乗った。

王都から辺境のミネルバまで、どれくらいの日数がかかるか御者《ぎょしゃ》に聞いてみたところ、3週間ほどかかると教えてもらった。

船旅や馬車での移動中にトラブルが起きればもっと日数が延びるだろう。

でも、それでも全然構わない。むしろ遠ければ遠いほど俺にとってはありがたいくらいだ。

ミネルバ行きの馬車がゆっくりと出発する。

町並みが移り変わり、建物の数が次第に減っていき、山脈の連なる雄大《ゆうだい》な景色が目に飛び込んできた。

しばらく窓の外を眺《なが》めていると視界にドラゴンの姿が映った。何者にも縛《しば》られることなく、大きな黒い翼《つばさ》を広げて飛んでいるその姿は、俺の心にいつまでも残り続けた。
あのドラゴンのように、俺はもう誰からも邪魔《じゃま》されず、自由気ままに暮らすんだ。
ドラゴンに感銘《かんめい》を受けた俺は、改めてそう決心した。
俺のセカンドライフはここから始まったのだ。

第2話 マルスとレラ

王都を出発して1週間が経過した。

ミネルバまでの直通の馬車はないので御者《ぎょしゃ》の言っているようにいくつか馬車を乗り換《か》える必要があった。

その際、少年と少女の二人と相席する事になった。

少年は茶髪《ちゃぱつ》で、おでこが見えている髪型《かみがた》。若いエネルギーに満ち溢《あふ》れているような感じだ。まだ少し幼さが残っているが、将来的にはイケメンになりそうな顔立ちをしている。

剣《けん》を所持しているので少年剣士と推察する。

少女はエルフ族の血を引いているとわかる、少しとがった耳をしており、髪の先端《せんたん》は三つ編みのように編み込まれている。また、《ラタの実》が先端についた木の杖《つえ》を所持しているところから、エルフ族の里からやってきた少女魔導士《まどうし》と推察する。

めちゃくちゃ可愛《かわい》いんだけど、間違《まちが》いなくこの二人は付き合っている関係なんだよね。

お互《たが》いに信頼《しんらい》し合った喋《しゃべ》り方ですぐに察した。こう見えても俺は純愛が好きで、そこに知らない第三者が介入《かいにゅう》するとガチで萎《な》えるタイプの人間なので、基本的に彼《かれ》らの恋愛《れんあい》の邪魔《じゃま》はしない方針だ。

二人の年齢は両者とも16歳くらいだろうか。俺よりもいくつか年下なのは間違いない。

男性の剣士はマルス。

女性の魔導士はレラ。

彼《かれ》らは相席の時にそう自己紹介《しょうかい》した。

さらに職業を《冒険者《ぼうけんしゃ》》と名乗った。

冒険者とは魔物退治を生業《なりわい》とした旅人のことだ。

専属魔導士のように素材を採取したり、騎士《きし》のように要人護衛をしたり、探検家のようにダンジョンに潜《もぐ》ったり、比較的《ひかくてき》何でも屋に近い側面がある。

そんな二人に対して、俺《おれ》は本名のロイドとだけ名乗った。

職業は特に聞かれなかったので答えなかった。もし聞かれたとしても無職としか答えようがないんだけどな。

そういえば俺のいまの立場って住所不定無職なんだよなぁ。

お金なら前職で稼《かせ》いだ分がまだ一部残っているけれど、ミネルバに到着《とうちゃく》して落ち着いたら、専属魔導士以外の別の仕事を探そうかな。

子供に胸を張って自己紹介できるような人間でありたい。

彼らは俺が相席してることなど気にせず、勝手にイチャついているので、俺も最初の挨拶《あいさつ》以降は干渉《かんしょう》せずに、一つ前の町で買った魔導書を読み始めた。

最近は忙《いそが》しくてほとんど読む暇《ひま》がなかった魔導書。久しぶりに魔導書を読むと、初心に戻《もど》れたような懐《なつ》かしい気持ちになった。

本を読み始めてからしばらく経《た》って、突然《とつぜん》、馬の嘶《いなな》く声とともに馬車が急停止した。

「きゃっ⁉」

「危ないレラ！」

馬車が急停止した事でバランスを崩《くず》した少女レラを受け止める少年マルス。

同時にお互《たが》いの顔が急接近するのでなんだかいい感じの雰囲気《ふんいき》になる。

「マルスくん、顔が近いです」

「馬車が狭《せま》いから仕方ないだろ」

「こんなに近いと私の心臓の鼓動《こどう》までマルスくんに聞こえてしまいそうで恥《は》ずかしい」

恥ずかしいならわざわざ口に出すな。

イチャイチャするのは別に構わないんだが、俺がいることを忘れないでほしいぞ。最低限のエチケットは守ってほしいところだ。

「なにやら御者さんが悲鳴を上げてますね」

「魔物でも出現したのだろうか」と俺が二人の会話に参加すると、

「うわっ⁉　陰《いん》キャっぽい人が、突然、私達の会話に割り込《こ》んできた！」

エルフ娘《むすめ》のレラが叫《さけ》んだ。

「初対面の相手に陰キャとか言うなよ。申し訳ありません、この子、自分が思った事をそのまま口に出しちゃう子なんです」

マルスはレラを窘《たしな》めて丁寧《ていねい》に謝《あやま》った。

「別に気にしてないから、はやく外に出て、何が起こったか確かめよう」

その後、俺が先に馬車の外に出て、マルスとレラが俺に続いた。


馬車の前方には、全長20メートルもあろうかという巨大《きょだい》ワームが出現していた。

こいつは上級モンスターのサンドワーム。地面から突然姿を現して人を襲《おそ》う危険なモンスターだ。

ここまで巨大化した個体だと最上級クラスの強さがあるかもしれない。

「まままままマルスくん！　なんですか、あの巨大なワーム！」

「いくらなんでもデカすぎんだろ」

マルスは巨大ワームを眺《なが》めながら唖然《あぜん》とした顔で呟《つぶや》いた。

「どうしようマルスくん。私達《たち》全員殺されちゃうのかな？」

「馬鹿野郎《ばかやろう》！　戦う前から諦《あきら》める奴《やつ》がいるか！　お前だけは俺が命に代えても守ってやるよ！」

将来的にイケメンになるマルスが発言すると言葉に重みがあるね。俺が同じセリフを言っても鼻で笑われてしまうからな。なんだろう、急に目から涙《なみだ》が……。

「マルスくん大好き！」

マルスの言葉にレラも感情が高ぶったようで、マルスに抱《だ》きついてハートマークを出しまくっている。目の前に巨大なモンスターがいてもイチャイチャ。実に青春してるね。

とはいえ、このまま二人の恋愛模様を見ていてもキリがないので、さっさとサンドワームを処理するか。俺が代わりに倒《たお》してもいいけど、彼らが倒した方が物語性があるような気もする。

「えっとマルスだっけ？　俺は昔、サンドワームと戦った経験があるから、何かしらアドバイスをあげられるかもしれない」

「ほ、本当ですか⁉　えっと、たしかロイドさんでしたよね？　奴を倒すためのヒントをお願いします！」

「アイツは頭部が弱点だから、剣で頭部を斬《き》れば簡単に倒せる。それを知っていれば大丈夫《だいじょうぶ》だ」

「めちゃくちゃでかいんですけど、どうやって頭部まで近づくんですか？」

「そこは気合いでなんとかしてくれ」

「ねえ、マルスくん。やっぱりこの陰キャさんはアテにしちゃダメですよ。私達でなんとかしようよ」

レラの言葉にマルスも頷《うなず》いている。

サンドワームと戦った事がある経験者としてアドバイスしたのに全然信じてもらえない。

それなら仕方ない。論より証拠《しょうこ》だ。

杖《つえ》の先を巨大サンドワームへと向けて照準を合わせる。

俺は呪文《じゅもん》を詠唱《えいしょう》する。

俺は魔法の才能が皆無《かいむ》なので無詠唱魔法が苦手だ。

10回に1回しか成功しないので基本的に詠唱して魔法を使ってる。

詠唱に5秒も時間をかけて、マスター級の《爆裂魔法《エクスプロージョン》》を放つ。

巨大サンドワームの上空に巨大魔法陣《じん》が浮《う》かび上がり、高密度に圧縮された魔法が直下に炸裂《さくれつ》する。

大地全体を轟《とどろ》かす爆発音《ばくはつおん》と何十メートルもあろうかという巨大な炎《ほのお》の柱が発生する。

巨大サンドワームは跡形《あとかた》もなく消し飛んだ。

「こんな要領で頭部を吹《ふ》き飛ばせばいいんだ」

「頭部どころか全身ごと吹き飛んでいるんですが……」

マルスの鋭《するど》いツッコミが入る。

たしかに言われてみればそうだ。これじゃあ何の参考にもならないじゃん。何のお手本にもならない実戦をしてしまった。

「ごめん、なんのアドバイスにもならなかったよな」

「でも気持ちは伝わったッス！」

マルスは思いやりのある良い子だな。

気持ちが伝わったのならそれでいいや。

「いやいやいやいや、ツッコミどころそこじゃないですよね⁉　なんですかあの攻撃《こうげき》魔法⁉　マルスくんもなんでそこはスルーするんですか！」

「魔法ってあんなもんじゃないの？」

「いや違《ちが》いますよ！　この陰キャさんの攻撃魔法が明らかにバグってるんですよ！」

だからなんでさっきからボクを執拗《しつよう》に陰キャ扱《あつか》いするのおおおおおお！

チクチク言葉やめてほしいんですけどおおおおおおおお！

もういい！　人を陰キャ扱いするエルフ娘なんてもう知らない！

ギャーギャーと騒《さわ》ぐレラを無視して俺は馬車へと戻り、サンドワームが出現する前と同じように読書を再開したのだった。


巨大サンドワームを撃破後、俺に対する二人の反応が大きく変わった。

レラも最初こそ大騒ぎしていたが、次第《しだい》に気持ちが落ち着いてくると、俺に対して敬意のこもった発言をするようになった。

先ほどの陰キャ発言も素直《すなお》に謝罪して、すぐに俺達は仲直りした。

「意外かもしれませんが、私は魔導士なんですよ」

レラは自分の顔を指差してそう発言した。

「意外でもなんでもないだろ。杖持っているし」とマルスが言った。

「マルスくん、それは偏見《へんけん》だよ。その理論だとご老体は全員魔導士って事になるじゃん」

「別にいいじゃんそれで。どうせ老い先短いんだからなんも困んないよ」

マルスはさらっと畜生な発言をした。

「そういうわけでロイドさん。私に魔法を教えて下さい！」

レラはその場で土下座した。

土下座といっても本格的なモノではなく、狭い馬車の中なのでマルスの膝《ひざ》の上にのっている体勢だ。

「普通《ふつう》に重いんだけど。てか、お前半年前よりちょっと太った？」

レラの太ももを指で摘《つ》まみながらマルスはそう発言する。

他人に指導できるほど自分の魔法に自信があるわけでもない。

俺はやんわりと固辞したが、「そこをなんとかお願いします、ロイド師匠《ししょう》！」とレラは懇願《こんがん》する。

最終的に根負けした俺は、指導という形ではなく、質問という形でレラの要望に応《こた》えた。

魔法の質問は数時間にも及《およ》んだ。

先ほどの爆裂魔法がよほど気に入ったのか、その魔法を最初に聞いてきた。

レラは己《おのれ》の知らない魔法に対しての探究心が非常に強かった。

攻撃魔法だけでなく補助魔法についても質問が多かった。補助魔法は軽視している魔導士も多いと聞くので、俺にはレラの質問が珍《めずら》しく映った。

「どうしてそんなに補助魔法を覚えたいんだ」

「えっと、実は好きな子がいるんですが……その子はよく怪我《けが》をするので、できるだけ怪我をしないようにサポートしてあげたいんです」

先ほどまでの元気の良さはどこへ行ったのか。

俯《うつむ》きながら小声でそう答えた。よく見ると耳も赤くなっている。

やはりレラはマルスの事が大好きなようだ。

「え？　お前好きな人いたのか。誰《だれ》だよそいつ、なんかムカつくなぁ……」

マルスはかなり鈍感《どんかん》だ。

どうやら彼らは、友達《ともだち》以上、恋人《こいびと》未満の関係のようだ。

さて、レラの質問に答えているうちに、レラは上級魔法が使えないことが判明した。

つまり、彼女《かのじょ》は厳密に言えば《中級魔導士》という等級となる。

魔法には5つのランクが存在し、魔導士のランクに応じて段階的にしか習得できない。

初級魔法、中級魔法、上級魔法、最上級魔法、マスター級魔法。

中級魔導士が習得できるのは中級魔法までとなる。

それは同時に、《メガ系》の魔法を習得していない事にもなる。

メガ系とは、魔法の系譜《けいふ》では、広範囲《こうはんい》魔法の一種である。

例えば上級魔法のメガフレイムは、一発で多くの魔物を焼き払《はら》う事ができる。

中級魔法にメガ系は存在しないので、戦闘《せんとう》開始時に範囲攻撃をするという選択肢《せんたくし》が取れない。

集団戦においてはかなりの負担となるだろう。

本人に聞いてみたところ、案の定、魔物が5体以上になるとマルスとの連携が歪《いびつ》になるそうだ。幸いにもマルスが俊敏《しゅんびん》なので、その速さでレラの弱点を補っているが、レラ本人もその弱点を克服《こくふく》したいと考えているようだ。

しかし、その方法が見つからないので対応に困っているという感じか。

「なんとかならないでしょうか、ロイドさん？」

「もちろんなんとかなるよ」と俺は即答《そくとう》する。

「「え？」」

マルスとレラの二人は同時に声を発した。

「パートナーとの連携は大きく分けて２種類の方法で強化できる。一つ目は補助魔法の精度を上げることだ。そしてもう一つは魔物に連携をさせない事だ。いくら数が多くとも連携ができない魔物など単体と変わらない」

人差し指と中指を折りながら集団戦の基本を説明する。現在のレラに足りないのは後者である。話を聞いた限りだと前者はすでに身に付いているので、後者を主に強化する事が集団戦の安定に繋《つな》がるだろう。

「理論上はロイドさんの仰《おつしや》ることは尤《もつと》もですが、相手に連携をさせないような戦い方って結構難しいですよ」

「そこでレラに《消音魔法《サイレント》》を教えよう」

「《消音魔法《サイレント》》？」

レラは頭の上に疑問符《ぎもんふ》を浮かべた。

「周囲の音を消す魔法だ。集団で現れた敵の連携を阻害《そがい》する事ができる。これならレラが苦手とする集団戦の敵に対しても充分対抗《じゆうぶんたいこう》できるだろう」

さらに《消音魔法》は中級魔法だからレラも習得できるはずだ。

「ほ、本当ですか！　そんなすごい魔法を私に教えてくださるんですか⁉」

「俺、嘘《うそ》つかない、陽キャやねん」

「本当の陽キャはそんな事言わないと思います」とマルスが答えた。

たしかにマルスの言うとおりだな。真の陽キャになるためにも今度から発言にも気を配ろう。

馬車の中でも指導が可能な魔法なので、さっそくその場でレクチャーする。

最初のうちはレラも苦戦していたが、俺が一言アドバイスをすると、《消音魔法》をあっさりと習得できた。

俺なんかのアドバイスで理解できるなんてレラは理解力が高いな。

「おめでとうレラ」

俺はそう言った。

レラは気恥《きは》ずかしそうに頰《ほお》をかいた。

「あ、ありがとうございます。あの、ロイドさん。教えてもらった私がこんなこと言うのも変な話ですが、私なんかに魔法を教えて良かったのですか？」

「なんで？」と俺は聞いた。

「失礼なことをたくさん言ったじゃないですか」

「なんだそんなことか。若いうちなら失言は誰にでもある。俺の願いは、その魔法を正しく使ってくれることだけだよ」

笑いながらそう答えて、俺はレラの頭を優《やさ》しく撫《な》でた。

「先生は本当にすごいですね」

「先生？」

マルスの発言に俺は困惑《こんわく》する。

「あっ、いえ、ロイドさんがあまりにもすごいので思わず先生と呼んでしまったんです。もしかして気に障《さわ》りましたか？」

「いや別に気にしてはないけど、先生と言われるような人間じゃないぞ」

「そんなことないですよ！　先生ほど人として尊敬できる魔導士は他にはいません！」

「私、ロイドさんのためなら借金の保証人にだってなれます！」

二人は食い気味で迫《せま》ってくる。レラに至ってはとんでもない発言だ。

彼らの熱意に押《お》されて俺は思わずのけ反ってしまった。

「ロイドさんは本当に何者なんですか？　私から見たら、ロイドさんは凄《すご》すぎて大魔導士様にしか見えないんです」

俺が大魔導士様って冗談《じょうだん》だろ？

つい1週間前までは役立たず、マヌケ、グズ、とパワハラを受けていたような無能魔導士だぞ。連携に詳《くわ》しかったのだって、若い頃《ころ》はルビーと一緒《いっしょ》に採取していた、昔の経験があるからだ。

「先生の事をもっと知りたいです！　先生は本当に何者なんですか⁉」

なんて答えればいいのやら。あんまり自分の事は話したくない。

悪い事をしてるわけではないが、ルビーに居場所を知られたくない気持ちもある。

しばらく悩《なや》んだが、二人に対しては、自分の正体を話すことに決めた。

二人に正体を知られるリスクよりも、嘘がばれた時に不信感を持たれるリスクの方が大きい。

また、大事を為《な》すには必ず人間を基本としなければならない。いま彼らは俺を信頼《しんらい》して歩み寄ってきているのだ。それに対して嘘で返すのは忍《しの》びない。

「その質問に答える前に、こちらからもいくつか質問させてくれ。錬金術師《れんきんじゅつし》のルビーって知ってる？」

「もちろん知っていますよ。この国一番の大錬金術師様ですよね。《魔導人形《マジカル・マリオネット》》や《万能薬《エリクシル》》といった、歴史に名を残すような素晴《すば》らしい発明をなさったすごいお方です。ルビー様の功績と自分を比べてみると、本当に私ってちっぽけな存在なんだなと思い知らされます」

世間の認識《にんしき》だとルビーってこんな感じなんだ。マジですげえ奴じゃん。まあ実際にすごい奴なんだけどさ。性格がちょっとね……。

ルビーへの憧《あこが》れの想《おも》いをしみじみと語るレラ。まるで雲の上の存在を見ているかのような表情だ。

「ところでロイドさん。どうして突然ルビー様の話を始めたんですか？」

「ルビーの《専属魔導士》の名前知ってるかなって聞きたかったんだ」

「もちろん知っていますよ。《素材採取率》が40％しかない無能魔導士のロイドですよね。私もあいつは本当に嫌《きら》いです。偉大《いだい》なるルビー様が錬金術失敗する時って10割ロイドが原因ですからね。錬金術失敗の記事を見るたびに、このロイドって無能魔導士はやく死んでくれないかなーと思いながら記事を読んでます」

「そのキミが死んでくんねえかなと全力で思ってるロイドって専属魔導士、この俺の事だから」

レラはしばらくの間、何が起きたのかわからず硬直《こうちょく》した。

そして、自分の発言と今の状況《じょうきょう》を理解して泡《あわ》を吹いて倒れた。

第3話

暴走馬車

王都を出発して3週間後。

ほぼ予定通りの日数で、サウスライト地方の都市ミネルバに到着《とうちゃく》した。

辺境と聞いていたから村のイメージがあったが、領主がしっかりとインフラを整えてくれたおかげで町として栄えていた。

騎士団《きしだん》の駐屯所《ちゅうとんじょ》といった重要施設《しせつ》から、冒険者《ぼうけんしゃ》ギルドや魔法《まほう》雑貨店、武器防具屋のような民間施設まで幅広《はばひろ》く配置されている。

ミネルバに到着後、俺達《おれたち》は喫茶店《きっさてん》に赴《おもむ》いた。

喫茶店は打ち合わせに適しているし、食事代も手頃《てごろ》だ。

店員にテーブル席へと案内されて、渡《わた》されたメニュー表にそれぞれ目を通していく。

「ロイドさんは何を注文しますか？」

「このハンバーグ定食を頼《たの》むつもりだ」

いくつになっても男子はハンバーグが好きなのだ。

「ロイドさんもまだまだ子供ですね」

レラは薄《うす》く笑いながらそう言った。

「それならレラはなにを注文するんだ？」

「私は意識高いのでタピオカミルクティーを注文します」

最近若者の間で流行《はや》っているらしいタピオカ。

紅茶に混ぜたり、ミルクに混ぜたり色々できるらしい。

タピオカが若者の間で流行っているのは俺も知っているけど、結局のところ、何も混ぜないシンプルなやつが一番美味《おい》しいという結論になる。

「流行に敏感《びんかん》なのは、今時の若者って感じがしませんか？」

レラは自慢《じまん》げにそう語る。

「そもそもタピオカがなんなのか理解してるのか？」

「馬鹿《ばか》にしないで下さい。それくらい私だって知っています。タピオカとはずばり……タピオカって結局なんなんですかね？」

「今時の若者は自分が口にしてるものもわからんのか」

「あー！　それ一番嫌《きら》われる台詞《せりふ》ですぅー！」

レラは半泣きで俺を指差した。

「すいません先生、レラは少し変わったところあるんです。この前だって、リンゴとインコを机の上に並べて、一人で『リンゴ・オン・ザ・インコ』と呟《つぶや》きながら一人で大爆笑《ばくしょう》してましたもん」

「おお……これはもう……」

言葉の意味はわからないが、レラの感性が一般人《いっぱんじん》とはズレていることは、マルスの話からしっかり伝わってくる。

「ちょっ、マルスくん。それはロイドさんに言わないで下さいよ。ああもう、残念な子だから仕方ないみたいな、優《やさ》しい目になってるじゃないですかー」

レラは顔を真っ赤にしながらあたふたとしている。

「いや、事実だろ」

と、マルスが呆《あき》れながら言った。

ちなみにマルスは魚のフライを注文した。これはこれで語る事がない。

話題性があるだけ、タピオカミルクティーの方がマシなのかもしれない。


昼食後、本題である『ロイドくんの楽しいセカンドライフ』の打ち合わせが始まった。

レラは特に気合いが入っており、伊達《だて》メガネをかけて、三つ編みの長い髪《かみ》を、肩《かた》からぶら下げるように胸元《むなもと》に置いた。

俺がミネルバにやってきた理由は二人に伝えている。

ルビーと絶縁《ぜつえん》していることも既《すで》に知っている。

アトリエに帰れと二つ返事せず、親身になって相談に乗ってくれるあたり、彼《かれ》らの人柄《ひとがら》の良さが表れている。

彼らに報《むく》いるためにも、しっかりと今後の計画を立てないとな。

「まずは希望の職業をこの紙にたくさん書いて下さい。思いつかないなら逆のパターンでもいいですよ。ロイドさんが書いた希望に添って私からアドバイスを差し上げます。思いつかないなら漠然《ばくぜん》とした職種でも構いません」

レラはペンと紙を俺に渡した。

俺はこれまでルビーの専属魔導士一筋で生きてきたのでこういう職業アンケートを書くのは初めてだ。

なりたい職業はイマイチわからないが、なりたくない職業なら腐《くさ》るほどある。

俺は自分が思いつく限りのなりたくない職業を書いていった。

「誰《だれ》かの専属魔導士にはなりたくない。冒険者にはなりたくない。ダンジョン攻略《こうりやく》もやりたくない。学校にも通いたくない。研究職は論外。できれば魔法を使う仕事をやりたい。でも傭兵《ようへい》はイヤ。ロイドさんのセカンドライフの希望をまとめるとこんな感じですね」

「はい。アドバイスお願いしますレラ先生」

「一瞬《いっしゅん》、お前をぶん殴《なぐ》りたいなと思ったのは否定しませんが、この希望案ならやはり冒険者になるべきだと思います」

「俺もレラの意見に賛成です。先生と一緒《いっしょ》に冒険したいです。冒険者じゃダメなんですか？」

冒険者の採取クエストは専属魔導士時代にやっていた内容とそう変わらない。

採取アイテムをルビーに渡すか、ギルドに渡すかの違《ちが》いだ。

だが、やっている事が似ているって事はルビーの目にも留まりやすいって事だ。さらに冒険者は横の繋《つな》がりが大きいので、ちょっとやらかすとすぐに噂《うわさ》が広まる。

王都でトラブルを起こした冒険者の名前などは定期的に耳にしていた。

「なあレラ、俺は楽にお金を稼《かせ》げて充実感《じゅうじつかん》があって目立たない都合のいい仕事に就《つ》きたいんだ。そういった楽ちんちんな職業はないのか？」

「唐突《とうとつ》なセクハラやめて下さい。憲兵に突《つ》き出しますよ。そもそも、そんな天国のような職業があるなら私が就きたいくらいですよ」

そ、そんなー。

俺が予想していたよりも現実は厳しいようだ。

「ルビーさんを怖《こわ》がって適性職業をやらないのは本末転倒《ほんまつてんとう》だと思います。そもそも、ルビーさんにバレちゃダメという考え方がおかしいんですよ」

「どうしてだ？　バレたらルビーがやってくるかもしれないだろ」

「まずは発想を変えましょう。ルビーがやってきてもいいんです。アトリエに帰るかどうか選ぶのはロイドさん本人です。ルビーさんがいくら駄々《だだ》をこねても、ロイドさんがイヤと言えばそれで終わりなんです。冒険者として上手《うま》くいっているのなら、アトリエに戻《もど》る必要はないじゃないですか」

レラの言葉に目から鱗《うろこ》が落ちた。

たしかにレラの言うとおりだ。いつの間にか俺はルビーから逃《に》げる事が目的に変わっていた。

ルビーから逃げたのは幸せを手にするための手段であって目的ではない。

新天地で成功さえすれば何の問題もないんだ。

「それに冒険者は特典が多いですよ。私達という優しい年下の先輩《せんぱい》がいるのもそうです。いまロイドさんが一番必要としている情報アドバンテージがあります。別の職場だと、一から全部ロイドさんが築き上げなければなりません。ですが冒険者になれば、初心者の間は私達が全力でサポートするので、地盤《じばん》はばっちりです」

レラは冒険者になる特典をスラスラと述べていく。

レラの話を聞いていると冒険者という職業が魅力《みりよく》的に思えてくる。

きっとレラは怪《あや》しい壺《つぼ》を高値で売りつけるのが上手いんだろうな。

奇天烈《きてれつ》な発言も多いが、相手をその気にさせる言い回しができるところ、地頭は良いのだろう。

「一生冒険者をやれと言ってるわけでもありませんし、試《ため》しに挑戦《ちようせん》してみるのはいかがですか？

ロイドさんが想像している以上に楽しいですよ」

レラは笑顔《えがお》でそう締《し》めた。

今は他にやりたいこともないし、試しになってみるか冒険者。

喫茶店をあとにした俺達は、ミネルバを観光しながら宿屋を探している。

町の住人に尋《たず》ねたところ、宿屋は７店舗《てんぽ》も存在しているそうだ。辺境にしては冒険者フレンドリーな町並みとなっている。

メインストリートは活気に満ちており、大手を振《ふ》って道を歩く気分は悪くない。

王都では顔と名前が知られていたので、道を歩くだけで罵声《ばせい》を浴びせられることもあった。

だが、ミネルバでは誰も俺の事を知らないので安心して観光できるのだ。

「先生、さっきから随分《ずいぶん》とご機嫌《きげん》ですね。なにか良い事でもあったんですか？」

「人に怯《おび》えることなく普通に歩けるって本当に素晴《すば》らしいなって実感したんだ」

「人間と仲良くなりたい心優しき怪物《かいぶつ》みたいな台詞はやめて下さいよ。聞いているこちらまで悲しくなってくるじゃないですか」

俺の言葉に対してレラは苦笑いを浮《う》かべてそう返した。

「過去を忘れて新天地で充実《じゅうじつ》した生活を送る。それがセカンドライフの醍醐味《だいごみ》ですよね」

マルスは俺のセカンドライフの趣旨《しゅし》に同意した。

ミネルバでの俺の目標はずばり『スローライフ』だ。

目立たず、楽しく、のんびりとした日常を送りたい。

気のあった仲間と一狩《ひとか》りして、楽しく食事したりショッピングしたり、時には恋愛《れんあい》にもチャレンジしてみる。

前職とは無縁《むえん》だった平和な日常を手に入れたい。

よーし、セカンドライフは誰にも縛《しば》られることなく、のんびりとダラダラがんばるぞー。

3人でお喋《しゃべ》りをしてる間《あいだ》に町の中央広場に到着した。広場には噴水《ふんすい》やベンチがあり、子供達が楽しげに追いかけっこをしている。

「なんか変な銅像がありますね」

レラは女性の銅像を眺《なが》めながらそう言った。

「これはおそらく『エメロード教』の象徴を形どった銅像だな」

「エメロード教？」

「秩序神《ちつじょしん》エメロードを主神として奉《たてまつ》る宗教だ。西方大陸では知らない人がいないレベルの宗教なんだが、レラはエメロード教を知らないんだな」

「宗教にはまったく興味がないのです」

レラはきっぱりとそう答えた。

エルフ族は精霊信仰《せいれいしんこう》が基本なので人間界の宗教とは関《かか》わりを持とうとしない。

「俺もあまり宗教には興味ありませんね。先生は宗教にもお詳《くわ》しいのですね」

マルスは感心しながらそう言った。

俺も特別詳しいわけではないが、最低限の知識は頭に入れている。

宗教には民族意識を高める効果があるので、デリケートな内容になる事が多い。

返答を間違《まちが》えれば殺される危険性だってある。

「じゃあこれがエメロード様なんですか？」

「エメロード様のお顔は誰にもわからない。だからこの銅像はエメロード様ではないんだ」

「じゃあ誰なんですか、この女性。たまたま近くを通りかかった知らないおばさんですか？」

レラは地雷原《じらいげん》の上でタップダンスを踊《おど》るのが上手いな。せめてお姉さんって呼べ。

「この銅像の女性は、エメロード教の根幹にして最重要人物の『聖女』だ」

聖女と呼ばれることもあれば、神の『代行者《クオルテス》』と呼ばれることもある。

本来の姿は誰にもわからないが、聖女を通して神の言葉を信徒に授けていると、古くから言い伝えられている。

そのため、当時の聖女が神格化されている。

「例えば、この石像のモデルとなった女性は、100年前の魔王討伐《とうばつ》に参加した《メルゼリア王国》の聖女様だ。勇者パーティの一人として魔王討伐に多大なる貢献《こうけん》を果たしたんだ」

「へー、ロイドさんは本当にお詳しいんですね。とても勉強になりました」

「メルゼリア王国では問題ないが、宗教国家の《神聖ローランド教国》で今の間違いをしたら、その場で処刑《しょけい》されるから気をつけろよ」

「なにそれ怖い」

脅《おど》し気味でそう忠告すると、レラの顔が青ざめた。

これくらい念を押《お》しておけば、次から間違える事はないだろう。


ベンチに座《すわ》って休憩《きゅうけい》を挟《はさ》んでいると、先ほどまで歩いてきたメインストリートから人の悲鳴が聞こえてきた。

露店《ろてん》が並んでいる華《はな》やかなメインストリートを、一台の馬車が暴走しながらこちらへと向かってきている。

路上に並んでいる露店を吹《ふ》き飛ばしていきながら突き進んでいる。地面が舗装《ほそう》されているためか、暴れ馬の蹄《ひづめ》の音もよく響《ひび》いてくる。

メインストリートにいた市民達は一瞬にしてパニックになり、悲鳴と怒号《どごう》がこちらまで響いてくる。

「うわあああああああ⁉　誰か馬車を止めてくれええええ⁉」

御者《ぎょしゃ》も悲鳴を上げており、なんとか手綱《たづな》を握《にぎ》って暴れ馬を制止させようとしているが、効果はまるでなく制御《せいぎょ》不能であった。

「なんだか大変な事になってますね」

レラは他人事《ひとごと》みたいに呟く。どうやら彼女《かのじょ》は身内以外に無関心なようだ。

「ちょっと馬車を止めてくる」

二人の返事を聞くことなく、俺は馬車に向かって走り出した。

「え？　ちょっと先生、スローライフはどうするんですか⁉」

そんな事、いまは考えている場合じゃないだろ。

目の前で困っている人を見捨てて何がスローライフだ。

自分の平穏《へいおん》も大事だが、俺は何より、自分の子供に胸を張って自慢できる魔導士になりたい。

逃げ惑《まど》う市民の隙間《すきま》を縫《ぬ》うように道を駆《か》け抜《ぬ》けていき、馬車の進行方向に俺は立ちふさがった。

前に数回、後ろに数回、風車でも廻《まわ》すような勢いで回転させながら杖《つえ》を構え、馬車を引っ張っている２頭の暴れ馬に狙《ねら》いを定めて詠唱《えいしょう》する。

「《スリープ》」

俺は睡眠《すいみん》魔法のスリープを発動する。

杖先からは青色の光が発せられた。

睡眠魔法がかかると暴れ馬の動きがとたんに鈍《にぶ》くなり、その場から動かなくなった。馬の生態には俺もあまり詳しくないが、彼らは立ったまま寝《ね》るそうだ。

その後、馬が眠《ねむ》りについたのを確認《かくにん》して改めて、上級魔法の《メガスリープ》を重ねがけした。

次に馬が目覚めた時には大人しくなっているだろう。

「す、すごい⁉　あっという間に暴れ馬を眠らせてしまいやがった、あの兄ちゃん！」

「でもあの人、どうして《メガスリープ》が使えるのに《スリープ》から使ったんだろう？」

市民がそう呟いたのが聞こえてきた。

たしかに不思議に思うかもしれない。だが、それにはちゃんとした理由がある。

今回、俺が先に使用した魔法は、対象を眠らせることができる初級魔法の《スリープ》だ。

この魔法の優《すぐ》れている点は主に二つある。

一つ目は効果時間が短いものの確実に眠らせる事ができる点。

二つ目は詠唱までの時間が2秒と短い点。

たった数秒の差でも少しでも被害《ひがい》を減らすためなら、俺は迷わずこの魔法を使うだろう。

ここで上級魔法を選ぶ奴《やつ》は俺からしてみれば判断が間違っている。

どんな魔法が使えるかよりも『適切に魔法を使えるか』が、魔導士にとって一番大事だと俺は考えているからだ。

馬車を止める光景を見ていた市民達は俺に対して拍手喝采《はくしゅかっさい》。

メインストリートは大盛り上がりだ。

すると、マルスが遅《おく》れてやって来た。

「先生、そろそろ行きましょう。これ以上ここにいると、騒《さわ》ぎがどんどん大きくなってしまいますよ」

マルスは辺りの状況《じょうきょう》を確認しながら、この場からすぐに立ち去る事を提案する。

「それもそうだな」

俺とマルスはさっさとその場から立ち去った。

いやー、まいったなー。

平穏な生活を送る予定だったのに、いきなりトラブルに見舞《みま》われてしまった。

まあ、幸いな事に怪我人《けがにん》は一人も出なかったし、今回の件はそれでヨシとしよう。

子供達が笑顔で暮らせる世界が、俺にとって一番望んでいる未来だ。

第4話

食べ放題とチンピラ3人

「冒険者《ぼうけんしゃ》ギルドに行くのは明日でいいか？　長旅で俺《おれ》も疲《つか》れたから今日はもう宿屋で休みたい」

俺の意見に二人は賛成し、宿屋に到着《とうちゃく》後すぐに解散となった。

マルスとレラの二人は同じ部屋に泊《と》まることになった。

この辺はカップルの強みだな。相対的に考えると一人部屋よりも宿代が安いのでお金を節約できる。また、同室ということは、状況次第《じょうきょうしだい》ではピンク色の展開も期待できる。

だが、俺的にそれは解釈違《かいしゃくちが》いだ。

俺は二人の健全で甘酸《あまず》っぱい日常が見たいのであって、やらしい展開を見たいわけではない。

幼馴染《おさななじみ》的なイチャイチャが理想なのだ。

イケメンの少年とエルフ族の美少女の純愛っていいなぁ……。

「明日からしばらくは覚える事が多くなりそうだな。今日はもう早く寝《ね》るか」

多忙《たぼう》な生活にはとっくに慣れている。

スローライフに寄せていくのは少し苦労するだろうが、結果的には今日も上手《うま》くいったし、まあなんとかなるだろう。

ベッドに横になって就寝《しゅうしん》しようとすると扉《とびら》からノック音が聞こえた。

扉を開けるとレラがいた。

「どうした？」

「これからマルスくんと一緒《いっしょ》に町を観光しようと思っているんですが、ロイドさんも一緒にどうですか？」

「いや、最初に疲れたって俺言ったじゃん。話を聞いてなかったのか？」

さっき話したばかりなのにレラはもう忘れていた。

「年寄りくさいですねー。疲れたら治癒魔法《ちゆまほう》で回復すればいいじゃないですか」

パワハラの前兆っぽい発言をされたので俺は無言で扉を閉めた。

ドンドンドンと扉を16連打されたが、すべて無視。それから数分後、レラは扉の前からいなくなった。

ふう、治癒魔法というぽかぽか言葉で背筋が凍《こお》るとは思わなかったぜ。

ありがとう、すごいね、がんばって、いいよ、助かったよ、こういう優《やさ》しい言葉だけを聞いて生きていきたい。

とりあえず、夕食の時間帯まで仮眠《かみん》しよう。

ベッドに横になって今度こそ俺は就寝した。


６時間後、俺が目を覚ますと、部屋の中はすっかり暗くなっていた。

対照的にミネルバの町並みはぼんやりと光っている。

町全体を照らす《魔光石《まこうせき》》のおかげだ。日中は光を蓄《たくわ》えて夜間に光を放出する便利なアイテムだ。

これを発明したのは偉大《いだい》なる錬金術師《れんきんじゅつし》のヘカテー。

ルビーの憧《あこが》れの対象であり、100年前に存在していたクロニクル級の錬金術師だ。

クロニクル級というのは、マスター級のさらに一つ上のランクを指す言葉。

歴史に残るほどの偉大な人物という意味合いが強い。

そう考えるとルビーも、死後はクロニクル級の錬金術師として後世から称《しょう》されるだろう。

起床《きしょう》後、しばらく町を眺《なが》めていると、扉からノック音が聞こえた。

扉を開けると、マルスとレラの二人が揃《そろ》っていた。

「失礼します、先生、そろそろ夕食のお時間です」

「二人とも観光は済んだのか？」

「まだ半分も町を回ってませんね。このミネルバという町、辺境のくせに意外と広いんですよ」

めちゃくちゃ失礼な事を言っているエルフ娘《むすめ》。本人に悪気がないところも地味にタチが悪い。

レラの失言に対してマルスが優しく窘《たしな》めた。

「先生の方は眠《ねむ》れましたか？」

「ああ、もう疲れは取れたよ。ベッドの上は最高だね。馬の上で寝るとこう早くは回復しないよ」

「いや、馬の上では寝ないで下さいよ。いままでどういう過酷《かこく》な生活をして来たんですか」

マルスは同情したような目で俺を見ている。

１階には食堂があり、食べ放題形式でたくさんの料理が並んでいる。

王道のパンやシチュー、ローストビーフやホワイトフィッシュのムニエルなど美味《おい》しそうな料理ばかりだ。

デザートも豊富で王道のケーキから、意識高い系が好んで買ってそうなお菓子《かし》のカヌレもあった。

「随分《ずいぶん》と豪華《ごうか》ですね。ここまで夕食が豪華な宿屋もめったにありませんよ。噂《うわさ》通り、領主様は冒険者事業に力を入れてるみたいですね」

「なんでもいいから腹減った。肉をたくさん食いたい」

レラとの会話の中ではカジュアルな発言をするマルス。こういう何気ないやり取りが、お互《たが》いに信頼《しんらい》し合っている感じがして、とても笑顔《えがお》になる。やはり純愛は至高である。

宿泊客《しゆくはくきやく》達《たち》の列に並びながら食べたい料理を各自皿に運んでいく。

スープ類の中にはシチューの他にポトフもあった。ポトフは俺の大好物なので非常に満足だ。

「ここ、カレーもあるんですね。ロイドさんはカレー好きですか？」

「好きよりの普通《ふつう》かな」

「要するに好きって事ですね。まあ、カレーが嫌《きら》いな人なんてそんなにいませんよね」

そういえばカレーは、ルビーの大好物だった。

アイツがイラついてるときは、カレーを出しておけば正解だった。

カレーを見ると、一瞬《いっしゅん》だけあいつの喜ぶ顔を思い出してしまった。

最終的な料理の盛り合わせだが、次のような形になった。

レラ
‥栄養バランスがしっかり考えられており、野菜と果実多めだ。偏見《へんけん》かもしれないが、エルフ族なのでリンゴとか好きそうと考えてたら案の定リンゴを皿に運んでいた。

マルス
‥肉多めで栄養バランスは偏《かたよ》っている。想像していたような料理の盛り合わせだった。最初は野菜を取っていなかったが、終盤《しゅうばん》でレラに注意されて渋々《しぶしぶ》野菜を皿に運んでいた。お母さんと子供かな?

ロイド
‥元をとる(死亡フラグ)ために原価が高い生野菜もしっかり配置。カレーは腹にたまるだけで元を取れないので取るつもりはなかったが、カツカレーだったので取っちゃいました。俺が横を通った時ばかり揚《あ》げたてのメンチカツや作り立てのパイとか並べるので、その結果……。

「調子にのって取りすぎた」
絶対に食いきれへん。
俺の目の前には大量の料理。

原価ばかりに気を取られて肝心《かんじん》の胃袋《いぶくろ》の事を一切《いっさい》考えてなかった。

「せ、先生。これ全部食べられるんですか？　食べきれないなら手伝いますよ」

マルスの優しさに俺は改めて感動する。

顔がイケメンだと心までイケメンなんだな。やばい、男なのに惚《ほ》れそう。

「ダメですよマルスくん。ロイドさんを甘《あま》やかしちゃ。作った人に失礼ですから責任をとって全部食べて下さいね」

ぐすん、レラのいじわる。

だが、レラの言っていることは、至極《しごく》真っ当な事である。

生命への感謝、料理人への感謝。

この二つは錬金術にも通じる事だ。

素材を採取し、錬金術へと派生させる一連の行為《こうい》は料理となんら変わらない。

依頼人《いらいにん》の笑顔が錬金術師の喜びだとすれば、美味しいと言って完食してくれるお客の笑顔は料理人の喜び。

立場が似ている者としてしっかりと誠意を見せる。

「ごちそうさまでした」

少し時間はかかってしまったが俺はすべての料理を完食した。

とても美味しかった。それに尽《つ》きる。

俺は美食家ではないので味の表現はできないが、しっかりと味わいながら感謝の気持ちを持って食べた。

今回、料理の配分に関しては我ながら反省点も多かったが、食べる事へのありがたみを改めて学ぶことができた。

失敗を経験して一歩前進したと言える。

「ロイドさんは偉《えら》いです。いざという時は私も手伝おうと思っていましたが、しっかりと最後まで自分の力で完食できましたね。人としてロイドさんは尊敬に値《あたい》します」

レラのぽかぽか言葉に俺の心は満足した。

「当然の事をしたまでだ。料理人が一生懸命《いっしょうけんめい》作ったものなんだ。残すなんて失礼なことはできない」

「流石《さすが》です先生！　自分も感動しました！　できることなら今日は先生と一緒の布団《ふとん》で寝たいです‼」

お前はいったいなにを言っているんだ。

感情が高ぶりすぎてマルスは、トンチンカンな事を言っている。

もちろん丁重《ていちょう》にお断りした。

「ダメだ、俺とマルスが付き合えば、レラが一人あぶれてしまうからな」

「ちょっと何言ってるかわからないです。それとマルスくんは渡《わた》しませんよ」

レラはマルスの右腕《みぎうで》にしがみついた。

どうやらマルスを寝取ろうとすると、レラが恋《こい》のライバルになるみたいだ。

夕食後、寝室《しんしつ》に戻《もど》る二人を見送って、俺は魔法の鍛練《たんれん》をするために一人外出した。

夜の冷たい空気が肺を満たして意識を覚醒《かくせい》させる。

今日はいつも以上に鍛練が捗《はかど》りそうだ。


修練に使えそうな場所を探して町を彷徨《さまよ》っていると、チンピラ3人組とエンカウントした。

3人とも人相が悪く、顔の一部にはそれぞれ傷痕《きずあと》がある。行き先を遮《さえぎ》るように立ち塞《ふさ》がった彼《かれ》らは、下品な笑《え》みを浮《う》かべながら俺に近づいてきた。

「なあ兄ちゃん。俺達いま金に困っているんだけど助けてくれない？」

真ん中の男は右手のナイフを俺の鼻先にチラつかせてくる。その言葉に続いて左右の二人も肩《かた》を揺《ゆ》らしながら「ゲヘヘ」と笑う。

どうやら俺は金銭目的で彼らに脅《おど》されているようだ。

こういう経験は王都でも何度かあったが、彼らは全員同じような人相と話し方をするので新鮮味《しんせんみ》がない。

人の性格は顔に出るということだろう。

「金なら持ってないが、魔法なら腐《くさ》るほど持っているぞ。お前らの汚《きたな》い顔面にぶち込《こ》んでやろうか？お前らクズがいなくなれば少しはこの町の景色が良くなるだろう」

俺は毅然《きぜん》とした態度で彼らを睨《にら》む。

こういう奴《やつ》らは下手に出ると常習性が上がるので、絡《から》まれたらその場で潰《つぶ》すようにしている。

俺が暮らしていた孤児院も、町のチンピラによって潰されそうになった。

いずれにせよ、こいつらに明日を生きる資格はない。

「なんだとコラ。このナイフが見えねえのか！」

目の前の男は怒気《どき》を強めてナイフを俺の頬《ほお》に押《お》しつけてくる。

薄皮《うすかわ》が切れて赤い血が流れてくるが、治癒魔法で治せるのでまったく問題ない。

これ以上耳障《みみざわ》りな声を聞きたくなかったのと、社会貢献《こうけん》の一環《いっかん》として彼らをぶちのめそうと、ちょうど俺が拳《こぶし》を握《にぎ》ったタイミング。

「アナタ方の悪事はそこまでです」

一人の少女が姿を現した。

第5話

聖女《クオルト》アイリス

　月明かりに照らされた長い銀髪《ぎんぱつ》は光を束ねたように輝《かがや》いている。

　ボディラインがはっきりした白い衣装《いしょう》で、肌《はだ》の露出《ろしゅつ》は多く、衣装の下にはタイツのような薄手《うすで》の布を着ている。

　スリットの切れ込《こ》みが深く、足元まで届くほどの長い前垂れが印象的である。

　俺《おれ》よりも拳《こぶし》一つ分小さい背に、すらりと伸《の》びた長い脚《あし》。

　極《きわ》めつけはその顔の美しさで、真面目《まじめ》さと聡明《そうめい》さと静謐《せいひつ》さを同時に感じられ、この世の美をすべて詰《つ》め込んだような造形の顔に、俺はしばし釘《くぎ》づけとなった。

「なんだぁテメエ、いつからそこにいた？」

「名乗るほどの者ではありません。強《し》いて言えば正義の聖女アイリスです」

　いや、結局名乗ってんじゃん。

　自分のことを聖女だと言い張っているアイリスは表情こそ落ち着いているが、どこか今の自分に酔《よ》いしれているような印象を受ける。

「そんなことより兄貴。あいつめちゃくちゃ美人だぜ！　俺達《たち》でヤっちまおうぜ！」

「へっへっへ、聖女だかなんだか知らねえが、俺達に楯突《たてつ》いた事を体で後悔《こうかい》させてやる」

チンピラ達は舌なめずりをして獲物《えもの》を狙《ねら》うような目でアイリスを睨《にら》む。

こんなに美しい女性を見てヤることしか考えてない。本当に救いようがない奴《やつ》らだな。

「そ、そこから一歩でも動くとアナタ方全員魔法《まほう》で凍《こお》らせますよ」

いや、俺がいるんだが。なんかこの人、俺ごと凍らせようとしていないか。

チンピラの言葉にもちょっとビビってたし、会話を聞いているとすごく不安になる。

「へっ、やれるもんならやってみろ！　おい、あの聖女を捕《つか》まえろ！」

「くっ、我氷の造形を作りて汝《なんじ》を～」

詠唱《えいしょう》の内容から察するにアイリスは上級氷魔法の《アイススピア》を放とうとしている。

強力な魔法ではあるが、攻撃範囲《こうげきはんい》を調節しづらく、放てば辺り一面を氷の世界へと変える危険な魔法だ。

このままだと俺ごと巻き込まれてしまう。

だが、絶好のチャンスだ。

彼《かれ》らはアイリスに注意が向いてるので、俺は目の前の男の手首を捻《ひね》ってナイフを奪《うば》い取り、そのまま背負い投げで男を地面に叩《たた》きつけて気絶させた。

「え？」

アイリスは呆気《あっけ》にとられた声を発する。

残りのチンピラ二人も突然《とつぜん》の事にとても驚《おどろ》いており、俺の動きに反応できない。

魔法の中で最も詠唱時間が短く、相手を制圧するのに適した初級雷《かみなり》魔法の《ライトニング》をすばやく撃《う》ち込んで、残り二人も気絶させた。

「アイススピアは強力だが詠唱が長く、相手だけでなく仲間も巻き込む扱《あつか》いづらい魔法だ。こういう場合では初級魔法を使うべきだ」

「え？　あ、はい。す、すいません……」

助けようと思っていた相手から魔法の扱い方で注意を受けるのはかなりへこむものがある。現にアイリスはひどく落ち込んでいる。

とはいえ、彼女《かのじょ》も悪気があってやったわけではないのでしっかりとフォローする。

「でもキミのおかげで助かったよ。礼を言う」

助けてもらったのは事実だ。

俺はしっかりと頭を下げて、感謝の言葉を伝えた。

するとアイリスはすごく嬉《うれ》しそうな笑《え》みを浮《う》かべた。

「あ、ありがとうございます……！　そう言っていただけると、アナタを助けた甲斐《かい》がありました」

ちょっと抜《ぬ》けているところはあるが、真面目で良い子そうだ。

「そういえば、お互《たが》いに自己紹介《しょうかい》がまだでしたね。私は聖女アイリスです」

「俺はロイドだ。今日初めてこのミネルバに来た。よろしくな、アイリス」

俺達は互いに握手《あくしゅ》を交《か》わす。

「一つ聞きたいことがあるんだが、大丈夫か？」

「スリーサイズ以外ならなんでもお答えしますよ」

俺ってそういう人物だと思われているのだろうか。ちょっと悲しいぞ。

「ローランドの聖女が国を離《はな》れて大丈夫《だいじょうぶ》なのか？」

「その質問にはお答えできません」

アイリスはくるりと回れ右をして、その場からそそくさと立ち去ろうとする。

いまなんでも聞いていいって言ったばかりじゃん！

俺は慌《あわ》ててアイリスを呼び止める。

「ロイド様は人のデリケートな部分を平然とお聞きになるんですね」

「でも大事な事じゃないか」

アイリスは神聖ローランド教国の聖女である。

本来なら、こんな辺境にいるような人物ではない。

聖女は国益に関《かか》わるほどの超《ちょう》重要人物であり、一国に一人しかいないので、自国から離れることは決してありえないのだ。

アイリスはとても答えづらそうに目を逸《そ》らす。そして、ボソッと小さな声で理由を話した。

「実は私、『偽《にせ》聖女』として国を追放されたんです」


聖女。

秩序神《ちつじょしん》エメロードの代行者《クオルテス》たる女性を指す特別な言葉だ。

聖女は『一国に一人』しか生まれないので、その希少性の高さから聖女は国全体を挙げて祀《まつ》り上げられ、王族の守護と寵愛《ちょうあい》を一身に受ける。

民衆からも崇拝《すうはい》され、聖女のためならば命を捧《ささ》げる敬虔《けいけん》な教徒も多い。

聖女の大きな特徴《とくちょう》として《聖法力《せいほうりょく》》が挙げられる。

聖法力は生命の源となる存在の力を活性化させる効果があり、荒《あ》れ果てた土地であっても聖女が関与《かんよ》すれば、もとの緑豊かな美しい土地へと再生する。

つまりこれは聖女が五穀豊穣《ごこくほうじょう》の象徴《しょうちょう》であることを意味している。

豊穣を司《つかさど》るだけでなく、大地と調和し、土地の環境を安定させる力もある。

どちらかと言えば、こちらがメインかもしれない。

聖女が関与していない土地、いわば《未開領域《エリアゼロ》》は、どこを歩いても上級魔族が襲《おそ》い掛《か》かってくるからだ。

上級魔族というのは本来、森の奥《おく》にしか出てこないようなモンスターで、特殊《とくしゅ》能力を持っている事が多い。

豊穣の大地と土地の安定化。

どちらも国家の基盤《きばん》となる部分であり、避《さ》けては通れない重要な柱だ。

人々の生活を安寧《あんねい》に導くためにも聖女の役割は非常に大きいと言える。

聖女が追放されるなんて本来なら決してあってはならない事だ。

しかし、今回はそのあってはならないことが実際に起きてしまった。

偽聖女の烙印《らくいん》を押《お》され、国を追放された聖女アイリス。それが目の前にいる。

「聖女がいない王国はいずれ滅《ほろ》びると言われているが、ローランドでは新しい聖女はもう見つかったのか？」

なぜアイリスが追放されたかよりも聖女の有無《うむ》を先に確認《かくにん》した。

するとアイリスは頷《うなず》いた。

どうやら神聖ローランド教国では、新しい聖女が代わりにアイリスの役割を果たしているようだ。

よかったよかった。いや、アイリスの立場なら全然良くないか。

自分がいなくても問題がないという辛《つら》い現実を認めなければならないからだ。

それにしても不思議だ。

聖女は一国に一人しか誕生しないはずなのに、どうして新しい聖女が誕生したんだろう。

アイリスの話を詳《くわ》しく聞いてみるまでは結論は出せないな。

「えーと、聖女の事が気になるかもしれませんが、私の代わりは既《すで》にいるので全然問題ありません。私も偽聖女に関しては全然気にしてませんので、終わってしまったことはもう忘れましょう。大事なのは昔ではなく今です。私はすでに聖女ではなく普通《ふつう》の女の子です。正義の聖女アイリスとしてすべての悪を滅ぼす。それだけが私の生きがいです」

本人は全然気にしていないと言っているが、めちゃくちゃ引きずってる事が伝わってくる。

普通の女の子に戻《もど》ったと言っている傍《そば》から、正義の聖女として悪を滅ぼすという矛盾《むじゅん》。

本人も気がつかないうちに情緒《じょうちょ》不安定になっているのだろう。

アイリスも過去の自分にはあまり触《ふ》れてほしくないようで、目が少しだけ潤《うる》んでいる。

俺も深入りしすぎたのかもしれない。誰《だれ》しも話したくない事の一つや二つあるよな。

アイリスにとって過去の話は地雷《じらい》なのだろう。

「嫌《いや》な事を思い出させてしまってすまなかった。昔の事に関してはもう無理に聞かないよ」

「配慮《はいりよ》してくださり、本当にありがとうございます。そう言っていただけると私も気が楽です」

アイリスはホッとしたような表情を見せる。

本人が言っているように、新聖女がすでに存在しているのなら、聖女としての役割は放棄《ほうき》しても別に問題ないのだろう。

アイリスの事は普通の女の子として接していこう。

「えっと、一応確認なんだけど、ミネルバには一人で来たのか？」

「いえ、従者達とやってきましたよ」

旅慣れていない女性の一人旅は、とても危険なので、従者がいるとわかり安心した。

「それじゃあ従者のところに早く帰らないとな。帰りが遅《おそ》いからきっと心配しているはずだ」

「それはないですね」

アイリスはキッパリとそう答えた。

「いや、でも……」

「ないです」

アイリス曰《いわ》く、従者達は自分の事を心配していないらしい。

そこはかとなく闇《やみ》を感じる。

「むむむ……」

なにかに気づいたのか、アイリスが顔をしかめて俺の顔をジッと見つめる。

「どうした？」

「ロイド様、頬《ほお》から血が流れてますよ。もしやさっきの一件で怪我《けが》をしたんですか？」

「ん？　ああ、かすり傷だし、この程度なら放っておいても治る」

家に帰ったあと鏡を見ながら治癒《ちゆ》魔法で治療《ちりよう》するつもりだ。

いまこの場で慌てて治療したらダサくなるので、ちょっとかっこつけて気にしてない感をだす。

できる男はこういう細かい事も気にするものだ。「その考え方がそもそもダサい」とルビーの声が聞こえてきたような気もするが、アイツとは絶縁《ぜつえん》したので無視だ。

アイリスは数秒ほど考え込んだあと、無言で一歩前に出て俺の頬に手を触れる。

急に至近距離《きより》まで近づいてきたので俺はめちゃくちゃ驚いた。

「今からアナタを治療しますから動かないで下さいね。ご安心下さい、私も治療は得意なんですよ」

スッと通った鼻筋、穏《おだ》やかな笑みを浮かべた目元。完成された容姿を持つ彼女が俺の耳元でそう囁《ささや》いた。

治療うんぬんよりも、アイリスが目の前にいる事実にドキドキしていた。

アイリスの手のひらが静かに輝く。

アイリスの《聖法力》が人肌《ひとはだ》の熱となって体に伝わってくる。

神の力をアイリスの手のひらを通して直《じか》に感じ取る事ができた。

「治療は上手《うま》くいきました。傷はすっかりなくなりましたよ。ロイド様に秩序神エメロードのご加護が在《あ》らん事を」

にこやかに口にする定番の台詞。これは慣習となっているようで本人も無意識で言っている可能性が高い。

アイリスが聖女だったころの面影《おもかげ》を感じられた。


その後、俺とアイリスは近くのベンチに座《すわ》って世間話をした。

その話の内容は、タピオカミルクティーの話題が中心であった。

どうやらアイリスはタピオカミルクティーが大好物のようで、暇さえあれば三度の飯よりタピオカらしい。

「実は俺もタピオカが好きなんだ」

少しでも好印象を持たれるように俺は平然と嘘《うそ》をついた。

とある偉人《いじん》は言った。嘘も貫《つらぬ》き通せば真実になると。俺は今日からタピオカミルクティーの事が大好物になる予定だ。

「奇遇《きぐう》ですね。今度一緒《いっしょ》にタピオカミルクティーを飲みに行きましょうよ」

「いいね。実は美味《おい》しい店を知っているんだ」

ありがとうレラ。

タピオカって女の子との共通の話題作りの時に役に立つんだね。

美味しいかどうかなんて最初から関係なかったんだ。大事なのは商品の話題性なんだ。

タピオカを通じて、俺はまた一つ大人の階段を上った。

アイリスと随分《ずいぶん》と打ち解けてきた頃合《ころあ》い。

遠くの方からゴーンゴーンと時計塔《とけいとう》の低い音が聞こえてくる。

どうやら日付が変わったようだ。アイリスとのおしゃべりがとても楽しくて、つい長話をしすぎてしまった。

昼間は活気のあった中央広場もいまは閑散《かんさん》としており、俺達以外の人影《ひとかげ》はすべて消えている。

真夜中なので一部の店舗《てんぽ》を除けばすべて閉店し、道路に配置された《魔光石《まこうせき》》の青い光が夜の町並みを幻想《げんそう》的に照らしている。

「名残《なごり》惜《お》しいですがそろそろお別れですね。従者が待っているので宿屋に帰らなければなりません」

「おおアイリスよ。もう帰ってしまうのかい。王子の私を一人にしないでくれ」

まるで人間の少女のフリをして舞踏会《ぶとうかい》に参加した《カレイドマーメイド》のような発言をするので、俺も王子になった気分でアイリスを呼び止める。

「申し訳ございません。ロイド王子、どうか私のワガママをご寛大《かんだい》な心でお許し下さい」

スカートを摘《つま》んで丁寧《ていねい》にお辞儀《じぎ》をするアイリス。

話してみてわかったが、アイリスは結構ノリがいい。

こちらがネタを振《ふ》ればしっかりと反応してくれる。

聖女で、見た目も真面目そうなので、もっと堅物《かたぶつ》のイメージがあったが、単なる俺の偏見《へんけん》だったようだ。

「夜道は危ないから家まで送っていくよ」

「お心遣《こころづか》いありがとうございます。フロルストリートの宿屋まで案内していただけると私としても助かります」

「あっ、ごめん。最初にも言ったけど、今日ここに来たばかりだから地名言われてもさっぱりなんだ」

宿屋まで送っていくとは言ったが、宿屋まで案内するとは一言も言っていない。

「へ？」

俺の一言に、アイリスの笑顔が凍りつく。同時にアイリスの顔に大量の汗《あせ》が流れ始める。

「も、もしかして私迷子なんですかね？」

「迷子以外の何者でもないぞ」

「そんなはっきり言わないで下さい。この年齢《ねんれい》で迷子だなんて結構傷つくんですよ」

「そもそもどうして深夜に町を徘徊《はいかい》していたんだ？　まさか本気で悪党退治を実践《じっせん》しようとしていたわけでもあるまい」

実際、この時間帯にアイリスが一人歩きをする理由があるとは思えない。

「従者と大喧嘩《げんか》したんです」

「大喧嘩？」

深夜に一人で飛び出すくらいだ。よほどの事があったのだろう。知り合って間もないが、できれば力になってあげたい。

「喧嘩の原因はミニマリストでしょうか。自分の承認欲求だけは捨てられないあの可哀想《かわいそう》な人種です。私が何か買うたびに断捨離《だんしやり》と繰《く》り返してうるさいんです。今日もそれでグチグチと説教をし始めたので、そんなに何もないところに住みたいなら一人で独房《どくぼう》にでも住んでろって言って宿を飛び出してきちゃいました」

かつて厳粛《げんしゆく》な聖女だったとは思えないような子供っぽい理由だった。

あまりにもくだらなすぎる。

少しでも心配した俺が馬鹿だった。

ちなみに、俺のパートナーだったパワハラ幼馴染《おさななじみ》はミニマルとは真逆の人種なので、部屋の中はいつもごちゃごちゃしてる。

アレはあれで問題があるので何事もほどほどが大事なのだろう。

「ところで何を買ったんだ？」

「この仮面です」

アイリスは何の装飾《そうしよく》もない無地の仮面を取り出した。目の部分が最低限あるだけのシンプルなデザインで、ぶっちゃけたところかなり不気味だ。

「え？　逆になんでこれを買おうと思ったの？」

「ふふふ、正義の聖女は自分を着飾《きかざ》らないものなんですよ」

「さて、帰るか。じゃあなアイリス」

ベンチから立ち上がった俺はそそくさと帰宅しようとする。

アイリスは背後からしがみついて泣きながら懇願《こんがん》する。

「待って下さいいいいいいいいいい！　私を見捨てないで下さいいいい！」

いくらアイリスの事が異性としてちょっと気になるとはいえ、俺も明日から初出勤だから余裕《よゆう》があるわけではない。

迷子のお世話はできれば勘弁《かんべん》願いたい。

これが7歳《さい》とかなら休日返上で面倒《めんどう》みてやるんだが、アイリスは17歳。

年齢も俺とそう変わらない。

喧嘩の原因も同情の余地なし。普段《ふだん》からこんな無駄《むだ》なものを買う悪い子には従者も苦言の一つは申したくなるだろう。

とはいえ、「家まで送っていく」と言った手前、役割を放棄するわけにはいかない。

「仕方ない、見覚えがある建物が出てくるまでちょっと町を歩こうか」

「ご迷惑《めいわく》をかけて申し訳ありません、ロイド様」

「別に謝らなくていいよ。アイリスともっと一緒にいたいと思っていたのは事実だし、アイリスがそれで満足してくれるなら、俺としてはすごく嬉しいんだ」

「ロイド様はとてもお優《やさ》しい方ですね」

「俺が優しいのはアイリス一人だよ」

「それはどういう意味でしょうか？」

「そうだな。今日の出来事がキッカケで、アイリスの事が好きになったのかもしれない」

「え⁉」

俺の一言で、アイリスはすごく動揺《どうよう》した。

目をグルグルと回しながら慌てふためいている。

まずい、せっかく築いた健全な関係が、俺の余計な一言で壊《こわ》れてしまう。

「落ち着け、アイリス。俺もアイリスの事が好きになったからこんなことを言ったんじゃない。俺はただ、アイリスに一目惚《ひとめぼ》れしてしまっただけなんだ」

「ロイド様が一番落ち着いてないじゃないですか」

アイリスの言っている事は尤《もっと》もである。俺自身が自分で何を言っているのか、よくわかっていない。

「えっと、要するに深夜のテンションだ」

「ふむふむ、これから『私達』の言動はすべて、深夜のテンションとして扱えばいいのですね」

「そうだ！　今の発言は忘れてくれ！」

「ですがロイド様、男なら自分の発言には責任を持たないとダメですよ」

「でも……」

「でも魔導士《メイジ》もありません。純真なる乙女《おとめ》を勘違《かんちが》いさせた悪い子には、聖女様からお仕置きがあります」

お仕置き⁉

アイリスのお仕置きって具体的にどうするんだろうと思っていたら、アイリスは突然、俺に抱《だ》きついた。

「あ、アイリスしゃま⁉　いきなりなにをなさるのだ⁉」

俺は驚きのあまり、変な口調で情けない悲鳴を上げてしまう。

「これも深夜のテンションです」

「な、なるほど。アイリスはなかなか積極的だな」

「ふふふ、ロイド様。私からこうやってギューっと抱きしめられる気分はどうですか？」

俺の背中に手を回してさらに強く抱きしめる。お互いの鼻先がくっつくほど、顔同士が間近に接近した。

「正直に言うとすごくドキドキする」

「そ、そうですよね。実は私もドキドキします。男性の方とこんな近くで見つめあう経験なんて、今まで一度もなかったので」

自分から抱きついておきながらアイリスも非常に緊張《きんちょう》しているようだ。

数十秒、俺達はお互いに見つめあう。

お互いに恥《は》ずかしくなったので、俺達は無言で抱擁《ほうよう》を解いて、いったん離れることにした。

「わ、私って、男性に対してなんてはしたない事を……聖女失格です」

真っ赤な顔を両手で覆《おお》い隠《かく》してその場にうずくまってしまった。そして、淫《みだ》らな振る舞《ま》いをしてしまった事を激しく反省し、自己嫌悪《じこけんお》に陥《おちい》っている。

俺もアイリスと同様の気持ちだ。

まだ出会って間もない知らない女性と、勢いだけで抱擁までしてしまった。

こんなの紳士《しんし》失格だ。果たしてこれで子供達の笑顔を守れるだろうか（意味不明）。

これが深夜のテンションか。どうして深夜に告白する人が多いのか、なんとなくわかった気がした。

「立てるか？」

恥ずかしさをごまかすように俺はアイリスに手を差し伸べる。

「は、はい。ありがとうございます」

アイリスは立ち上がる。

「さっきはごめん」

「いえいえ、私の方こそ悪ノリして申し訳ございません。あのような真似《まね》はもう二度としませんので、お許し下さい」

「いやいやいや、アイリスが謝る事はない。すべて俺が悪いんだ」

「いえいえいえいえ……」とアイリス。

「いやいやいやいや……」と俺。

お互いに謝罪を譲《ゆず》らなかったので、今回の件は平行線のまま終わった。

その後、俺達は一緒に町を探索《たんさく》する事になった。

先ほどのような過度なスキンシップはなかったが、やはりどうしてもアイリスに意識が向いてしまい、町の外観を観察する余裕がなかった。

同じところをグルグル回っていたとしても、今の俺は気づけないと思う。

アイリスも先ほどからずっと無言だ。アイリスに話しかけると、ぷいっとそっぽを向かれる。

お互いに相手を意識しあって、宿探しにまったく集中できていないのが現状だ。

宿探しという名の深夜デートでしかなかった。

第6話

光のカップリングエルフ

皆《みな》さんこんにちは。

光のカップリングエルフのレラです。

実は私とマルスくんの二人はロイドさんが宿を出たあと、背後からずっと尾行《びこう》していました。

ロイドさんに尾行が気づかれていないのは、消音魔法の《サイレント》を使っているからです。

教えてもらった事をすぐに実践《じっせん》に移すなんて弟子《でし》の鑑《かがみ》ですねー。

尾行していた理由ですが、ロイドさんの強さの謎《なぞ》を探《さぐ》るためです。

ロイドさんの強さはハッキリ言って規格外です。

巨大《きょだい》サンドワームを葬《ほうむ》り去った《エクスプロージョン》もスゴイですし、その後、馬車の中でさりげなく使った《アイテムボックス》も実はマスター級だったりします。

ちなみにマスター級というのは各分野における評価の最高ランクと思って下さい。

初級、中級、上級、最上級、マスター級。

どの分野においてもこの縦の並びは絶対的です。

ロイドさんはこの中でも最高ランクのマスター級に匹敵《ひってき》する超人《ちょうじん》です。

ロイドさん本人は自分のことを過小評価しており、「マスター級の魔法《まほう》が使えても他がダメダメだから全然凄《すご》くないぞ」と謙遜《けんそん》しています。

これはおそらく、パワハラ錬金術師《れんきんじゅつし》による調教が原因で、こうなってしまったのだと思います。

さてさて、ずっと尾行していたわけですが面白《おもしろ》い状況《じょうきょう》になりました。

天才大魔導士のロイドさんと一緒《いっしょ》にいるお方。

性格の悪いイケメン王子に国を追放された悲劇の聖女《クオルト》アイリスさんです。

すげー美人で震《ふる》えます。美男美女の宝庫と言われるエルフ族でもあそこまで美人な方はいませんよ。設定盛り沢山《だくさん》で尊すぎる。

「性格の悪いイケメン王子に国を追放された悲劇の聖女は、没落《ぼつらく》先でイケメン大魔導士と出会い恋《こい》に落ちる。しかし、イケメン大魔導士は元カノである天才錬金術師を忘れられず、イケメン大魔導士をめぐる恋の三角関係が生まれたのだ」

「あのアイリスって子、国を追放されたとは言ってたけどイケメン王子に追放されたって一言も言ってなくね？」

私の言葉にマルスくんは頭に疑問符《ぎもんふ》を浮《う》かべる。

マルスくんの言うとおり、アイリスさんは追放されている理由をまだ説明してません。

なので私が頭の中で設定を改竄《かいざん》しちゃいました。

「わかってないですねマルスくん。こういうのは設定が一番大事なんですよ。追放した王子はイケメンでなければ、ざまあ度を出せません。こんなに美しい聖女を追放したお前は無能‼　と絶縁状《ぜつえんじょう》を叩《たた》きつけるために必要です」

「お前ほんと絶縁状好きだな。お前の読む本いつもそればっか。そんな気軽にぽんぽん使っていい言葉じゃねえぞ。お前を森の守護者に命じた一族全員泣いてるぞ」

「絶縁状……それは新たな恋のラブレター」

「ダメだこりゃ。完全に自分の世界に入ってやがる」

マルスくんは大きなため息を吐《つ》いた。

ため息を吐くと幸せが逃《に》げますよ。

「ところでマルスくんはルビーさん派ですか？　アイリスさん派ですか？」

「え？　えーっと……すまん、二人のことよく知らないからまだはっきりとは答えられねえよ。でもまあ、俺達《おれたち》がどうこう言うよりも、先生にとって幸せな方が正解なんじゃないのか？」

「不正解。答えはこれから私と一緒に考える、です。私はどちらか正解を答えてほしいわけではなく、私と一緒に考えてほしいだけなんです」

「は？」

マルスくんは怒気《どき》を強めた声でそう返事した。

「今はアイリスさんが一歩リードしてますね。ルビーさんは絶縁状という名の恋のメッセージに気づいてませんからね」

「そもそも絶縁状もらった時点でアウトだろ」

マルスくんと喋《しゃべ》っている間にもカップリング指数アップイベント発生しました！

「わお、アイリスさんの方から手を繋《つな》ぎましたよマルスくん。現在の主導権はアイリスさんにあるようですね」

なんとアイリスさんの方からロイドさんに手を繋ごうと提案してきたのです。

先ほど抱《だ》きついた事を反省したばかりなのに、ロイドさんの温《ぬく》もりを忘れられずに、またスキンシップの提案。

卑《いや》しい女め。

くそうくそう、我を萌《も》え殺す気かこの聖女。

尊すぎて爆破《ばくは》しそうです。この状況ならリンゴ100個はイケますよ。

「主導権ってなんだよ。何かと戦ってんのかよあの二人。ただ宿探ししてるだけじゃねえのかよ」

「ねえマルスくん。基本的に私はアイリス×ロイドが好みなので、こういう状況は非常に満足なのですが、人によってはロイド×アイリスで妄想《もうそう》した方が気持ちいいって人もいるんですよね。こういう場合、私は頭の中で順番を入れ替《か》えています。私はこれの事を《役割交代《クロスシフト》》って呼んでいるんですよ」

「俺なんでこんな奴《やつ》のこと好きになっちゃったんだろう」

どうやらマルスくんはこの状況の尊さが理解できないようです。まだまだお子様ですね。

その後、私達はあの二人を観察してましたが、あの二人はお互《たが》いのことを意識し合って全然集中できていないようです。

「なんだか先生達が困っているようだな。フロルストリートもさっき通り過ぎちゃったし、看板の地図にも気づいていない。……流石《さすが》にちょっとヤバいから二人に知らせてくる」

「やめろッッッッ！　いま私がカップリング成分補給してる途中《とちゅう》でしょうが‼　余計な事したら目ん玉を矢で射貫《いぬ》くぞ‼」

「ひっ⁉」

私が本気で怒鳴るとマルスくんはとても怯《おび》えた表情をしました。

ですがこれはマルスくんが悪いので同情はしません。

イチャイチャするお二人を邪魔《じゃま》する者は絶対に許しません。

「で、でもよ。このままだと先生達ずっと迷子じゃないか」

「恋の迷路というのは複雑なものなんですよ。簡単にたどり着いたら面白くないんです。道を教えるにしても間接的に案内することが大事なんです」

「間接的に教えるってどうするんだよ」

私は宿屋から持ってきた地図を地面に広げる。

そして現在地を指差してマルスくんに説明する。

「この地図を見る限り、冒険者《ぼうけんしゃ》ギルドが一番近いのでそこに案内しましょう」

「どうして冒険者ギルドに案内するんだ？」

「冒険者ギルドは夜中でも開いています。さらに冒険者ギルドには町の地図や、町の地理に詳《くわ》しい受付がいます。彼《かれ》らに接触《せっしょく》させれば自ずと答えが見えてくるでしょう」

「回りくどいなぁ。直接言った方がはるかに早いのに」

「いずれわかる時がくる」

なんにせよ、お二人が冒険者ギルドの存在に気づいてくれないといけませんね。

「……って言ってるそばから先生達通りすぎてるぞ⁉」

「ここは私に任せて下さい」

私は実家から持ってきた弓矢を取り出して冒険者ギルドの窓ガラスに向かって矢を放つ。

窓ガラスが割れて大きな音が鳴り、ロイドさん達もその音に気づいてくださりました。

「よし、天は我に在り！」

「なにやってんのキミ⁉」

やだなぁ、マルスくん。

光のカップリングエルフとしてのささやかな応援《おうえん》ですよ。

第7話
矢の行方

「ひょっとするとあの建物、ロイド様が先ほどおっしゃっていた冒険者《ぼうけんしゃ》ギルドではありませんか？」

アイリスが三角屋根の建物を指差した。

石造りの２階建てで他の建物よりもひとまわり大きい。建物の表面は白く、屋根はオレンジ色をしている。

冒険者ギルドだとすぐに気づいた理由であるが、ドラゴンの紋章《もんしょう》が目立つ位置に記されていたからだ。ドラゴンの紋章は冒険者ギルドを指し示す言葉である。

偶然《ぐうぜん》にも未来の職場を発見してしまった。深夜であるが、明かりがついているので、平常通り営業しているようだ。

「本当だな。こんなところにあったのか」

「行ってみましょう、ロイド様。ここならフロルストリートの場所がわかるかもしれません」

「たしかに町の地図が容易《ようい》に手に入りそうだな」

俺《おれ》はアイリスの提案に賛成した。

それにしても、さっき聞こえてきた『窓ガラスが割れるような音』はいったい何だったんだ？

まあいいか。いまはフロルストリートの場所を見つけるのが先決だ。

アイリスをしっかりと送り届けて従者の方を安心させよう。

スイング式の扉《とびら》を開いて中に入る。

ロビーは酒場を彷彿《ほうふつ》とさせる造りになっており、９つのテーブル席とカウンターがある。

冒険者は６人おり、いずれも男性であった。何故《なぜ》か全員武器を構えたままこちらを睨《にら》んでいる。

殺気立っており、その視線はすべて俺達《たち》二人に集中している。

なにか様子が変だな。

ギルド全体の雰囲気《ふんいき》が妙《みよう》にピリピリしている。

30代前半の無精髭《ぶしようひげ》を生やした剣士《けんし》風の男性が一歩前に出る。

「てめえら……正面から堂々と入ってくるとは、随分《ずいぶん》といい度胸してんじゃねえか」

「「はい？」」

俺とアイリスは同時に声を発した。

剣先をこちらに向けて、敵意を剥《む》き出しにしている男性剣士の態度に困惑《こんわく》する。

状況《じようきよう》がまったく飲み込《こ》めない。

どういうわけか俺達は、殴《なぐ》り込みに来たヤベー奴《やつ》みたいな扱《あつか》いを受けてしまっている。

「なにか勘違《かんちが》いをしていないか？　俺達は道場破りに来たわけではない。迷子になってしまったから、フロルストリートまでの道を教えてもらおうと思って、たまたまここに立ち寄っただけだ」

「勘違いだと？　ふざけんじゃねえ、勘違いでギルドに矢が飛んでくるわけねぇだろ！」

男性剣士は壁《かべ》を指差した。

そこには勇者パーティの肖像画《しょうぞうが》がそれぞれ壁に掛《か》かっている。

勇者、魔導士《メイジ》、僧侶《プリースト》、騎士が一人ずつ肖像画になっており、当時の姿がわかるようになっている。

彼《かれ》らは１００年前に魔王を倒《たお》した国の英雄達《えいゆうたち》だ。

そんな英雄達の、しかもリーダーである勇者の額に一本の矢が深々と突《つ》き刺《さ》さっている。

勇者だけ魔王軍会議室にありそうな殺しの標的みたいになってる。

また、矢の射線上には窓ガラスがあり、そこだけやけに換気《かんき》が良くなっている。

「もしかして俺達が犯人だと疑っているのか？」

「お前達が犯人ではなかったら、誰《だれ》が犯人だっていうんだ！」

「ご、誤解です！　私達は犯人ではありません！　信じて下さい！」

「黙《だま》れ‼」

男性剣士は、この世で最も清浄《せいじょう》な存在である聖女《クオルト》に対して、とんでもない暴言を吐《は》いた。

「俺達を疑うのは勝手だが、俺達が犯人だという証拠《しょうこ》はあるのか？」

「ロイド様のおっしゃる通りです。これは立派な冤罪《えんざい》です。大体、私達は弓矢なんて使えませんよ」

「けっ、これが昼間だったらてめえらのバカな言い訳を信じる奴もいたかもしれねぇけどよぉ！　今何時だと思ってるんだ？　夜中の３時なんですが～～～？　こんな夜中に、迷子ですとか信じられるわけないだろカス‼」

男性剣士は俺達に暴言を吐きながら罵《ののし》った。

奴らは俺達を犯人だと完全に決めつけている。もはやこの場で弁解しても効果は薄《うす》いだろう。

俺は小さくため息を吐いた。

「話にならないな。アイリス、これ以上のやり取りは時間の無駄《むだ》だよ。別のところで道を尋《たず》ねよう」

「そうですね。この状況では仕方ありませんよね」

アイリスは残念そうに目を伏《ふ》せて、小さく頷《うなず》いた。

「犯人のくせに被害者《ひがいしや》ぶりやがって、このまま逃《に》がすと思ってんのか！」

「そうだそうだ！」

「絶対に逃がさねえ！　捕《つか》まえてボコボコにしてやる」

先ほどの男性剣士がそう叫《さけ》ぶと、冒険者達はいっせいにこちらに迫《せま》ってくる。

「仕方あるまい、アイリス。これから少し荒《あら》っぽい事をするが、しばらく目を瞑《つむ》ってくれないか？」

「かしこまりました」

アイリスは素直《すなお》に目を瞑った。

目を瞑るとは、見てぬフリをするという意味であって、本当に目を瞑るという意味ではないんだが、可愛《かわい》いからヨシとしよう。

それはともかく、今はこの場を収めるのが先決だな。

俺は素早《すばや》く詠唱《えいしよう》を済ませて、植物魔法の《プラント》を発動する。

すると、人間の胴体《どうたい》はあろうかという太さの植物が出現した。床《ゆか》を突き破りながら次々と飛び出してくる。

そして、あっという間に冒険者達を全員拘束《こうそく》してしまった。

「な、なんだこれ⁉」

「くそっ、硬《かた》くて全然斬《き》れねえ！」

「俺にひどいことして楽しむつもりだろ！　エロ同人誌みたいに！」

最悪の事態は回避《かいひ》できたが、男の俺からしてみればあまり嬉《うれ》しくない光景だな。

今回拘束したのは全員野郎《やろう》達ばかりだ。彼らの悲鳴を聞いても何も感じない。完全に無だ。

どうせなら美女が出てきたら……。

俺の願いが通じたのか、突如《とつじょ》、女性の怒鳴《どな》り声が聞こえてきた。

「町が寝静《ねしず》まっている真夜中になにを馬鹿騒《ばかさわ》ぎしておる‼」

吹《ふ》き抜《ぬ》けの２階フロアから、見事な金色の髪《かみ》を腰《こし》まで伸《の》ばしている美女が、仁王立《におうだ》ちのポーズで見下ろしている。

はわわ⁉

めちゃくちゃ美人さんだ。これは触手で拘束するしかないっしょ！

ぐへへ、名もなき美人さんよ。俺の目の前に現れた事を後悔《こうかい》するんだな。

「よし！」

「ロイド様、悪い事を考えていらっしゃるのでしたらやめて下さいね」

ゴゴゴゴ……！

俺の背後から凄《すさ》まじい殺気を感じた。その殺気の正体はアイリスである。

アイリスは黒い笑《え》みを浮《う》かべている。

「まだ何も言っていないのにどうしてわかったの⁉」

「聖女の勘《かん》です」

まさかアイリスにこんな特殊《とくしゅ》能力があるなんて知らなかった。

さよなら金髪《きんぱつ》美女の触手プレイ。

それはさておき、俺は改めて金髪美女の容姿を観察する。

凛《りん》とした顔立ちはとても若く、おそらく20代前半だろう。

美女はそこから一歩も動かず、冒険者達に大声で尋ねる。

「こ、これはいったいどういう状況だ？　私にもわかるように説明しろ」

「ギルド長！　実はアイツらがギルドを襲撃《しゅうげき》してきたんです！」

どうやら彼女《かのじょ》はギルド長のようだ。

襲撃していないと訂正《ていせい》したいが、俺達の意見は聞き入れてくれないんだろうな。

正直諦《あきら》めていたが、意外にもギルド長の反応は違っていた。

「ふむ、襲撃とは穏《おだ》やかではないな。だが、いきなり彼らを犯人だと決めつけるのは感心しないな。証拠はあるのか？」

「証拠ならあそこに矢があります！　こんな遅《おそ》い時間にこのギルドにやって来たのも奇妙《きみょう》です！」

「それは状況証拠であって物的証拠ではないだろう。偶然彼らが入ってくるタイミングで矢を射られた可能性だって捨てきれない」

「でも……」

「もし、彼らが冤罪だったら、お前らは責任を取れるのか？」

ギルド長の一言で冒険者達は押《お》し黙る。

よかった、ギルド長は話がわかる賢人《けんじん》のようだ。

「とにかく、まずは私が彼らと話をしてみるからお前達は下がっていろ」

ギルド長が冒険者に手出しをするなと命令し、スタスタと2階から下りてくる。

「ロイド様、ここは私にお任せ下さい。彼女は私の聖女時代の知り合いです」

アイリスが俺にしか聞こえない程度の小声で囁《ささや》いた。

さらに言葉を続ける。

「彼女は聖騎士《きし》で、エメロード教の敬虔《けいけん》な信徒なので、聖女である私の命令は必ず聞き入れるでしょう」

厳格なエメロード教徒ならアイリスに任せた方が都合がいいな。アイリスにギルド長の説得をお願いする。

アイリスは自信満々の表情で一歩前に出る。

「こんにちはイゾルテさん」

どうやらあの金髪美女はイゾルテという名前のようだ。

「むっ、どうして私の名前を知っている？」

イゾルテは不審《ふしん》な目つきでアイリスを睨む。

「ふふふ、答えはシンプルですよ。イゾルテさん、私の顔に見覚えはありませんか？」

アイリスはドヤ顔で、自分の顔を指差しながらそう言った。

「いや、まったく。てか、本当に誰だお前、いきなり変な事を言って大人を困らせるんじゃない」

イゾルテさんは即答《そくとう》した。

アイリスはこれ以上にないほどショックを受けて、この世が終わったような愕然《がくぜん》とした表情になり、ガクリと両膝《りょうひざ》をついた。

これは辛《つら》すぎる……！　知り合いだと思っていた人に認知されていないなんて。本当に自分の事を聖女だと思い込んでいる偽《にせ》聖女かもしれない。

「どうせ私は国を追放された偽聖女ですよ……」

その場で体育座りとなって顔を伏せている。俺はアイリスの肩《かた》に手を置いて慰《なぐさ》める。

「元気を出しなって、さっき外で一緒《いっしょ》にやった星座占《うらな》いでもアラクネ座は1位だったじゃないか」

「占いなんて全部インチキですよ」

「なんてこと言うのアイリス」

アイリスの心はささくれていた。

「アイリス？　それに偽聖女……？」

イゾルテさんは一部のキーワードに反応する。

目を細めてアイリスをしばらく凝視《ぎょうし》する。

突然《とつぜん》、「あっ」と大声で叫んだ。

ようやく、イゾルテさんの頭の中でアイリスと聖女が結びついたようだ。

それと同時に、イゾルテさんの表情がみるみる内に青ざめていく。

「も、もしやアナタ様は、神聖ローランド教国の……⁉」

「アイリス・エルゼルベル・クォルテです。人は私をローランドの聖女アイリスと呼びます」

「ひいいいいいいい⁉　も、申し訳ございません！　普段《ふだん》は『仮面』をかぶっていらしたので、アイリス様の正体に気づくのに遅《おく》れてしまいました！」

イゾルテさんは驚《おどろ》きのあまり、その場で尻餅《しりもち》をついた。

「許してほしければ、自分がなにをすべきか、わかっていますよね？」

アイリスはイゾルテさんの背後にいる冒険者達に睨みを利《き》かせた。

アイリスの正体が判明すると状況が一変した。

聖女の威光《いこう》は凄まじく、本国の聖女でないにもかかわらず、目の前にいた全員が平伏《ひれふ》してしまった。

先ほどまで暴言を吐いていた男性剣士ですら、地面に額を押しつけるようにして体を震《ふる》わせている。

いくら無学な冒険者とはいえ、『神聖ローランド教国』の聖女に喧嘩《けんか》を売る事がどれだけ恐《おそ》ろしい事かくらいは理解しているらしい。

「申し訳ありません。神聖ローランド教国の大聖女アイリス様とも知らず、ギルドの者達が度重《たびかさ》なる無礼を働いた事を、彼らの代表としてここに深くお詫《わ》び申し上げます。この度はこの私を厳しく罰《ばっ》して下さい」

イゾルテさんは震えた声でアイリスにそう言った。

アイリスも真剣な表情に戻《もど》り、他を寄せ付けない厳格な口調で淡々《たんたん》と語り始めた。

「本来、監督《かんとく》であるアナタにも重い責任が及《およ》ぶところですが、秩序神《ちつじょしん》エメロードは信仰深《しんこう》い信徒に対しては寛大《かんだい》な処置をなさいます。ゆえにアナタを罰することは致《いた》しません。アナタへの罪は許されました。しかし、他者の心を明確に傷つけるような彼らの言動、事情を知らない我々に対しての横暴な振《ふ》る舞《ま》いは決して見過ごすわけにはいきません。監督であるアナタが厳しく処罰《しょばつ》して下さい」

「承知しました。オイ、お前達は本日より全員Eランクに降格だ。初心に戻ってまた1からクエストやり直せ！」

「「「そ、そんなあああああああ⁉」」」

冒険者達全員が悲鳴をあげた。

「これでよろしいでしょうか、アイリス様」

「はい、それで構いません。その後の指導もよろしく頼《たの》みますよ」

「ギルド長として尽力《じんりょく》致します」

イゾルテさんは深々と頭を下げた。

聖女裁判の感想だが、アイリスにしては随分と重い罰を与《あた》えたなと感じた。

アイリスの事だから、てっきり彼らの罪を許すものとばかり思っていた。

「優《やさ》しくするばかりが彼らのためになるとは限りません。罰するべきところは厳しく罰しなければ彼らは決して反省しないでしょう。きちんと罰を与えることも秩序神エメロードの代行者《クオルテス》としての責務と言えます」

聖女モードのアイリスからは厳格さが伝わってくる。

「さて、彼らの処罰は終わりましたね」

アイリスは一息ついた。

「アイリスのおかげで助かったよ」

「もし宜《よろ》しければ私の頭を撫《な》でて下さりませんか、ロイド様に撫でられるとすごく安心します」

どうやら俺に甘《あま》えたいらしい。

「アイリスはえらいえらい」

アイリスの頭をポンポンと押しながら優しく撫でる。

頭を撫でられている間、アイリスは眩《まぶ》しそうに目を細めている。

聖女への表現としては不適切だが、まるで小動物を撫でているみたいだった。

「あ、あいつ、ローランドの聖女の頭を撫でてやがる……!?」

「あの男は一体何者なんだ……？　まさか聖女をも超《こ》えるすごい人物なのか？」

いつの間にか俺の方まで神格化されている。

その後、ギルド長より念願の『地図』を手に入れて、俺はアイリスと二人でギルドをあとにした。

余談であるが、聖女時代のアイリスは常に仮面をかぶっていたようだ。

だから自国においても、アイリスの素顔《すがお》を知っている人物は、ほとんど存在しないらしい。

第8話

特別な友達

ただ地図を手に入れるだけでこんなに苦労するとは思わなかった。

なんの変哲《へんてつ》もない普通《ふつう》の地図を眺《なが》めながらこれまでの苦労に思いを馳《は》せる。

短い時間ではあったが濃密《のうみつ》なものだった。

チンピラ3人組に襲《おそ》われたり、迷子になったり、愉快犯《ゆかいはん》のせいで冒険者《ぼうけんしゃ》に因縁《いんねん》つけられたり。

今思えばしょうもない目にばかりあってるな。

でも、ルビーから指定された難しい素材を集めてきた時よりも何十倍もの達成感があった。

「ロイド様、今度はあの道を右に曲がるらしいですよ」

俺《おれ》の右隣《みぎどなり》で楽しそうに地図を指差すアイリス。

子供のように無邪気《むじゃき》にはしゃぐ仕草とその表情を見て、疑問に対するパズルのピースが埋《う》まった気がした。

こうして嬉《うれ》しく感じるのはきっと。

ゴールの先に誰《だれ》かの「笑顔《えがお》」があったからだと思う。

このままでは終われない。

出会ってまだ半日も経《た》っていないが、いつの間にか俺はアイリスに心惹《ひ》かれていた。

恋人《こいびと》になりたいとは少し違《ちが》う感情。

恋人という言葉にはいまでも少しだけトラウマがある。

アイリスにとっての『特別な友達』になりたいという感情が今は合っている。

目的地の宿に到着《とうちゃく》するまでにアイリスの心に残るなにかを残したいと考えていた。

ゴールがあんな遠くに感じたのに今はゴールが近づいてくるにつれて名残惜《なごりお》しさを感じる。

「どうかしましたか?」

俺の様子に何かしら感じ取ったのか、アイリスの方から声をかけてきた。

「さっきのお礼をしたいなって考えてた」

俺は自身の気持ちをはっきりと伝えた。

「その言葉を先に言ってしまうと、私の期待が大きくなってしまいますよ」

アイリスは悪戯《いたずら》っぽく微笑《ほほえ》む。うむむ、先手を打たれてしまった。これはなかなか手強《てごわ》い相手だ。

難易度が高いということは期待の裏返しでもあるので、アイリスの想いに応えたいという前向きな気持ちになった。

地図的な距離感《きょりかん》から見て、あと到着まで二分もない。

周囲を見回して何かヒントになるものがないかを探す。

すると、青く光っている《魔光石《まこうせき》》が目にとまった。しばらく《魔光石》をジッと見つめてると、俺の脳裏にあるアイディアが思い浮んだ。

俺はすぐに肉体強化魔法の《グロウ》を発動する。

地面を蹴《け》って屋根の上に飛び移り、辺りを見回してちょうどいい場所がないかを探す。

すると時計塔《とけいとう》が視界に入る。時計の針は、もうすぐ朝を迎《むか》える時刻だ。

今からならギリギリ間に合いそうだな。

俺は屋根から飛び降りてアイリスに駆《か》け寄る。

「おーいアイリス！　ちょっと体に触《さわ》ってもいいか？」

「別に構いませんけど、一体何をするおつもりですか？」

「ん。ちょっとな」

アイリスの背中に腕《うで》を回して、ひょいっとアイリスをお姫様抱《ひめさまだ》っこした。

《グロウ》の効果が持続しているので、今の彼女《かのじょ》は羽根のように軽い。

「う、あひゃ⁉」

突然《とつぜん》のことでびっくりするアイリス。

顔も真っ赤になり、慌《あわ》てふためく姿はとても新鮮《しんせん》だ。

「あわ、あわわ。ろ、ろろロイド様？」

「少しだけ目をつぶっていてくれないか？」

「は、はい……」

俺からアイリスにそうお願いする。するとアイリスは何も言わず、目をギュッとつぶってくれた。

それから俺はとある場所へと急いだ。

屋根の上を駆け抜《ぬ》けながら日の出よりも先に目的地に到着するために。

「もう目を開けていいぞアイリス」

目を開いたアイリスの視界を包み込《こ》んだものは青い光。

魔光石の青い光に包まれた町の夜景。

現在俺達は時計塔の頂上にいる。

宿屋から見た町の景色が綺麗《きれい》だったから、もっと高い位置にある時計塔の上から見たらもっと綺麗だろうなと思ってここを選んだ。

あとはアイリスが喜んでくれたら万々歳《ばんばんざい》だな。

そして、アイリスの肝心の反応であるが。

「空からみる町の景色ってこんなに綺麗なんですね。今まで知りませんでした」

失敗するかもという気持ちもちょっとばかりあったが、どうやら杞憂《きゆう》だったようだ。

アイリスはとても感動しており、口を開けたまま景色に見惚《みほ》れている。

「ロイド様、合格ですよ」

聖女として合格点をくださった。

だが、俺が本当に見せたかったのはこれではなく、その先だ。

「いいや、まだだよアイリス。驚《おどろ》くのはまだ早い」

「え?」

料理人は良い素材を美味《おい》しい料理へと変えるのが仕事だ。

錬金術師《れんきんじゅつし》は良い素材を素晴《すば》らしいアイテムへと変えるのが仕事だ。

じゃあ俺達専属魔導士は、良い素材をさらに生かしてもらえるように『最高の舞台《ぶたい》』を整えるのが仕事なんだと思う。

朝日が昇《のぼ》りつつあるようで、魔光石の色が朝日に反射して青色から銀色へと変化していく。

その銀色はまるで『アイリス』を表しているようであった。

朝日に照らされた長い銀髪《ぎんぱつ》は光を束ねたように、よりいっそう輝《かがや》きを増してゆく。

「合格点は超《こ》えてくれたか？」

改めて、俺はアイリスに尋《たず》ねる。

「ロイド様はいじわるな方ですね。もうとっくに超えていますよ、１２０点です」

１２０点嬉しい～。がんばった甲斐《かい》があった。それにしても俺、よくここに連れてくる発想が咄嗟《とっさ》に思いついたな。まあ、俺がそれだけすごい奴《やつ》ってことか。いやー、まいったなー、できる男は違うなー。

と、鼻を高くしながら調子に乗っているとアイリスはさらに口を開く。

「一つだけ、点数には反映されない『減点ポイント』があります」

「え？」

この状況下《じょうきょうか》で減点されるポイントなんてあるのだろうか。

「とても単純な答えです。私のために頑張《がんば》りすぎて、さっきの地点よりも目的地が遠くなっていますよ」


言われてみればそうだった。

地図で確認《かくにん》するとフロルストリートがまーた遠くになってしまった。

あんなドヤ顔で宣言しておいて当初の目的を忘れるとかダサすぎるだろ。

肩《かた》をがっくりと落として落胆《らくたん》している俺を見て、アイリスは口に手をあてながらクスクスと楽しげに笑っている。

でも、まあいいか。

いまのアイリスは威光《いこう》もなにも感じられない、他の誰でもない普通の少女に見える。

でも、そんなアイリスの姿が、俺には一番眩《まぶ》しく映った。

第9話 天才錬金術師の勘違い

【ルビー視点】


ロイドがアトリエを飛び出して３週間が経過した。

アトリエに帰ってくるような気配は今のところ微塵《みじん》も見られない。

ロイドがいなくなった理由は定《さだ》かではないが、いまの私はロイドに対して完全に興味を失っていた。

ロイドは専属魔導士《まどうし》としては三流で、特に素材採取率の低さは、いくら寛大《かんだい》な私であっても見過ごす事ができない。

およそ60％の確率で素材の採取を失敗すると言えば伝わるだろうか。

この不安定さは専属魔導士として致命的《ちめいてき》で、私はロイドの尻拭《しりぬぐ》いを何度も強《し》いられていた。

今回のロイドの出奔《しゅっぽん》は私にとっても都合がよかった。

私はもっとレベルの高い専属魔導士と仕事をしたかった。

私にとってロイドは足枷《あしかせ》でしかなく真のパートナーとは言えない。

彼《かれ》の事はきっぱりと忘れて新しい専属魔導士を探すのも悪くない。

むしろそれが一番だ。そうに違《ちが》いない。

ロイドにこだわる必要性はどこにもない。

仕事も満足にできず、責任感もなく、ワガママだけは多い。

どうして今まであんな無責任な奴《やつ》と恋人《こいびと》だったんだろう？

話は変わるが、彼がいなくなったことで新しい問題が露見《ろけん》した。

山積みとなった依頼《いらい》の書類に視線を向けて、私は大きなため息を吐《つ》く。

「この依頼の山、そろそろなんとかしないとヤバイかも……」

現在の私の状況《じょうきょう》であるが上手《うま》くいっているとは言いがたい。

どちらかと言えば『困っている』という現状だ。

具体的に何に困ってるかというと錬金術師としての仕事ができない。

錬金術は専属魔導士が採取してきた素材を錬金術師が調合する形で行われるタッグ制だから、片方が機能しなくなると機能不全になる。

今回は専属魔導士がいなくなったから、素材の入手ができず、素材の調合が滞《とどこお》っている状況だ。

私は他のアトリエのように複数の専属魔導士を雇《やと》っていない。

だからロイドがいなくなれば素材を集める術《すべ》がなくなってしまう。

現在、私のアトリエには専属魔導士はいない。

錬金術師は、なんらかの理由で依頼を処理できない場合、拒否《きょひ》もしくは譲渡《じょうと》ができる。

どちらも減点される事には変わりないが、譲渡に成功した場合は最小限のダメージで済む。

他のアトリエにいくつか立ち寄って依頼の譲渡を行ったけれど、すべてやんわりと断られてしまった。

要求する素材の難易度が高すぎるようで専属魔導士が全員首を横に振《ふ》ったらしい。

あのロイドですら採取できる依頼を断るなんて信じられなかった。

それと同時に彼らに対して怒《いか》りの感情も湧《わ》いた。

彼らはきっと優秀《ゆうしゅう》な私が苦しんでいるのを見て陰《かげ》で笑っているのだろう。

一部の依頼の提出期限が過ぎた事でアトリエの評価がAランクからBランクへと降格した。

1ランク上げるのにおよそ1年かかるので精神的ダメージも大きい。

このまますべての依頼を放っておけば半年後にはEランクにまで降格するだろう。

早く新しい専属魔導士を探さねば。

……ああもう！　こんなにたくさんの依頼を引き受けるんじゃなかった！

第10話 冒険者ギルド

アイリスを宿屋に送り届けた俺《おれ》はその後、宿泊《しゆくはく》先の宿屋に帰還《きかん》した。

結局、一睡《いっすい》もしていなかったので今はとても眠《ねむ》い。

自室に戻《もど》った俺はベッドにぶっ倒《たお》れてそのまま深い眠りについた。

起床《きしよう》後、俺は朝風呂《あさぶろ》を済ませてから部屋を出た。レラ達《たち》はすでに食堂で食事をとってる最中だった。

朝食も食べ放題形式だったので今回はほどほどの量を皿に盛った。

「おはようございます先生。本日もよろしくお願いします」

マルスが俺に気づいて丁寧《ていねい》に挨拶《あいさつ》をした。

「おはようマルス。レラもおはよう」

「おはようございますロイドさん。今日からいよいよ冒険者生活の開幕ですね」

レラは柔和《にゆうわ》な笑《え》みを浮《う》かべてそう答えた。

金髪《きんぱつ》美少女とオシャレな朝食って例外なく似合うんだね。ホットケーキをナイフで切り分ける優雅な仕草だけで何か聡明《そうめい》さを感じられる。

「レラは紅茶も嗜《たしな》むのか」

　現在、レラは紅茶を飲んでいる。

　ほのかに柑橘《かんきつ》系の香《かお》りが漂《ただよ》ってくる。

「私はオシャレ指数の高い気品のあるエルフ族ですからね。パック入りの紅茶を飲むときは、かならず大ポットに入れて、濃《こ》さが均等になるように調整します」

「急に庶民《しょみん》的な事を言い始めたな」と俺は言った。

「ところで、冒険者といえば4人パーティが一般《いっぱん》的ですが、先生はどうなさるかもう決めてますか？」

　マルスが俺に尋ねた。

「ノープランだ。とりあえず、俺は後衛タイプだからその対《つい》となる前衛職でも探そうと思っている」

「前衛職なら目の前に剣士《けんし》の俺がいるじゃないですか」

　マルスは意外そうな顔でそう答えた。

「二人のパーティに俺が加わっても大丈夫《だいじょうぶ》なのか？」

「もちろんオッケーですよ。むしろなんでダメだと思ったんですか」

　友達《ともだち》感覚ではあるけれども、パーティになるような絆《きずな》イベントを起こした記憶《きおく》はない。

　ただ、冒険者のパーティって、もともとそういう軽いノリなのかもしれない。

「私としてもロイドさんの魔法《まほう》をもっとたくさん拝見したいので、ロイドさんさえよければ、私達のパーティに加わってくれたら、すごく嬉《うれ》しいです」

レラもオッケーのようだ。

彼《かれ》らなら俺もあまり遠慮《えんりょ》せず自然体で接する事ができる。

とはいえ、彼らに対していつまでも依存《いぞん》するのは、俺にとってもあまり良くないので、『1週間』という期限付きで彼らのお世話になる事になった。

1週間という部分は俺の提案だ。

マルス達以外の人達ともパーティを組んだり、ソロでクエストをしたり、色々と挑戦《ちょうせん》してみたいと伝えると二人はとても感心し、快く了承《りょうしょう》してくれた。

「そうですね。ロイドさんが仰《おっしゃ》るようにそれがいいかもしれませんね。私達にとっても、ロイドさんに依存しすぎるのはダメでしょう」

「流石《さすが》です先生。俺達のことまで考えて下さっていたのですね」

いや、完全に自分のことだけを考えていた。

でもまあいいか。二人とも良い方向に成長している気がするし。

「1週間という短い間になるが、二人ともよろしく頼《たの》む。冒険者としては本当に初心者だから色々教えてくれ」

「はい、喜んで。これからよろしくお願いします、ロイドさん」

「もちろんです先生！　何かわからない事があれば遠慮なく聞いて下さい！」

その後、俺達は冒険者ギルドへと向かった。

冒険者ギルドは昨夜行ったばかりなので場所はすでに記憶している。

道を知っているのでさっそく二人を案内しようと思ったのだが、二人は見知った様子で町を歩いていく。

「二人とも冒険者ギルドの場所はすでに知ってるんだな」

二人の肩《かた》が同時に震《ふる》えた。

「昨日のお昼にレラと一緒《いっしょ》に町を散歩したんですよ。その時に冒険者ギルドの場所も確認《かくにん》したんです」

あの時かー。たしかにそれなら納得《なっとく》だ。

それから20分後、俺達は冒険者ギルドに到着《とうちゃく》した。


スイング式の扉《とびら》を開けてギルドに入る。

午前中という事もあり、ロビーは大勢の人で賑《にぎ》わっていた。

気がかりだった矢の件だが、破壊《はかい》されていた窓と床《ゆか》もすでに修復されていた。

他の冒険者達もそれを気にしている様子は一切《いっさい》なかった。

窓ガラスに関して追及されると思っていたが、どうやらそれは杞憂《きゆう》であったようだ。

ギルド長がばっちりと後処理をしてくれたらしい。昨夜の事なのにもう対応が終わっているとはとても有能な方ですな。

受付には白髪《はくはつ》でケモミミを生やした女性職員。

胸元《むなもと》の大きく開いた服装をしており、若干《じやっかん》だが谷間が見えている。

俺は女性職員に話しかける。

「冒険者登録がしたいと思います」

「新規登録の方ですね。こちらの紙にお名前を書いて下さい」

長い睫毛《まつげ》をパチパチと開閉させながら笑顔《えがお》でそう答えた。

なんとなくだが、人当たりが良さそうな性格だと思う。

3枚の紙とペンが渡《わた》される。

名前と種族を書く欄《らん》があり、注意事項《じこう》と規約が書かれている。

名前欄にロイドと記入した。種族はもちろん人間だ。

「ロイドさまですね。これから冒険者ギルドの説明を致《いた》しますね」

女性職員は説明を開始した。


＝＝＝＝＝＝＝＝＝＝＝＝＝＝＝＝＝＝＝＝

○冒険者ギルドの規模
冒険者ギルドという組織は西方大陸にある13の国家すべてが加盟している連合組織。

冒険者ギルドに所属している者は、面接審査《しんさ》さえ通れば、別の国でも本国と同じように冒険者として活動できる。
○冒険者ギルドの目的

冒険者ギルドの主な目的は『領域』の安定化。

領域とは土地の危険度を指し示すレベルだ。

領域のレベルを下げる聖女《クオルト》の力はとても偉大《いだい》であるが聖女は万能《ばんのう》ではない。

聖女は国に一人しかいないので、聖女一人にすべてを任せることは不可能なのだ。

かつては聖女がオーバーワークで倒れてしまうトラブルも頻発《ひんぱつ》していた。

聖女の負担を減らすために作られた組織と言っても過言ではない。

王国軍は国境付近では慎重《しんちょう》な行動を取らざるを得ない。

人が立ち入りづらい森の中や山の中にまでは、わざわざ軍を派遣《はけん》できない。

冒険者ギルドは王国軍が担当しづらい地域を、聖女なしで解決するために作られた組織と言える。

傭兵《ようへい》との差異はさほどないが、『国が管理している』という部分が大きな違《ちが》いだろう。

民間組織ではあったが、50年ほど前から国の組織へと昇格《しょうかく》し、様々な規則が定められるようになった。

冒険者ギルドにやけにルールが多いのもこれが理由だ。
○冒険者ランク
ギルドにはEランク、Dランク、Cランク、Bランク、Aランク、Sランクの6種類が存在し、ランクに応じて引き受けることができる依頼《いらい》が決まっている。
○領域との関連性
冒険者ランクは領域との関係性が非常に重要視されており、領域は次の4種類に分類される。

安全領域《エリア3》、支配領域《エリア2》、危険領域《エリア1》、未開領域《エリアゼロ》
Eランク　安全領域《エリア3》
Dランク　支配領域《エリア2》
Cランク　支配領域《エリア2》
Bランク　支配領域《エリア2》
Aランク　危険領域《エリア1》
Sランク　未開領域《エリアゼロ》
このような対応表が存在している。しかし、Bランクによってはaランク相当のものもあるため油断してはいけないらしい。
○領域の変動
領域は時間経過と共に次の段階に進んでいく。
エリア3→エリア2→エリア1→エリアゼロ。
これは自然発生的に起こるものではなく、西方大陸にかけられた呪《のろ》いの影響《えいきょう》である。
○ランクの降格
自身のランク未満のクエストを引き受けるためにはギルド側の許可が必要。

よほどの事がなければ却下《きやっか》されることはないが、自身のランク未満のクエストばかり引き受けているると、職員側からランクの降格を提案される場合がある。
○最後に

この西方大陸は呪われており、放っておくと領域レベルが上がっていき、最終的には人が住めない未開領域《エリアゼロ》になってしまいます。

私達の未来のためにも、１００年後の子孫のためにも、冒険者全員が一致《いっち》団結して呪いと戦いましょう！

＝＝＝＝＝＝＝＝＝＝＝＝＝＝＝＝＝＝＝＝＝

「このような感じになります」

女性職員は説明を終えた。

「相変わらす説明が長いなー。半分しか理解できなかったぞ。イテッ、なんだよレラ」

「すみません、ほんとにこの子は！　ロイドさんはどうですか？」

「完璧《かんぺき》だ」

「流石ですロイドさん」

俺達の様子を見て女性職員は笑っていた。

レラとのこういうやり取りを見ると、マルスも年相応の子供なのだと感じた。

説明が終わると、女性職員は引き出しから水晶《すいしょう》を取り出して机の上に置いた。

「いまからロイドさまの実力を測るので、この水晶に触《ふ》れてみて下さい」

へえ、そんなのがあるんだ。ちょっと楽しみかも。

「確かめるまでもなく先生はマスター級だと思いますよ」

「どうせマスター級です」

マスター級断言カップルの言葉は無視して、俺は水晶に手を触れて、水晶に意気揚々《ようよう》と魔力を加える。

次の瞬間《しゅんかん》、水晶が木端微塵《こっぱみじん》に砕《くだ》け散った。

「へ？」

女性職員は何が起こったのか理解できずに粉々の水晶を凝視《ぎょうし》している。

「あれ？　もしかして故障か？」

「そ、そうかもしれません。申し訳ございません、新しい水晶を用意しますね」

二つ目の水晶も俺が手を触れると木端微塵になる。

女性職員は顔を引き攣《つ》らせて俺を見ている。

そ、そんな化け物を見るような顔で俺を見ないでくれ。

「俺は人よりちょっと魔力総量が多いだけなんだ」

「ちょっとどころか、だいぶ多いと思いますが……とりあえずギルド長に報告しに行きますね」

女性職員はそそくさとギルドの2階に上がっていった。

数分後、受付に戻ってきた女性職員は、ギルド長が俺を呼んでいる事を報告した。

「流石です先生。ギルド長から直々《じきじき》にお呼びがかかるなんて中々できることではありませんよ」

「《スローライフ・バスター》とはロイドさんの事を指す言葉ですね」

全然嬉しくないよそんな称号《しょうごう》。ギルド長といえば昨日出会ったあの綺麗《きれい》な女性だよな。

名前はたしか『イゾルテ』だったはず。

「話が長くなりそうですから、その間にギルドの中を散歩しましょうか」

「そうだな。お得な依頼とか、紹介《しょうかい》してもらえるかもしれないし」

レラの提案にマルスは頷《うなず》く。

その後、二人は依頼がたくさん貼《は》られている掲示板《けいじばん》の方へと歩いていった。

「それではロイドさま。こちらにいらして下さい」

女性職員はギルド2階の一番手前にある部屋に俺を案内した。他の部屋に比べると少し立派な形をしている部屋である。

「こちらです、ロイドさま」

「ありがとうございます」

女性職員にお礼をして、俺は扉を3回ノックする。

「入れ」と言われたので、イゾルテさんが待つ部屋へと入室する。

どうやらそこは応接室のようで、イゾルテさんは背中を向けたまま俺を待っていた。

そして、ゆっくりと振《ふ》り返る。

目つきは鋭《するど》く、やや怖《こわ》い印象が見受けられるが、大人の魅力《みりょく》が感じられるとても綺麗な女性だ。

白色の上着には、花びらのような赤い胸飾《かざ》り。黒色のコルセットで固定しており、体のラインがしっかりとわかるデザインになっている。剣士にしては珍《めずら》しく鎧《よろい》を装備しており、白色の手甲《てっこう》と足甲を身につけている。

「おや？　お前はたしか、昨夜アイリス様と一緒にいた……」

「昨日《さくじつ》ぶりですね。俺がロイドです」

俺はお辞儀《じぎ》をする。

「そうだ、ロイドだったな。昨夜は本当にすまなかった。この場を借りてもう一度私に謝《あやま》らせてくれ」

イゾルテさんは再度頭を下げるので俺はすぐに止めに入る。

「ギルド長、俺なんかに頭を下げないで下さい。昨日の件はすでに済んだことなんですから」

犯人だと疑われている俺とアイリスを、すぐに犯人だと決めつけず、公平な態度で接した恩人である。

イゾルテさんに対しては文句どころか感謝しているくらいだ。

「気を使わせてしまってすまない。なにか私にできることがあるなら何でも言ってくれ。力になれる事ならなんでも力になろう」

イゾルテさんは真剣な顔でそう言った。

その後、イゾルテさんは改めて自己紹介をした。

3年前まで聖騎士《きし》として王都で活動していたそうだ。

鎧を装備しているのは聖騎士だった頃《ころ》の名残《なごり》からか。俺は一人で納得する。

「詳《くわ》しい話はすでに聞いている。冒険者になりたいようだな」

「はい、でも計測ができないからって、なんかよくわかんない感じです」

「案ずるな。そんなもの私の権限でどうにでもなる」

「本当ですか。ありがとうございます」

「そこで一つ相談があるんだが、Eランクではなく、Dランクから活動してくれることは可能か？」

「えっと、それはどういう意味でしょうか？」

「言葉通りの意味だ。例年に比べて、今年はミネルバの周囲で魔物の数が増大してるんだ。だから戦える冒険者を少しでも増やしたい。もちろん、無理にとは言わない」


先ほど、『領域』という言葉が資料に詳しく書かれていたが、あれは土地の安全度を指す言葉だ。

最も危険な領域が未開領域《エリアゼロ》。

次に危険な領域が危険領域《エリア1》。

モンスターが出現する領域が支配領域《エリア2》。

モンスターが出現しない領域が安全領域《エリア3》。


このように区分されている。Eランクはモンスターが出現しない安全領域《エリア3》での活動が中心となる。

つまり、討伐《とうばつ》クエストが一切存在しない。イゾルテさんが望んでいる魔物の駆除《くじょ》という要望は満たせないのだ。

本来なら、段階を踏《ふ》まずに上のランクを容認するのは、あまり褒《ほ》められた行為《こうい》でないのだが、イゾルテさんにも深い事情があるのだろう。

これから長くお世話になるかもしれないお方だし、ここで恩を売っておくのも悪くはない。

「別に構いませんよ、俺も魔物と戦う方が性《しょう》に合ってます」

打算的な考えもあるが、単純にDランクの方が面白《おもしろ》そうだ。

「そ、そうか！　私の頼みを引き受けてくれるか。本当に助かる！　半ば無理やりDランクにするわけだからな。お前に危険が及《およ》ばないように全力で支援《しえん》しよう」

「ありがとうございます。ですが、どうして俺をDランクにしようと思ったんですか？」

いくら早急に戦力がほしいとはいえ、素性《すじょう》もよくわからない奴《やつ》を、いきなりDランクに昇格させようとするだろうか。

「理由は簡単だ。お前が倒した冒険者達は、いずれも『上級相当』の強さを持っている。Dランクの昇格に値《あたい》するだけの実力はあるだろう」

へえ、彼らって上級クラスだったのか。

その割にはめちゃくちゃ弱かったけどなぁ……。お酒を飲んでいたみたいだし、全員酔《よ》っていたのかもしれない。

「また、日曜日限定になるが、私もクエストに同行できる」

「ギルド長もクエストに参加なさるんですか？」

「うむ、お前が望めば可能だ。私は普段《ふだん》ギルドの2階にいるから、何かある時はいつでも呼んでくれ」

やったぜ。

イゾルテさんと冒険できるようになったぞ。

さらにタイミングもばっちりで明日は日曜日。

せっかくだから誘《さそ》ってみようかな。

すると、イゾルテさんは少しソワソワしながら、壁《かべ》に貼り付けられているカレンダーをチラ見する。

「そういえば、明日はたしか何の日だったかな。土曜日だったかな、月曜日だったかな。年を取ったせいか、最近物忘れが酷《ひど》くて困っているんだ」

意外とあざといぞ、この人。めちゃくちゃかわいくて、すごく萌《も》えた。

そんなにクエストに誘ってほしいのか。

「えっと、明日は日曜日なので、クエストの同行をお願いしてもよいですか？」

「もちろんだ！　はっはっは、久しぶりの戦いで聖騎士としての血がたぎる！」

イゾルテさんが喜んでくれてなによりだ。

明日の約束をして俺は部屋をあとにした。

その後、マルス達とも合流して、明日ギルド長との予定が入った事を伝える。

「それなら明日は予定を空けておきましょうか」とマルスが言った。

「いきなり予定を入れて悪いな」

「いえいえ、年配への忖度《そんたく》はどこの職場にもありますからね」

まだ16歳《さい》なのに、マルスの口から忖度という言葉が飛び出してくるとは思わなかった。

「スローライフを送るのも大変なんだな」

「なんにせよ、これからしばらくは忙《いそが》しくなりそうですね」

マルスが笑顔で言った。

「ところで、まだギルド長の顔を見た事がないのですが、ギルド長ってどんな人ですか？」

レラが俺に質問する。

イゾルテさんの特徴《とくちょう》を簡単に説明する。

「腰回《こしまわ》りが特にえっちだった」

「最後の一言は必要なんですかね？」

と、マルスがツッコミを入れた。

「ふむ、ロイドさんのデータを少々修正する必要がありますね」とレラが言った。

データ至上主義の敵がよく口にしそうな発言だ。というか、何のデータを修正するんだろうか。

第11話

風の神殿

翌朝、俺《おれ》はイゾルテさんと一緒《いっしょ》に研修に出発した。

ミネルバから研修先までは馬車での移動となる。現在馬車が向かっている先はミネルバの北西部にある神殿。

1時間足らずで到着《とうちゃく》する距離《きょり》にあり、敵もさほど強くないので、神殿の周辺は新人冒険者《ぼうけんしゃ》の狩場《かりば》となっているそうだ。

この周辺で出現する代表的なモンスターはゴブリンとスライム。

どちらもあまり強くないので、戦闘《せんとう》になっても問題なく処理できるだろう。

馬車の中で、イゾルテさんは冒険者の基本を丁寧《ていねい》に教えてくれた。

クエストは馬車での移動が基本となるようで、冒険者であれば格安で馬車を借りる事ができるそうだ。

これは耳寄りな情報だ。

「冒険者割引が利《き》くのは嬉《うれ》しいですね」

「馬車代だけでなく、宿屋や食堂でも同様のサービスを受けることができるから、この《冒険者カード》は絶対になくしてはいけないぞ」

イゾルテさんが見せた《冒険者カード》のサイズは手帳くらい。

冒険者としての身分を証明するカードなので冒険者自身で管理しなければならず、紛失《ふんしつ》は厳禁だ。

紛失しても再発行してもらう事も可能だが、そのときはEランクからやり直しとなる。

イゾルテさんは説明後に自分の《冒険者カード》を俺に手渡《てわた》した。

指示通りにカードの表面を指でなぞると、現在のランク、等級、現在引き受けている依頼《いらい》など、画面が次々と切り替《か》わっていく。

他人のプロフィールなので、俺も軽く目を通す程度に留《とど》めて、イゾルテさんに返却《へんきゃく》した。

「ありがとうございます。とても参考になりました」

「ロイドの冒険者カードの発行は、今日の研修が終わったら一緒に行おう」

俺は頷《うなず》いた。

それから、目的地に到着するまでにイゾルテさんと世間話をした。

1時間後、神殿の近くで馬車がゆっくりと停止し、俺達《たち》は馬車から降りた。

風の神殿は二つの大きな塔《とう》が端《はし》で繋《つな》がっているような形をしている。

西塔《にしとう》と東塔《ひがしとう》と呼ばれており、入り口が近い東塔から中に入る。

ダンジョンほどではないが人里から離《はな》れた神殿にはモンスターも出現するので、ピクニック気分での探索《たんさく》は危険である。

「夕方頃《ごろ》に迎《むか》えに来ます」

御者《ぎよしや》はそう言い残してミネルバへと戻《もど》った。

「一つ質問があるんですが、宜《よろ》しいですか？」

「もちろんだ。一つどころか千個だって聞いてくれ」

そんなにたくさん聞いていると日が暮れちゃいますよ。

質問に対して好意的な態度のイゾルテさんに安心する。

「ギルド長も経験があると思うんですが、一日のうちに3つクエストを受注したい時って、どのように対応していますか？」

「一日にクエストを3つ？」

「はい。3週間も期間があるなら、皆《みな》さん一週間あたり10個くらい依頼を取ると思うんですよ。午前中に一回、午後に一回、夜に一回ずつスケジュールを組もうと考えているんですが、なにかコツなどがあれば教えて下さい」

馬車の欠点の一つとして、臨機応変にスケジュールを組めない事が挙げられる。移動時間に休《きゆう》憩《けい》できるが、馬車を使うと自分の好きなタイミングで帰る事ができない。

馬車での移動が基本となるなら、その問題をどのように対処しているのか気になっていた。

「コツも何も、最初からそんな狂《くる》ったスケジュールを組まなきゃいいだけだと思うぞ」

「え？」

イゾルテさんは意外な答えを口にした。

「そもそも、一日に3つもクエストをできるわけない。突然《とつぜん》おかしな事を言い出すからびっくりしたぞ」

イゾルテさんは笑いながらそう言った。

前職では、午前中までに一つ目の採取依頼を終了《しゅうりょう》させてアトリエに帰還《きかん》し、午後の内に二つ目の採取依頼を終わらせて、真夜中に3つ目の採取依頼を行う過密スケジュールが基本だった。

その中で俺はルビーの料理も作っていたから一週間も月月火水木金金のような感じだった。

もしかしてルビーのスケジュール管理ってめちゃくちゃなのだろうか？

イゾルテさんの話で俺は自分の常識が世間の非常識であると気付かされた。

イゾルテさんは続いて、魔物《まもの》との遭遇《そうぐう》時のポイントを説明する。

「もし自分より強い魔物が出現した時、お前ならどうする？」

「爆裂魔法《エクスプロージョン》を16連打しますかね。あまり思い出したくはないですが、《アルラウネクイーン》級の化け物が現れたら、一旦退却《いったんたいきゃく》して作戦を練り直して持久戦をします。いずれにせよターゲットは倒《たお》しますね」

「う、ううん？　アルラウネクイーン？　ロイドよ、そいつは未開領域《エリアゼロ》にしか出現しないようなモンスターだ。私達人間が勝てるような相手じゃない。私が言っているのは、そのような『神話級《しんわきゅう》』のモンスターではなく、もっと身近にいるような、ワイバーンやハイオークといった強敵だ」

「ワイバーンとハイオークが強敵……？」

あいつら全然強くないのに、イゾルテさんはなにを言っているんだろう。

ギルド長は経営側だから現場との認識《にんしき》がずれているのだろうか。

「どうやらロイドは、冒険者という職業が、本当に初めてのようだな。これは教え甲斐《がい》があるぞ」

なんにせよ、冒険者という職業が初めてという事には変わりがない。イゾルテさんの説明は一言一句聞き逃《のが》さないように真剣《しんけん》に聞こう。

導入の説明が終わり、いよいよ研修本番。モンスターとの実戦だ。

俺達は《風の神殿》の中に足を踏《ふ》み入れた。

神殿の内装を一言で説明するなら、荘厳《そうごん》、だろうか。

地面には白色のタイルが敷《し》かれており、それぞれにエメロード教を象徴《しょうちょう》するレリーフが刻まれている。

エメロード教において、レリーフはこの世で最も神聖な装飾《そうしょく》として捉《とら》えられており、宗教色の強い神聖ローランド教国では《クォルテ》とも呼ばれている。

神殿には土地を守護する役割があり、『呪《のろ》い』の進行速度を抑《おさ》える力がある。

聖女《クオルト》があまり立ち寄れない遠方の土地は、神殿を建設する事で、疑似《ぎじ》的に聖女の力を得られるようにしているのだ。

「今回の研修の目的は神殿に巣くっている魔物を駆除《くじょ》する事だ。いくら神殿が《聖法力《せいほうりょく》》で守られているとはいえ、定期的に駆除しなければ、その効果が落ちてしまうからな」

「なるほど。たしかに重要な内容ですね」

「魔物を駆除する過程で、ロイドには戦闘のノウハウも合わせて教えるつもりだ」

「勉強させていただきます」

イゾルテさんは休日返上で研修をして下さっている。こちらも精一杯《せいいっぱい》取り組むのが礼儀《れいぎ》だろう。

神殿の中で出現する魔物は2種類で、ブラックスパイダーとビードル。

ブラックスパイダーは、1メートルほどの巨大《きょだい》な赤い蜘蛛《くも》で、口から糸を噴出《ふんしゅつ》する魔物。

ビードルは、巨大な芋虫《いもむし》の魔物で頭部には角があり、その角には相手を麻痺《まひ》させる神経毒がある。

最初にイゾルテさんが解説を行って、その後、実戦を行う。

彼女《かのじょ》は剣を用いるため少し勝手が違《ちが》うところがあるが、立ち回り等は参考になった。

ざっと見た感じ、前職通りの動きでも、特に問題がなさそうだ。

「よし、次からはロイドが戦ってみろ。魔法の使い方に問題があれば解説しよう」

「ギルド長は魔法の解説もできるんですね」

「本業の剣ほどではないが、魔法もある程度は嗜《たしな》んでいたからな。これでも上級魔導士だ」

へえ、剣と魔法の二刀流なのか。魔導剣士は珍《めずら》しいと聞くので、俺はイゾルテさんに尊敬の念を抱《いだ》く。

神殿の3階に足を踏み入れるとブラックスパイダーが出現する。

さっそく倒そうかな。

ブラックスパイダーの能力値・弱点、神殿内部の距離・広さ・立ち位置。そのすべてを頭の中で一瞬《いっしゅん》で計算してフレイムアローの答えを導き出す。

詠唱《えいしょう》を行って、中級魔法の《炎の弓矢《フレイムアロー》》を放つと、ブラックスパイダーは悲鳴を上げて消えていった。

よしよし、一撃《いちげき》で仕留めることができたようだ。

「ほう、やるじゃないか」

「ありがとうございます」

その後もビードルとブラックスパイダーが出現するが、すべて俺の魔法で消し飛ばしていく。

敵との距離感によっては魔法の強さも変えていく。

「想像以上の実力だな。すぐにでもBランクに昇格《しょうかく》させてあげたいくらいだ」

イゾルテさんは俺の魔法を見て大変感心する。

「ははは、ご冗談《じょうだん》を。今の俺にはBランクは不相応ですよ」

「そんな事はない。中級魔法の《炎の弓矢》をこれほど精密に操《あやつ》れるのは魔導士でも一握《ひとにぎ》りだ」

イゾルテさんは人を褒《ほ》めるのが上手だな。

東塔に巣くう魔物をあらかた一掃《いっそう》した俺達は西塔に向かうことになった。

その際、長い石橋を渡《わた》る必要が出てきた。道幅《みちはば》は3メートルほどで、特別狭《せま》くはないが、かなり老朽化《ろうきゅうか》が進んでいる。

今日はやけに風が強く、地面との高低差も相まって、少しだけ恐怖感《きょうふかん》を掻《か》き立てる。

「随分《ずいぶん》と高さがありますね。途中《とちゅう》で壊《こわ》れたりしないでしょうか」

「怖《こわ》い事を言うな。本当に壊れそうな気がしてくるだろ」

イゾルテさんは怒気《どき》を強めてそう答えた。

俺達は慎重《しんちょう》に石橋を渡っていく。

だが、間が悪い事に、ちょうど橋の中間地点にいるタイミングでモンスターが現れた。

そして、俺達の進路を塞《ふさ》ぐように立ちはだかった。

このモンスターは《グリフォン》と呼ばれている。

グリフォンは、鷲《わし》の翼《つばさ》と手脚、獅子《しし》の下半身を持つ獰猛《どうもう》なモンスターである。

全長が3メートルもあり、翼を広げるとさらに威圧感《いあつかん》が増す。

グリフォンは、俺達を憮然《ぶぜん》と見下ろしながらグルルと威嚇《いかく》してくる。

「最近ギルドに報告があったグリフォンだな。どうやら私達を敵として認識しているようだ」

イゾルテさんは素早《すばや》く剣を抜《ぬ》いてグリフォンと対峙《たいじ》する。

「戦うなら俺も手伝いますよ。俺が魔法で奴《やつ》の動きを止めるので、イゾルテさんはその隙《すき》に奴の弱点である頭部を斬《き》り落として下さい」

ほとんど無意識で俺の方から指示を出してしまったが、

「わかった。お前の魔法に合わせよう」

イゾルテさんは頷く。

中級雷《かみなり》魔法のスパークを放ち、グリフォンの動きを止める。

イゾルテさんはその一瞬の隙をついて、宣言通り、グリフォンを真っ二つにした。グリフォンは断末魔《だんまつま》を上げながら地上へと落ちていった。

お互《たが》いの実力を知ったのは、ほんの数時間前だったが、連携が上手《うま》くいって良かった。

彼女の柔軟《じゅうなん》な思考と、高い剣技がなければ、今の動きは実現不可能だろう。

「お見事です」

「いや、私は大した事してないよ。ロイドのサポートが的確だったから上手くいったんだ」

イゾルテさんは謙虚《けんきょ》にそう答えた。

その後はトラブルもなく、西塔に巣くう魔物をすべて駆除して、夕方頃に戻ってきた馬車でミネルバへと帰還した。

今日はたくさん学べるものがあって良かったな。

イゾルテさんも優《やさ》しかったし、とても有意義な一日だった。


【イゾルテ視点】

ロイドは不思議な魔導士だ。

『A級冒険者パーティ』を壊滅《かいめつ》させるだけの高い実力を持っているにもかかわらず、優《すぐ》れた魔導士にありがちな傲慢《ごうまん》さがまったく見られない。

謙虚で、素直《すなお》で、優しい。

正直に言うと私が好きなタイプだ。

私が《ミネルフォート家》の一人娘《むすめ》でなければ、彼《かれ》に対して好意を持っていたかもしれない。

私の父は、このミネルバの領主を務めており、私自身もいずれ領主となる存在だ。

ただの平民と伯爵令嬢《はくしゃくれいじょう》。彼と恋愛《れんあい》をするのは身分的に不可能だろう。

……って、私はいったい何を考えているんだ、まったく。

久しぶりに思う存分剣を振《ふ》るったからか、今日はやけに気持ちが高揚《こうよう》している。

さて、ここからは私の推察となるが、彼は『専属魔導士のロイド』である可能性が高い。

王都に住んでいたと言ってたし、素材や魔物への知識もやけに豊富だった。

なにより、魔導協会に問い合わせたところ、ロイドという名前で登録してる該当者《がいとうしゃ》は一人しかいなかった。

もしかしたら魔導協会に登録していない野良《のら》魔導士なのかもしれないが、本人と考えた方が自然だろう。

いずれにせよ、本人が前職の事をあまり話したがらない様子なので、こちらからは触《ふ》れないように気を配っている。

冒険者は基本的に経歴を問わないし、今の彼が冒険者になろうと頑張《がんば》っているなら、それをサポートしてやるのがギルド長としての私の責務だろう。

「イゾルテさん、そんな難しい顔をして、何か考え事ですか？」

「先ほどのグリフォンの事をちょっと考えていたんだ」

本人の目の前で、お前の事を考えていたとは言えないので、グリフォンで話を逸《そ》らした。

「あそこで倒せてよかったですね。もし放置していたら他の誰《だれ》かが被害《ひがい》を受けていたかもしれません」

ロイドは、ほのぼのとした顔でそう言った。

ここで他人の心配ができるのは彼の人柄《ひとがら》を表している。

自然と頬《ほお》の筋肉が緩《ゆる》むのを感じる。
彼のような優しい魔導士が、冒険者としてミネルバに来てくれてよかった。
私は心からそう感じた。

第12話 ヴィッド大森林

1週間の新人研修が終了《しゅうりょう》した。

2日目以降はマルスとレラが、俺《おれ》のためにわざわざ時間を割《さ》いて冒険者《ぼうけんしゃ》のノウハウを教えてくれた。

前職での経験もあったので知っている知識も多かった。

しかし、俺は一回も口を挟《はさ》むことなく、彼《かれ》らの話を真剣《しんけん》に聞いた。

レラは説明がとても上手で、マルスは説明があまり上手ではなかった。

だが、相手の事を思って一生懸命《いっしょうけんめい》伝えようとする言葉は必ず伝わるものだ。

マルスの説明も要点はしっかりと伝わった。

なにより二人の良かったところは、こっちが理解したらちゃんと褒《ほ》めてくれたところだ。

褒めてもらえると当然やる気が湧《わ》くし、こうやってわざわざ時間を割いてるのは「ぜんぶ俺のためなんだ」って素直《すなお》な気持ちになれた。

彼らには感謝しかない。

イゾルテさんの指導もそうだったが、俺はきっと先生には恵《めぐ》まれているんだと思う。

それぞれの先生で教え方の違《ちが》いこそあったが、俺のために全力で向き合ってくれた。『教えた』ではなく、『向き合ってくれた』という部分がなにより大事だ。

俺がやるべき事は、先生達《たち》の教えをしっかりと守り、今後の人生に生かしていくことなんだと思う。

「我々からロイドさんに教えることはもう何もありません。今日で研修は終了です」

「研修が終了したってことは、いよいよクエスト本番って事か？」

「はい、そうです。以前ロイドさんが仰《おつしや》っていたように、今日からはロイドさんが一人でクエストをすることになりますね」

今日からは自分一人でクエストをすることになっている。

最初にも言ったが、この提案をしたのは俺だ。

いつまでも彼らに甘《あま》えるわけにもいかないし、セカンドライフでは誰《だれ》にも依存《いぞん》せずに、最終的には自立しようと考えている。

「とはいえ、わからないことがあればいつでも聞いて下さい。私達で力になれる範囲《はんい》なら手を貸しますから」

マルスは笑顔《えがお》でそう言った。

「二人とも、俺のために時間を割いてくれて本当ありがとう」

「いえいえ、友達《ともだち》として当然の事をしたまでですよ」とレラが言った。

友達か。

前職では友達が一人もいなかったな。友達という人生の財産を手に入れただけでも冒険者になってよかったのかもしれない。

研修を終えて自信もついた。なんとなくだけど冒険者としてやっていけそうな気がする。

おそらく今が、俺にとって一番良い『精神的な自立』のタイミングだ。

「それじゃあ二人とも。また今度、冒険者ギルドでな」

『明日』という言葉はあえて使わなかった。それが俺なりの『感謝』の気持ちだ。

＝＝＝＝＝＝＝＝＝＝＝＝＝＝
ランクＤ　支配領域《エリア2》
・仕事：魔物《まもの》退治
・報酬《ほうしゅう》：銀貨30枚
・仕事内容：ゴブリン討伐《とうばつ》
・場所：ヴィッド大森林　低層
・期限：３週間
・目標討伐数：ゴブリン10体
・備考：夜間は危険なので森の近くにあるキャンプ地をご自由にお使い下さい。
＝＝＝＝＝＝＝＝＝＝＝＝＝＝

俺が最初に引き受けた依頼《いらい》はゴブリン討伐。

期間内にゴブリンを合計10体討伐すればクエスト達成となる。

ギルド側としては、より多くのゴブリンを倒《たお》してもらいたいと思っているようで、ゴブリンを50体以上倒せば『追加ボーナス』が貰《もら》える。

今回俺が狩場《かりば》とする《ヴィッド大森林》は王国内でも屈指《くっし》の大森林地帯。

人の入った前半部だけでも相当の広さがあるので地図とコンパスは必須《ひっす》だろう。

事前に調べたモンスター情報によると、ヴィッド大森林に出現するモンスターは255種類。

獣型が12種類、植物型が243種類だ。

植物型のモンスターが大半を占《し》めているため炎《ほのお》魔法が効果抜群《ばつぐん》なのだが、火事になる恐《おそ》れがあるため炎魔法の使用は固く禁じられている。

俺は炎魔法以外も幅広《はばひろ》く使えるのでその点はまったく問題ない。

距離《きょり》はミネルバからやや遠く、一般《いっぱん》的な馬車を使えば3日程度かかるだろう。


今回は《魔導人形《マジカル・マリオネット》》を使って移動しようと思っている。

魔導人形とはその名の通り、魔力で動く人形だ。

人型と動物型の2種類があり、俺はそのうち動物型の魔導人形を所有している。

アイテムボックスから魔導人形のパーツを出してその場で組み立てていく。

5分ほどで魔導人形は一頭の馬の形になった。

これは俺の愛馬である《アルテミス》だ。

一般的な馬の2倍の速度で走る事ができ、急斜面《きゅうしゃめん》の崖《がけ》すら登る事ができる機動力と柔軟性《じゅうなんせい》を持っている。

人形なので餌《えさ》もいらないし、排泄物《はいせつぶつ》の処理も必要ない。

魔物から攻撃《こうげき》を受けて破損しても、俺が魔力を加えたら即座《そくざ》に再生する。

魔導人形の価値としては宝具級と言えるだろう。

この《アルテミス》はルビーが俺のために製作したものだ。

ルビーと絶縁《ぜつえん》して以来、俺は無意識のうちに《アルテミス》を避《さ》けていた。これを見ていると当時のパワハラを思い出して気分が悪くなってしまうからだ。

だが、１週間の研修期間を通して色々と吹《ふ》っ切れた。

トラウマを完全に乗り越《こ》えたとまでは言わないが、以前のような嫌悪感《けんおかん》はなくなった。

だから今日からコイツを解禁しようと思う。

「ごめんなアルテミス。ずっとアイテムボックスの中に入れて寂《さび》しかっただろう」

馬に跨《また》がり、背中を撫《な》でながら呟《つぶや》いた。

「さて、そろそろ出発するか。俺の目標はただ一つ、クエスト達成率１００％だ」

口元を引き上げ、《ヴィッド大森林》に向けて勢いよく馬を走らせる。

大自然の中で久しぶりに風を切る感覚はとても心地《ここち》よかった。

ゴブリンは緑色の肌《はだ》を持つ小型の鬼《おに》だ。

知能は低いため初心者でも倒しやすく、駆《か》け出しの冒険者にはとても人気がある魔物。

正式名称《めいしょう》は緑の小鬼《グリーンオーガ》なのだが、ゴブゴブと鳴くからゴブリンと言われている。

後半のリンの意味？

それは俺も知らないので学者にでも聞いてくれ。

そんなゴブリンだが、現在俺の目の前でゴブゴブと威嚇《いかく》している。

棍棒《こんぼう》を振《ふ》り回しながら突進《とっしん》してくるが、俺は容赦《ようしゃ》なく中級氷魔法の《アイスキャノン》を奴《やつ》の顔面に撃《う》ち込《こ》んで葬《ほうむ》り去った。

息絶えたゴブリンを見下ろしながら冒険者カードを前にかざす。

ゴブリンの体から魔力が溢《あふ》れ出てきて、その一部が冒険者カードへと吸収された。

＝＝＝＝＝＝＝＝＝＝＝＝＝＝＝＝＝
○ヴィッド大森林のゴブリン討伐
メインクエスト
ゴブリン討伐数　３体／10体
ボーナスクエスト
ゴブリン討伐数　３体／50体
現在の領域レベル　支配領域《エリア２》

＝＝＝＝＝＝＝＝＝＝＝＝＝＝＝＝＝＝＝

先ほど2体倒したので今回で3体目。

冒険者カードを確認《かくにん》すると討伐数がキチンと増えている。

モンスターを倒せば放出された魔力の一部を吸収して、討伐数として自動登録してくれる。

さらに現在の領域レベルまで表示してくれるおまけつき。

とても便利ではあるが原理は謎《なぞ》だ。

魔石を拾って品質を確認する。

品質は良く、市場で売れば夕食の品が一品増えそうだ。

ミネルバでの夕食の事を考えながら魔石をアイテムボックスへと収納した。

「あと47体か」

クエスト達成までの目標討伐数は10体だが、俺は特別ボーナスまで目指しているのでゴブリンを50体倒すつもりだ。現在は3体目を倒したところだ。

死んだ魔物は時間が経《た》つとアンデッド化するため浄化《じょうか》魔法の《ターンアンデッド》も忘れない。

ターンアンデッドを放つとゴブリンの身体《からだ》が光り輝《かがや》いて、まるで空に吸い込まれるように、粒子《りゅうし》状《じょう》となってその場から消えた。

さて、次のゴブリンを探そう。

さらに森の中を歩いているとゴブリン5体を新たに発見した。

まだこちらに気づいていないようなので、まとめて一掃《いっそう》するために中級風魔法の《サイクロン》を放つ。

巨大《きょだい》な竜巻《たつまき》が発生してゴブリン達を巻き込み、木端微塵《こっぱみじん》にした。

ちょっとオーバーキルだったかな。まあ倒せたからヨシとするか。

先ほど同様、魔石を回収していった。

ゴブリン狩猟《しゅりょう》に費《つい》やした時間は20分。

目標のゴブリン50体討伐を達成した。

魔石も85個集まったし、ボーナスクエストも達成できた。

討伐数と魔石の数が若干《じゃっかん》異なるのは、ゴブリンの他にプラントモンスターもついでに葬ったからだ。

初めての依頼にしては上出来だろう。

森から出たあとは、舗装《ほそう》された道を通ってキャンプ場へと戻《もど》った。

キャンプ場の入り口には男性職員が立っており、俺に気づくと笑顔で話しかけてきた。

「あっ、先ほど森に入ったソロの方ですね。ゴブリン討伐は順調に進んでますか？」

「仕事が終わったからキャンプ場に戻ろうかと思ってる」

「も、もう10体倒したんですか？　初めての方なのにすごい早いですね！」

倒した数は10体じゃなくて50体なんだが、わざわざ訂正《ていせい》する必要はないだろう。

キャンプ場へと戻った俺。キャンプ場の広場にはテントがあちこちに点在している。

ここは一種の安全エリアみたいなものなので、ここを拠点《きよてん》として森に潜《もぐ》る冒険者パーティも大勢いる。

俺は一人で来たので全部自分一人でやらなければならない。

しかし、これがぼっちキャンプの醍醐味《だいごみ》というものだ。

アイテムボックスからテントキットを出してその場で組み立てていく。

紐《ひも》を引っ張るとテントが膨《ふく》らんでいく。これで今日の寝床《ねどこ》は完成した。

近くには川もあるし、位置的にも完璧《かんぺき》だ。

現在の時刻は朝の10時。

ミネルバへの帰宅は翌日にするつもりなので今日はもう他にやることがない。

大自然の中でのんびりとダラダラ過ごそうと思っている。

これぞ俺が望んだスローライフ。

アイテムボックスの食材と照らし合わせながら作る料理を考えていく。

お昼は野菜シチューでも作ろうかな。

森の中で採取していたラノコスの木の皮を燃やして焚《た》き木をする。

ラノコスの木を薄《うす》く剥《は》いだ木の皮は長時間燃えるため焚き木にはぴったり。

この知識はレラから教えてもらったものだ。

知識は実践《じっせん》に生かしてこそ意味がある。

「レラの言うとおり、本当に長時間燃えるな」

これまでは気がつかなかったが、これからは積極的に採取していくか。

リノウサギの肉を捌《さば》いて一口大の大きさに切り分けていく。これもアイテムボックスに保管してるやつ。

リノウサギの肉同様に玉ねぎなどの野菜等も一口大に切り分けてフライパンで炒《いた》めていく。

その後、鍋《なべ》に入れてミルクやその他諸々《もろもろ》の材料を投入して弱火でコトコトと煮込《にこ》む。

次第《しだい》にシチューのいい匂《にお》いが漂《ただよ》ってくる。

シチューなので完成までしばらく時間がかかる。

この辺は作り手によって個人差があると思うが、俺は30分程度煮込んでその後1時間ほど放置する。具材に味が染《し》み渡《わた》ればより一層美味しくなるからだ。

待ってる間は暇《ひま》なので紅茶でも飲みながら読書でもしようと思う。

俺は紅茶が好きだ。砂糖は入れたり入れなかったり、正直どちらでも飲める。

アールグレイとは柑橘類《かんきつるい》の香《かお》り付けがされた紅茶のことだ。王都でもかなりの人気があるため良いものを手に入れようとすると数時間行列に並ばなければならない。

紅茶を飲みながら魔導書を嗜《たしな》む魔導士の俺。

めちゃくちゃ意識高そう。

周りを見渡《みわた》してみると、キャンプ場にいるのは冒険者だけではない。

親子連れやカップルなどもいる。

この場所はピクニックとしての価値もあるのだろう。

キャンプ場では新人冒険者が剣《けん》の鍛練《たんれん》をしていたり、子供が追いかけっこしていたり、まあなんというか平和だ。

人気の狩場というだけあって人の手が行き届いているのだろう。冒険者だけでなく一般市民も集まっている。

「うわあああああんっ！」

突然《とつぜん》、キャンプ場に少女の大声が響《ひび》く。

シクシク……と6歳《さい》くらいの少女が啼泣《ていきゅう》していた。

「どうしたんだい、お嬢《じょう》ちゃん」

俺は泣いている少女のところまで歩いていって声をかけた。

「風船がお空に飛んでいっちゃったの」

少女が上空を指差した。

空は雲一つない快晴であり、赤い風船がふわふわと遠くへ飛んでいっている。

「じゃあお兄さんが取ってきてあげるよ」

「ほんとぉ？」

「ああ、約束する。すぐに戻ってくるからここで待っててな」

肉体強化魔法の《グロウ》と中級風魔法の《サイクロン》をかけ合わせ、新しい魔法を構築する。

俺はこれから使う魔法をそう呼んでいる。

二重魔法《ダブルマジック》。

空中三角飛びと言えばいいのだろうか。

サイクロンで一瞬《いっしゅん》だけ空中の足場を作り、その足場に瞬時に飛び移っていく要領だ。

空中に稲妻《いなずま》の軌道《きどう》を描《えが》くように勢いよく駆け抜《ぬ》けていき、風船を右手でキャッチしたあとは風魔法で減速しながら地面に着地した。

そして、少女に風船を手渡した。

「今度は風船から手を離《はな》しちゃダメだよ」

「うん！　ありがとうお兄ちゃん！」

風船を受け取った少女は満面の笑《え》みで感謝の言葉を述べた。

「な、なんだいまの魔法⁉」

「あいついま空中を飛んでたよな……？」

「あんな魔法、魔導協会でも見たことないぞ⁉」

それを見ていた観衆達が口々に感想を述べた。

なんかこの流れ、初日にもあったなぁ……。まあいいか、誰かに迷惑《めいわく》をかけたわけじゃないし、気にしないでおこう。

俺は鼻歌交じりで自身のテントへと戻っていった。

その際、川の上流から美しい銀髪《ぎんぱつ》の『偽聖女《にせ》』が流れていたので、しっかりと回収しておいた。

かわいそうに。今回もきっと従者と逸《はぐ》れてしまったのだろう。

第13話 アイリスとの再会

先ほどまで川を流れていたアイリスは全身ずぶ濡《ぬ》れで、腰《こし》まで伸《の》びた長い銀髪《ぎんぱつ》からは水が滴《したた》り落ちている。

肩口《かたぐち》が見え、ボディラインがはっきりした白い衣服も濡れているせいで下着の色が若干《じやっかん》透《す》けて見えた。

本人の様子はめちゃくちゃ寒そうだ。自身の体を抱《だ》きしめながらガタガタと寒さで震《ふる》えている。

このままではアイリスが風邪《かぜ》を引いてしまうので、マスター級の治癒魔法《ちゆまほう》とされる《完全治癒《フルリカバー》》を使用する。

対象の状態異常を治し、装備の状態を正常へと戻《もど》し、対象の体力を完全に回復する魔法だ。

俺《おれ》の魔法によって、濡れていた衣類は、暖かい衣服へと姿を変えた。

これで一安心だな。

「ありがとうございます」

「友達《ともだち》として当然の事をしたまでだ」

俺は紳士《しんし》的に返した。

「ロイド様は紳士的な人なんですね」

その後、久しぶりの再会を喜んだ俺達はお互《たが》いにハグをし合った。

「お久しぶりですロイド様。またお会いできて嬉《うれ》しいです。こうやってお喋《しゃべ》りするのは初日以来でしょうか」

「大体1週間ぶりか。アイリスの方こそお変わりなく元気そうで安心したよ」

川を流れていたのはこの際置いておいて、彼女《かのじょ》が笑顔《えがお》ならそれでヨシ。

「元気だけが私の取り柄《え》ですから」

「ところで、アイリスはどうしてここにいるんだ？　何かのお仕事か？」

「いえいえ、無職ですよ。働いていません。ノージョブです」

アイリスは満面の笑みでピースサインをした。

俺の方からは冒険者《ぼうけんしゃ》になった事を伝えた。

アイリスはとても驚《おどろ》いており、少し羨《うらや》ましそうな表情を浮《う》かべた。理由はわからないが、どうやらアイリスは冒険者になる事を許されていないようだ。

「ロイド様ならきっと立派な冒険者になる事ができますよ」

「ありがとう。俺もアイリスの期待に応《こた》えられるように頑張《がんば》るよ」

「友達として応援《おうえん》してます」

アイリスにも応援されちゃったし、これはますます頑張らないといけないな。

「ところで、アイリスはどうして川を流れていたんだ？」

「端的《たんてき》に申し上げますと魔法の修行《しゅぎょう》中でした。《ウォーターダイダロス》ってご存じですか？　その魔法を習得しようと訓練していたんですが、なかなか制御《せいぎょ》が上手《うま》くいかず、最終的には自分がその魔法に巻《ま》き込《こ》まれてしまった次第《しだい》です」

あの最上級魔法か。

アイリスが口にした魔法名に思わず納得《なっとく》してしまう。

ウォーターダイダロス。

七種類存在する最上級魔法の一つであり、青魔導士の一つの到達点《とうたつてん》とも言える属性奥義《おうぎ》だ。

「なるほど納得した。たしかにあの魔法は習得が難しいからな。俺もコツを掴《つか》むまでに1ヶ月近くかかった」

「その言い方……もしやロイド様は《ウォーターダイダロス》が使用できるんですか？」

「うん」

「ロイド様、もしよければ私に制御のコツを教えていただけないでしょうか？　お礼なら後日なんでも致《いた》しますので」

アイリスの頼《たの》みなら断れないな。

後日お礼も貰《もら》えるらしいし。お礼ってなんだろう。

「じゃあ午後から一緒《いっしょ》に練習しようか」

「ありがとうございます」

最初の一言に感謝の言葉を口に出せる。

これはアイリスの人柄《ひとがら》を象徴《しょうちょう》する証《あかし》。約1週間ぶりに再会したアイリスはよりいっそう魅力的《みりょくてき》な女性になっていた。

「では、従者に午後の修行の件を伝えてきますので一旦《いったん》失礼します」

「今日は従者と喧嘩《けんか》してなかったんだな」

と、俺が笑いながら茶化すと、アイリスは頬《ほお》をぷくーと膨《ふく》らませた。

「もう、ロイド様は意地悪なお方ですね。私も毎日喧嘩するわけじゃないですよ。喧嘩するのは3日に一回です」

それでも充分《じゅうぶん》多いよ。一週間におよそ2回ペースで喧嘩してる計算になる。

喧嘩の原因はたぶん毎回大した事じゃないんだろうなぁ……。

「アイリスが戻ってくるまでここにいるから、ゆっくりで大丈夫《だいじょうぶ》だよ」

「お心遣《こころづか》いありがとうございます」

アイリスはお辞儀《じぎ》をして一旦その場を離《はな》れた。

10分後、戻ってきたアイリスの手にはバスケットと水筒《すいとう》が握《にぎ》られていた。

「それは？」

「サンドイッチが入っています。ロイド様と一緒に食べるようにと渡《わた》されました」

「気を使わせて悪いな」

その従者さんにはあとで直接お礼を言っておかないとな。

「じゃあせっかくだし、一緒に昼食でも食べようか」

「はい」

アイリスは笑顔でそう答えた。

ホワイトシチューもそろそろ完成する頃合《ころあ》いだし、タイミング的にもバッチリだ。

「ところでアイリスは苦手な野菜とかあるか？」

シチューを皿によそいながらアイリスに尋《たず》ねる。ニンジンとか苦手な人たまにいるからね。

「神の代行者《クオルテス》である私に苦手な野菜があるとお思いですか？」

「それもそうだな。アイリスは偉《えら》いな」

「強《し》いて言えばピーマンがほんと無理です。視界に映っただけでもギルティです」

苦手な野菜あるじゃん。幸いなことに今回のシチューにピーマンの姿はない。アイリスも問題なく食べることができるだろう。

シートにお互いの持ち込んだ料理を並べて仲良く昼食。

まずはあったかいうちにシチューを一口食べる。

うん、美味《おい》しい。

アイリスも笑顔で口にスプーンを運んでる。喜んでくれてるみたいだし、問題なさそうだな。

アイリスが持ってきたバスケットにはサンドイッチがたくさん入っている。

そういえば従者さんは昼食どうするんだろうと一瞬脳裏《いっしゅんのうり》によぎったが、細かい事を考えすぎるのは俺の悪い癖《くせ》なので一旦忘れてアイリスとの食事に集中する。

「おれも一つ食べていいかい？」

「一つだけでなくどんどん食べて下さい。ネロも喜んで下さると思います」

「ネロ？」

「このサンドイッチを作った料理長です」

従者に料理長とかいるのか。なんか本格的だな。料理長が作ったサンドイッチか。とても楽しみだ。

個人的にハムサンドが好きなのでハムサンドを手に取り、それを口に運ぶ。

その瞬間、俺の脳に電流が走った。

あ、あまりにも美味《うま》すぎる。なんだこのハムサンド。俺が知っているハムサンドとは全然違《ちが》う。

「どうかなさいましたか？」

「このハムサンドがとても美味い」

「良かったです。ネロが聞いたらきっと喜ぶと思いますよ。ロイド様にも今度紹介《しょうかい》しますね」

「ああ、頼むよ。このハムサンドの謎《なぞ》を解き明かしたい」

「なんか探偵《たんてい》みたいなこと言ってますね。こっちのツナサンドも美味しいですよ」

アイリスはそう伝えると、サンドイッチを手に取って俺の口元へと運んだ。

こ、これは恋人同士《こいびとどうし》がするとされる「あーん」という甘《あま》い食べ方。

まさか今の俺にこんな機会が巡《めぐ》ってくるとは夢にも思わなかったので、少しだけ照れくさかった。

普通《ふつう》に食べるよりも「あーん」をして食べた方がより一層美味しく感じた。

「サンドイッチも美味しいですが、それに負けず劣《おと》らず、ロイド様のホワイトシチューも絶品ですね。すごく美味しいです」

「本当?」

「はい。このホワイトシチューなら何杯《なんばい》だって食べられそうです」

アイリスは微笑《ほほえ》んだ。料理を褒《ほ》められるのがこんなに嬉しいなんて知らなかった。

いや、正確には『忘れていた』というのが正しいかもしれない。

アイリスとのやり取りで、遠い昔にあった、楽しかった頃の記憶《きおく》を思い出す事ができた。

【メイド長視点】

ふむ、なかなかいい雰囲気《ふんいき》のようですね。

お嬢様《じょうさま》のあのような純粋《じゅんすい》な笑顔を見たのは久しぶりかもしれません。

我々と一緒にいる時は立派な聖女《クオルト》であり続けようと無理しておりましたからね。

ありのままのお嬢様を拝見できるのはとても新鮮《しんせん》です。

二人の健全な食事風景を眺《なが》めてるとこちらまで心が洗われるようだ。今ならキッチンにこびり付いたしつこい油汚《あぶらよご》れもまとめて一掃《いっそう》できる気がする。

すると、背後から不穏《ふおん》な話し声が聞こえてくる。

振《ふ》り返ると男女二人がヒソヒソと話し合っている。

「よし、セフィリア。聖剣《せいけん》は持ったか? 標的はアイリスの隣《となり》にいるあのインチキ魔導士だ」

「聖剣は家に忘れましたが、大根なら持ってきてます」

セフィリアは真顔でそう答えた。

肩付近まで伸びた銀髪で、頭には黒いカチューシャをつけており、とても知的な顔をしている。真面目《まじめ》な雰囲気が漂《ただよ》う立派なメイド姿。

「バカかお前⁉　聖剣は肌身離《はだみはな》さず装備しておけっていつも言ってるだろ！」

ネロはひどく驚いており、セフィリアを怒鳴《どな》る。

しかし、当のセフィリアはまったく気にしてる様子がなく、表情一つ変えることなく淡々《たんたん》と答えていく。

「申し訳ありません。大根を買ってこいと申しつけられていたのを今朝思い出しまして、ついそちらに気が回っておりました」

「それいつの話だよ！　お前に買い出し頼んだの3日前だぞ！　お前が全然買ってこないから、大根ならとっくの昔に自分で買ってきてるわ！」

「流石《さすが》ネロさん」

セフィリアは目の前のネロを称賛《しょうさん》する。

私は二人のやりとりにため息を吐《つ》く。

一人で怒《おこ》ってる情緒《じょうちょ》不安定の男も面倒《めんどう》だが、直属の部下であるセフィリアの言動は特に頭が痛くなる。

あの子はいつになったらまともに買い物ができるようになるのだろうか。

しっかり教育できていない私も悪いのだが、聖剣と大根を間違えるなんて普通ありえないでしょう。

「おいティルル！　お前メイド長だろ！　しっかりとセフィリアを教育しておけ！」

「お黙《だま》りなさい。周りの方々に迷惑《めいわく》になっているでしょう」

現在、私達3人は、岩の背後に隠《かく》れてお嬢様を観察しておりますが、後ろの二人がうるさいので危ない3人組として注目を受けています。

「セフィリア、お前はメイドとしては及第点《きゆうだいてん》ギリギリだが、《西方剣術《エクストリオン》》の腕前《うでまえ》なら帝国《ていこく》一だ。お前なら大根でも奴《やつ》を消し去ることが充分可能だろう」

「お任せ下さいネロさん。このセフィリア、聖騎士《きし》の名にかけてネロさんがおっしゃる『ウチの可愛《かわい》いアイリスをたぶらかす大悪魔』をこの世から消し去ります」

「よし、その意気だ。奴を殺《や》れ」

私は立ち上がり、目の前のネロの尻《しり》をハリセンでぶっ叩《たた》いた。

「ぐわあああああ!?」

ネロはケツを押《お》さえて絶叫《ぜっきょう》する。思わず海老反《えびぞ》りになるほど全身の筋肉がビーンと硬直《こうちょく》し、その場に倒《たお》れて痙攣《けいれん》している。今は尻をこちらに突《つ》き出しているような体勢だ。

「ネロさん!?　メ、メイド長、なんてことをするんですか!?　いまネロさんのお尻は痔《じ》の悪化で常時レッドゾーンなんですよ！」

「夜更《よふ》かししてお菓子《かし》ばかり食べてるからそうなるのよ」

私は感情を一切《いっさい》込めずにそう答えた。

「て、ティルル。お、お前俺達を裏切るつもりか⁉」

私がいまぶっ叩いたアラサー男のネロは、尻を突き出したまま半泣きでこちらを睨《にら》む。

相当痛かったのだろう。ネロはその場から一切動けずにいる。

「裏切るも何も、最初から仲間ではないわ。アラサーになって頭の中まで老化したのかしら？」

「俺はまだアラサーじゃない。俺の心は永遠の18歳《さい》だ」

「最近ダイエットに失敗した事を、全部歳《とし》のせいにした男が、偉そうなこと言わないでちょうだい。

大の大人が子供達の恋愛《れんあい》に口出しするなんて呆《あき》れたものね。恥《はじ》を知りなさい」

パンパンパンパンパパン！　ハリセンで何発も尻を叩くとネロは動かなくなった。

こいつはいま痔で苦しんでいるので尻へのダメージがすべて致命傷《ちめいしょう》だ。

お嬢様の平穏《へいおん》を守るためならネロのケツくらいならいくつ壊《こわ》れても全然構わない。

「セフィリア、この男を邪魔《じゃま》にならないところに廃棄《はいき》しておきなさい」

「り、了解《りょうかい》しましたメイド長！」

セフィリアはネロの体を引っ張ってその場から消えた。

さて、私は引き続きお嬢様を見守りますか。

たしかあの方は、先日お嬢様を連れて帰ってきてくださった恩人。

お嬢様は彼《かれ》の事を「ロイド様」と仰《おっしゃ》っていました。

魔導士でロイドといえば、素材採取率40％のロイドが有名ですが、同一人物でしょうか？

流石に別人だとは思いますが、個人的に同一人物であってほしいですね。

世間ではひどく叩かれているみたいですが、あの魔導士が採取してきた幻《まぼろし》の花《フルールド・エインセル》は、私の最愛の義妹《いもうと》の治療《ちりょう》に、たしかに役立ちました。

私は彼に報《むく》いたい。

だからこそ、目の前の魔導士が専属魔導士のロイドである事を心から望んでいます。

第14話 ウォーターダイダロス

唐突《とうとつ》だが、アイリスがかわいいのでお菓子《かし》をあげようと思う。

アイテムボックスからマカロンとチョコレートを取り出して、隣《となり》にちょこんと座《すわ》っている聖女《クオルト》様に貢《みつ》ぐ。

アイリスはチョコレートから手に取ると、口元をやや汚《よご》しながらモグモグと咀嚼《そしゃく》し、天使のような笑《え》みを浮《う》かべている。

見てるだけで癒《い》やされるね。心が浄化《じょうか》されそうだ。

ハンカチでアイリスの口元をふき取ってあげた。

「ありがとうございます」

俺《おれ》はマカロンを一つ摘《つ》まみ、アイリスの口に運ぶ。

「はいマカロン」

「はむっ、ありがとうございます」

ぱくっ、ぱくっとマカロンを食べていくアイリス。

ひょいひょいひょいひょいと、俺はお菓子をアイリスの口に投入していく。

一個、また一個と、マカロンがアイリスの胃袋《いぶくろ》に消えていく。

た、楽しい。

いつの間にか俺は無心となってアイリスに餌付《えづ》けを行っていた。

最初のうちは笑顔だったアイリスも、徐々《じょじょ》に違和感《いわかん》に気づき始めて、ジト目で俺を睨《にら》み始めた。

「お菓子をいただけるのは大変嬉《うれ》しいのですが、なんだか小動物 扱《あつか》いされているような気がします」

ぎくっ。

肯定《こうてい》するとアイリスが怒《おこ》りそうなので、俺は慌《あわ》てて話題を変えた。

「そろそろ魔法《まほう》の練習に行こうか」

「もうそんな時間ですか。わかりました、本日はよろしくお願いします」

アイリスはペコリと頭を下げた。

その後、俺達《たち》は魔法の修行《しゅぎょう》のために川の上流へと向かった。

レラの時にも話したが、俺は他人に魔法を教えるほど、魔導士として優《すぐ》れているわけではない。

正式に弟子《でし》をとるというよりも、友達《ともだち》としてアイリスの特訓に付き合うという感じになりそうだ。

今回アイリスが習得したいと思っている魔法は《ウォーターダイダロス》。

最上級魔法の一つで水属性の奥義《おうぎ》とも言える攻撃《こうげき》魔法だ。

魔法の威力《いりょく》は凄《すさ》まじく、大型魔族ですら一撃で葬《ほうむ》り去ってしまうほどだ。奥義でありながら魔力消費量が少ないのも大きな強みだろう。

その反面、使用の際には少し注意が必要だ。この魔法は使い手の魔力だけでなく、大量の水も必要とする為《ため》、水辺に近い場所でないと使うことはできない。

制御《せいぎょ》も非常に難しいため、習得の際には熟練魔導士のサポートが必要となるだろう。

「魔法を指導する際、一時的にではあるが、俺とアイリスは師弟《してい》関係になる。そのため俺の事はロイド師匠《ししょう》と呼ぶように」

「はい、ロイド師匠！」

「えへへ、師匠だなんてそんな」

俺は照れながら頬《ほお》をかいた。

師匠と呼ばれるのがこんなに気持ちいいとは知らなかった。

かわいい女の子から師匠と呼ばれて喜ばない男子はいない。

「すまん、もう一回呼んでくれ！」

「ロイド師匠！」

「もう一回！」

「ロイド師匠！」

「ここでもうひと押《お》し！　ロイド師匠かっこいいと言ってくれ！」

「真面目《まじめ》にやって下さい」

「はい」

その場の勢いでかっこいいと言ってくれると思ったが、どうやら現実は甘《あま》くないようだ。

俺はすぐに真面目な表情へと戻《もど》る。

「簡単な指導とはいえ、魔法の指導中は厳しくやるつもりだ。理由は単純で、魔法は一歩間違《まちが》えるととても危険だからだ。ここはアイリスもよく理解しているだろう」

「はい、失敗した時に吹《ふ》き飛ばされましたから」

「よろしい。では《ウォータータイダロス》の訓練を始めようじゃないか」

「はい」

「まずは俺がお手本を見せるから、完成形のイメージをしっかりと頭に入れてほしい。ゴールがわかれば習得も容易《ようい》になるだろう」

「なるほど。たしかにロイド師匠のおっしゃる通りですね」

俺は川へと足を踏《ふ》み入れる。

岸の近くなので川の深さは膝《ひざ》付近、川の中央にさえいかなければ溺《おぼ》れる心配はないだろう。

アイリスにも聴《き》き取りやすいように、ゆっくりと詠唱《えいしょう》を行う。

青色の術式光が杖《つえ》先に宿り、青い魔法陣《じん》が足元に発生する。

詠唱時間はおよそ5秒。詠唱完了《かんりょう》と共に、周囲の水が一気に柱状に集約して、全長10メートルを超《こ》える巨大《きょだい》な水の竜《ダイダロス》がその姿を現した。

「これが基本のサイズだ。魔力を込《こ》める量を増やせばより一層巨大になるが、制御も難しくなるから、とりあえずはこのサイズを制御できるようになることを一番の目標《テーマ》にしてみよう」

「はい！　ロイド師匠に報いるためにも一生懸命頑張《いっしょうけんめいがんば》ります！」

素直《すなお》でいい返事だ。

お手本は見せたので今度はアイリスの番。アイリスに魔法を使うように指示を出した。

アイリスは魔法の詠唱を行い、《ウォーターダイダロス》を具現化させることに成功する。

しかし、その形状を維持《いじ》することができないようで、数秒もしないうちに水の竜は崩《くず》れ去った。

その反動で水の流れが大きく変わり、津波《つなみ》となってアイリスの体を呑《の》みこもうとしたが、俺は即《そく》座《ざ》に《グロウ》を発動して、その津波をパンチで消し飛ばした。

アイリスは唖然《あぜん》とした表情で俺を見つめているが、アイリスに指導できる時間は限られているので、反応することなく鍛練《たんれん》を続行する。

「も、申し訳ありません」

「謝《あやま》る必要はない。最初はみんな失敗するものだ。少しずつできるようになっていけばいい」

「上級魔法までなら上手《うま》くいったんですが、なぜかこの魔法は上手くいかないんです」

なぜ魔法の制御が上手くいかないのか本人も理解できていないようだ。

「外部魔力と内部魔力の同時制御ができていないのが一番の原因だな」

外部魔力とは大気中に漂《ただよ》っている大自然の魔力。

内部魔力とは体内の魔力。

これらを同時に制御することが習得の鍵《かぎ》だ。

「申し訳ありません。内部魔力の言葉の意味はなんとなく理解できるのですが、外部魔力の意味がよくわかりません」

「外部魔力とは大気中の魔力のことだ」

「大気中の魔力なんて操作できるんですか⁉」

「もちろんだ。最上級魔法は、内部魔力と外部魔力の同時制御が、鍵を握《にぎ》っている。これができなければ最上級魔法は不完全なものになる」

「そ、そんな……！」

アイリスの顔がひどく青ざめている。

今まで一度も聞いたことがなかった外部魔力も一緒《いっしょ》に操《あやつ》れなんて言われたら困惑《こんわく》するのも当然か。

「案ずるな。外部魔力を理解する方法なら存在する」

「ほ、本当ですか？」

外部魔力の流れを教えるのに最も効果的な方法は《魔力合わせ》だ。

師匠が弟子の体内に魔力を流し込んで魔力の流れを教えるというものだ。

普段《ふだん》とは異なる魔力の流れが伝わるので、一人で考えるよりも断然早く理解できる。

魔力合わせの内容を伝え、体に触《ふ》れる事を許可してもらう。

「そのような修練方法があるんですね。私も初めて知りました」

アイリスの反応を見る限り、世間一般《せけんいっぱん》では知られていない方法なんだろう。

俺の師匠が特別なのかな？

師匠は非公式だけど、れっきとしたマスター級だ。

他の魔導士が知らない情報を持っていたとしても不思議ではない。なんにせよ師匠さまさまだな。

アイリスの背中に手を当てて、アイリスの体内に魔力を流していく。

俺から魔力を受け取っているアイリスは、荒《あら》い呼吸を繰《く》り返し、白い肌《はだ》を赤く染めて悶《もだ》えていた。

ときおり、えっちな感じの喘《あえ》ぎ声も発するため、いかがわしい行為《こうい》をしているように感じなくもない。

だが、俺自身はいたって真面目だ。

しっかりと集中し、アイリスが外部魔力を操作できるようになるまで魔力を流し続ける。

そして最終的に。

「で、できましたー！　ロイド様ロイド様！　わたし、《ウォーターダイダロス》の制御ができましたよ！」

ロイド師匠と呼べと最初に言ったはずなのに、嬉しさのあまり呼び方が素《す》に戻っているアイリス。

だけど、それは悪い事ではないと思う。それだけ彼女《かのじょ》が嬉しい証拠《しょうこ》なのだ。

巨大な水竜はアイリスの意思で縦横無尽《じゅうおうむじん》に動いている。

最初のような不安定な形状ではなくなって、確固たる形を維持している。

アイリスは《ウォーターダイダロス》を自在に制御できるようになった。

「よく頑張ったな。だが、本番はここからだぞ」

「はい！」

最上級魔法の習得はあくまで過程であって物事のゴールではない。

その魔法をどう生かしていくか、それはアイリス次第《しだい》なのだ。

アイリスの魔法を見て、魔導士として俺も負けていられないな、と改めて思った。

第15話

聖女《クオルト》の威光

行きは俺《おれ》一人だったが、帰りはアイリスの馬車にお邪魔《じゃま》させてもらった。

ミネルバまでの帰り道はトラブルもなく平和そのものだった。

アイリスとたくさんお喋《しゃべ》りできたし、『3人の従者』とも仲良くなれた。

アイリスの従者はティルル、ネロ、セフィリアの3名。

特にティルルさんとはかなり仲良くなった気がする。

鮮《あざ》やかな青髪《あおがみ》で、知的な雰囲気《ふんいき》があるメイドさん。

俺と同年齢《ねんれい》で、従者の中では人一倍優《やさ》しかった。

あまりにも優しいので、「もしかしてこの人？　俺の事が好きなのでは？」と勘違《かんちが》いしそうになったほどだ。

正直結婚《けっこん》したい。

さて、話を本題に戻《もど》そう。ティルルさんと結婚したいかどうかはともかく、俺にはやるべき事がある。

クエストの達成報告である。この報告を行う事で初めてクエストが完了《かんりょう》したとギルド側に認められるのだ。

ミネルバに到着《とうちゃく》後、アイリス一行と別れて、忘れないうちに冒険者《ぼうけんしゃ》ギルドで依頼《いらい》完了の手続きを行った。

「お疲《つか》れ様です。これでクエスト達成です！」

女性職員は笑顔《えがお》でそう言った。俺は人目も憚《はばか》らずにガッツポーズを取った。

ゴブリン討伐《とうばつ》のクエストが完了した。

報酬《ほうしゅう》銀貨30枚とボーナスの金貨1枚を追加で手に入れた。

決して多いとは言えない金額だが、冒険者として初めての報酬だ。

自分でクエストを選んで、自分ですべてをやって、自分の力だけで達成した。

冒険者としての第一歩は無事踏《ふ》み出せた。

この調子でドンドン依頼をこなしていきたい。

クエストを達成した直後、マルスとレラがやってきた。

「流石《さすが》です先生」

「おめでとうございます。無事に依頼を達成できたんですね」

タイミング的に俺が終わるのを待っていたような感じ。

「わざわざ来てくれたのか」

「たまたま近くにいただけですよ。別にロイドさんの事を心配して、ギルドに一日中待機していたわけじゃないんですからねっ！」

レラはツンデレっぽくそう伝えると、その場から走り去っていく。

「先生がクエストを達成したらまず一番に声をかけようと言ってたのはレラなんですよ」

マルスが笑顔でそう教えてくれた。

「マルスくん、そういう余計な事言わなくていいから！　早く行きますよ！」

と、顔を真っ赤にしながら、レラはマルスを呼んだ。

「呼ばれてますね。それでは俺も失礼します。冒険者生活頑張《がんば》って下さい。応援《おうえん》してます」

「おう、マルスの方こそ頑張れよ」

あっという間に二人はその場からいなくなった。

さて、仕事も達成できたし、今日は一旦《いったん》休んで、明日からまた頑張るか。


それから1週間は何事もなく時間が過ぎていった。

最近は毎日が楽しくて仕方がない。アトリエで抑圧《よくあつ》されていた頃《ころ》とは大違いだ。

「今日も一日頑張るぞい！」

鏡の前で自分に気合いを入れて部屋をあとにした。

宿屋の食堂で朝食をとっているレラを発見したので、こちらから声をかけた。

「おっはー」

「今日も元気ですね、ロイドさん」

「ところでマルスはどこにいるんだ？　さっきから姿を見かけないけど、うんこか？」

俺は周囲を見渡《みわた》しながらレラに尋ねた。

この二人はいつもセットというイメージがあるので、レラしか見かけないのはちょっと違和感《いわかん》がある。

「私がいまカレーを食べてる最中だという事忘れてますか？」

「ごめん、カレー食べてる時にうんこの話をするのはマナー違反《いはん》だったな」

「できることなら、カレーを食べてない時もしないで下さいね」

レラは苦笑いをする。

「昨日は宿屋に帰ってくるのがちょっと遅《おそ》かったので、マルスくんはまだ部屋で眠《ねむ》っています」

「あまり無理するなよ。レラは眠くないのか？」

「私はハーフエルフなので人間さんよりも回復力が少しだけ早いんです」

「へー、そうなんだ。初めて知ったよ」

「あれから1週間経《た》ちましたが、冒険者生活は順調ですか？」

俺はレラに1週間の成果を報告した。

近場のクエストが多かったので、Dランクのクエストを20個こなす事ができた。

依頼達成率も今のところ100％だし、結構いい感じだ。

「あの、サラッとおかしな件数のクエストをこなしてますけど、どんなバグ技《わざ》使ったんですか？」

レラは、先週の俺の予定表を眺《なが》めながら顔を引き攣《つ》らせていた。

「これでも、かなりゆとりを持って計画を立てたホワイトなスケジュールだぞ」

「今度は1週間ではなく、半年間くらい研修をした方がいいかもしれませんね。あと頭の検査も」

頭の検査ってなんだよ。失礼なエルフ娘《むすめ》め。

「せっかく自立できたのに研修期間を半年に延ばすなんてあんまりだ！」

「もー、そう思うなら、もうちょっとゆとりを持って計画を立てて下さいよ。普通《ふつう》は一週間で1、2個の依頼をこなせば充分《じゅうぶん》なんですよ」

一週間にたったの1、2個⁉　いくらなんでもサボりすぎじゃないのか？

「ワシが専属魔導士で働いていた頃は、一週間で30個も依頼をこなしていたぞ」

「老害乙《おつ》です。ブラックのアトリエで働きすぎて頭までおかしくなったんですね」

「ブラックじゃなくて赤色《ルビー》なんですけどね」

「赤色は『非常に危険』って意味らしいですよ」

「たしかに言われてみればそうかも」

どちらにせよアウトだったみたいだ。

「これ以上クエスト数を減らしたら息ができなくなってしまうよ」

「走り続けないと息ができないって、ロイドさんはマグロですか。これが続くようなら本当に研修期間を延ばしますからね」

レラはお母さん口調でそう言った。

とほほ怒《おこ》られちゃった。

でも、レラも俺を心配した上での発言なので、ここは素直《すなお》に従おう。

研修が終わっても、まだまだ学ぶことは多いようだ。

でも、悪い気はしない。

間違《まちが》いを訂正《ていせい》してくれる友達《ともだち》がいるのは、本当に幸せなことだから。


その日、俺とレラとマルスの3人は冒険者ギルドに行った。

先ほど注意されたばかりなので今日はクエスト中止だ。

冒険者ギルドに到着すると、ロビー全体がざわついていた。俺が不思議に思っているとマルスがテーブルの一つを指差した。

「せ、先生。あそこに怪《あや》しい人物がいます！」

「おいおい、マルス。同じ冒険者仲間にそんな発言はいくらなんでも失礼だぞ……って、マジで怪しいな」

「でしょう？」

俺達の視線の先。

装飾《そうしょく》のない白い仮面をかぶっており、椅子《いす》に座《すわ》ったまま微動《びどう》だにしない謎《なぞ》の人物。

冒険者達の視線もこの謎の人物に集中している。

俺達のやり取りに気づいたのか、謎の人物はこちらに顔を向けると、勢いよく立ちあがってズンズンと近づいてくる。

やばいやばい、なんかこっちに来てる。

そして、謎の人物は俺の前で立ち止まった。冒険者ギルドにいる人々の視線がこちらへと集中する。

「1週間ぶりですね、ロイド様」

「その声は……まさかアイリスか？」

よく見ると、アイリスがかぶっている仮面は、初日にアイリスが見せてくれた怪しい仮面だ。

「ふふふ、驚《おどろ》きましたか？」

「驚かない方が無理ないよ。ところでどうしてこんなところにいるんだ？」

俺はアイリスに尋ねる。

「私がここにいる理由ですが……」

本題を話そうとしたタイミングで、アイリスはレラに気づいて言葉を止めた。

「申し訳ありません、先客の方がいたんですね」

「いえいえ、私達の事などモブだと思って気にせず話して下さい」

レラのような濃《こ》いモブもいないと思うけどね。

「おい、俺もモブ扱《あつか》いかよレラ」とマルスは不満を言った。

タイミング的にもちょうどいいので、俺は二人にアイリスを紹介《しょうかい》する。

「二人とも、こちらが俺が以前話したアイリスだ」

アイリスは仮面を取って、丁寧《ていねい》に挨拶《あいさつ》をする。

「初めまして、私は神聖ローランド教国の元聖女アイリス・エルゼルベル・クォルテです」

名前が長いと格式まで高く見えるらしい、とアイリスが以前言っていた言葉を思い出す。

尤《もっと》も、本人にはそんなつもりはなく、普通に挨拶をしているだけなのだろう。

「ご丁寧にどうも。俺はマルスです」とマルスは丁寧に自己紹介をする。

「ふむ、貴様がウチのロイドをたぶらかす隣国《りんごく》の超絶《ちようぜつ》美少女偽《にせ》聖女の……」

と、レラがそこまで話したタイミングでマルスがレラの頭を軽く叩《たた》いた。

「普通に挨拶」

「はい。私はハーフエルフの……」

レラがそこまで自己紹介をしたタイミングでギルド全体に激震《げきしん》が走る。

「うわあああああああああああああ⁉　アイリス様がギルドを練り歩いてる！」

「ひえええええええ⁉　あの時の聖女様がいるぅ⁉」

初日にエンカウントした冒険者が同時に叫《さけ》ぶ。

「聖女だって⁉」と何も知らない冒険者もアイリスに驚愕《きようがく》する。

「あの仮面の下が醜《みにく》いなんて全部嘘《うそ》っぱちじゃない！　国一番と言っても名高い、高貴で聡明《そうめい》な完成された造形の美しさだわ！　驚いて腰《こし》が抜《ぬ》けそうだもの！」

さらには説明口調で驚愕する者まで現れた。ある意味高度な驚き方だ。

「貴様ら、ここにおわすお方をどなたと心得る。畏《おそ》れ多くも神聖ローランド教国の元聖女、アイリス様の御前《ごぜん》であるぞ。頭《ず》が高い、皆《みな》のもの、控《ひか》えおろう～！」

するとレラが偉《えら》そうな口調でそう叫ぶ。

なんでお前はこっち側なんだよ。どちらかと言えばお前もアイリスに驚く側だろ。

「「ははは～！」」

初日に見たような光景が、まんま同じように再現された。

だが今回は、大義名分とかそういうのは一切《いっさい》関係なく、完全に辻斬《つじぎ》り同然の聖女の威光だ。

あまりにも迷惑《めいわく》すぎる。

「私はハーフエルフのレラです。エメロード教がこの世で一番大好きな敬虔《けいけん》な教徒です」

レラは平然と嘘をつく。

「へえ、エルフ族でもエメロード教が流行《はや》っているんですね」

「はい、里の皆さんは全員子供の頃から聖典を読んでますし、寝《ね》る前には聖歌を毎日歌っています」

「素晴《すば》らしい！　素晴らしいですよレラさん！　私、アナタとお友達になりたいです！」

「光栄でございます、アイリス様。アナタと出会えたのは、これまでの信仰《しんこう》の賜物《たまもの》でしょう」

数週間前まで「宗教なんてまったく興味ない」と発言していた人の台詞《せりふ》とは到底《とうてい》思えない。人としての適応能力が高すぎる。

「お友達になるわけですから、私の事は普通にアイリスと呼んでくださると嬉《うれ》しいです」

「わかりました。ですが、さん付けしてしまうのは私の癖《くせ》なので、アイリスさんでも宜《よろ》しいでしょうか？」

「もちろん構いませんよ。私もレラさんと呼んでいいでしょうか？」

「もちろんです。これで私達は親友ですね！」

「はい！」

あははと、百合《ゆり》の花を咲《さ》かせながら笑いあう二人とは対照的に、平伏《ひれふ》している人達はこの世の地獄《じごく》とも言えるような真っ青な顔で震《ふる》えている。

マルスはというと、この惨状《さんじょう》に顔を引き攣らせている。

そういえばマルスは、アイリスの威光を見たのは、今日が初めてだったな。

平伏している人達も、そろそろ解放してあげないと可哀想《かわいそう》だな。

アイリスに声をかけて、皆の平伏《へいふく》を解かせるようにと指示を出す。アイリスも頷《うなず》いて、「お騒《さわ》がせして申し訳ございません」と、ギルドの人々に頭を下げた。

真に謝《あやま》るのは突然《とつぜん》叫びだしたレラの方なのだが、レラの興味は完全にアイリスに移っている。

「ぐうかわすぎる……。お菓子《かし》で釣《つ》れば持ち帰る事ができるでしょうか」

レラよ。それは世間一般《せけんいっぱん》では誘拐《ゆうかい》というんだ。

その後は、俺の仲介《ちゆうかい》を通して、アイリスはギルドの人々と交流をしていく。

ローランドの元聖女ということもあり、未《いま》だに畏怖《いふ》の念を抱《いだ》いている冒険者も多かったが、今日の一件を通して、アイリスに知り合いがたくさん増えた。

でも、アイリスがギルドにやってきた理由ってなんだったんだろう？

結局聞きそびれちゃったから明日聞いてみよう。

第16話 ローランドの刺客

その翌日、俺《おれ》は《風の神殿《しんでん》》に足を踏《ふ》み入れた。

前回、神殿にやってきたのはイゾルテさんの研修時なので、大体3週間ぶりとなる。

「ロイド様、突然《とつぜん》の申し出を快く受け入れて下さり、本当にありがとうございます。ロイド様の迷《めい》惑《わく》にならないように精一杯頑張《せいいっぱいがんば》ります」

「迷惑だなんてとんでもない。アイリスがいてくれて心強いよ」

俺がそのように返答するとアイリスは嬉《うれ》しそうに微笑《ほほえ》んだ。

さて、アイリスが昨日ギルドにやって来た理由であるが、《ウォーターダイダロス》の時の『お礼』を果たすためである。

アイリスの申し出はとてもシンプルで、『冒険者《ぼうけんしゃ》のクエストを手伝いたい』というものだ。

討伐《とうばつ》の際、仲間が多いのは大歓迎《かんげい》なので、もちろん同行を許可した。

そういう事で、《風の神殿》のモンスター退治をアイリスにも手伝ってもらう事になった。

現在、俺達《たち》は東塔《ひがしとう》の1階にいる。

基本的に東塔の構造は、1階から7階までほとんど同じなので、すごく覚えやすい。

大広間の中に複数のオブジェが並んでいて、部屋の四隅《よすみ》に大きな柱があるような感じだ。

「エメロード教の神殿に入るのは久しぶりです。この《クォルテ》を見ると気が引き締《し》まります」

アイリスはレリーフの刻まれているオブジェを愛《いと》おしそうに撫《な》でる。

普段《ふだん》のアイリスも綺麗《きれい》だが、神殿という厳粛《げんしゅく》な場におけるアイリスの姿はよりいっそう神秘的に見えた。


さて、意気揚々《ようよう》と神殿攻略《こうりゃく》に臨《のぞ》んだアイリスであったが、

「くっ……蜘蛛《くも》の糸が絡《から》まって動けません……」

と、ブラックスパイダーに苦戦していた。

アイリスはブラックスパイダーが噴《ふ》き出した糸で両腕《りょううで》を拘束《こうそく》されている。

もがけばもがくほど体中に糸が絡まっていくので、アイリスの行動は悪手なのだが、どうやらアイリスはそれを知らないようだ。

一応、アイリスは最上級魔導士《まどうし》であるが、実戦経験は皆無《かいむ》に等しく、モンスターへの立ち回りはあまり上手とは言えなかった。

俺は冷静に詠唱《えいしょう》し、《炎の弓矢《フレイムアロー》》を放ってブラックスパイダーを粉砕《ふんさい》する。

そして、アイリスを救出した。

アイリスを両手で抱《かか》えたまま、お姫様抱っこの体勢で話しかける。

「怪我《けが》はないか？」

「申し訳ありません。迷惑にならないように頑張りますと言った傍からロイド様に迷惑をかけてしまいました」

アイリスはとても落ち込《こ》んでいた。

「失敗は誰《だれ》にだってあるさ」

アイリスに優《やさ》しく声をかけた。

俺は前職でたくさんの失敗をしてきた。冒険者になってからも失敗の数は多い。

でも、俺は失敗から学んで少しずつ成長できている。

大事なのは、失敗しても見下さず、何が悪かったのかを丁寧《ていねい》に説明することだと思う。

「まずは落ち着いて、目の前のモンスターに《氷砲弾《アイスキャノン》》を当てる事に集中しよう」

「はい」

アイリスはまだ少し緊張《きんちょう》しているようだ。

「心配するな、アイリスの隣《となり》には俺がいる。どんな敵が現れても俺が必ず守ってやる」

俺はアイリスを安心させるためにそう言葉を続けた。

すると、アイリスはなぜか顔を真っ赤にした。

「ロイド様、いきなりそんなこと言われると、ますます集中できなくなってしまいますよ」

そして、俺から目を背《そむ》ける。

小さくて形の良い耳は、リンゴのように真っ赤になっている。

あれれ？　もしかして逆効果だったかもしれない。

「ですが、ロイド様がそこまで断言して下さるなら、なんだか安心できました」

「良かった。それじゃあ、《ウォーターダイダロス》の時と同じように俺が先にお手本を見せるから、アイリスもそれを参考に動いてくれ」

「はい！　ロイド様の戦い方を精一杯学ばせて頂きます！」

元気を取り戻《もど》してくれてよかった。

やっぱり女の子は楽しそうに笑っている顔が一番だね。

最初はぎこちなかったアイリスも、何戦かこなすうちにブラックスパイダー戦のコツを掴《つか》んだようで、３階に上がる頃《ころ》には落ち着いて退治できるようになっていた。

彼女《かのじょ》の成長力の高さには目を瞠《みは》るものがある。

「アイリスは本当にすごいな、もうコツを掴んだのか。今度は俺の方からもアイリスを誘《さそ》ってもいいか？」

「はい！　毎日でも誘って下さい！」

毎日遊びに来るなら、もう冒険者になった方が早いような……。

アイリスの元気で真《ま》っ直《す》ぐな言葉に、俺はちょっと笑ってしまった。

アイリスも楽しそうだし、これからは積極的にクエストに誘ってみようかな。

でもアイリスは、冒険者になっちゃいけないって、従者に固く言われているんだっけ？

どうしてなんだろう……。今度ティルルさんに聞いてみようかな。

しかし、その必要はなかった。

俺の疑問に答えるように、アイリスが自由に行動できない原因が、俺達の目の前に現れたからだ。

風の神殿の西塔《にしとう》に入って、しばらく時間が経《た》って、2階の大広間のちょうど中央に差し掛《か》かったタイミング。

「わはははははははは！　とうとう見つけたでごじゃるよ偽聖女《にせクオルト》！」

突然、知らない男の笑い声が聞こえた。

振《ふ》り返ると、全身黒ずくめの男が堂々と立っていた。

口には黒色のマスクをつけており、素顔《すがお》ははっきりとはわからない。

体の線は細く、背丈《せたけ》も小さいので、一瞬《いっしゅん》子供なのかと思ったが、声の質から見るに大人だろう。

「アイリスの事を知っているようだが、知り合いか？」

「いえ、まったく知らない方です。おそらくローランドが私を殺すために送った『刺客』でしょう」

アイリスの命を狙《ねら》っている刺客⁉

そんな物騒《ぶっそう》なのがいるのか。アイリスの普段の明るい様子から刺客なんていないと思っていたよ。

「でも、どうして命を狙われてるんだ？」

「わはははははは！　拙者《せっしゃ》は金で雇《やと》われてるに過ぎない‼　そんな細かい事知るわけないでごじゃる！」

お前に聞いてないんだけど。

俺の意思とは裏腹に刺客はべらべらと語りだした。

「だが、強《し》いていうなれば偽聖女だからだ！　聖女は一国一人でなければいけない！　つまり、追放された聖女が生きていることは、それだけで大罪なのだ！」

ふむ、そういう考え方もあるのか。

一国一人という聖女の正統性を保つために、追放した聖女は消しておく。

ありえない話ではない。

「ところでお前以外にアイリスがここにいることを知っている奴《やつ》はいるのか？」

「くくく、そんな奴いるわけないだろう。どうして拙者が他人に手柄《てがら》を渡《わた》すような真似《まね》をしなきゃならんのだ。拙者が一番最初にこの偽聖女を見つけたでごじゃる！　拙者イズナンバーワン！　拙者サイキョー！」

そうかそうか。

それはとてもいいお言葉を聞けたよ。要するにお前を消せば問題ないって事だな。

アイリスと刺客を遮《さえぎ》るように俺は立ち塞《ふさ》がる。

「ろ、ロイド様」と不安そうに声をかけるアイリス。

「大丈夫《だいじょうぶ》だ、この俺を信じてくれ」

俺はアイリスに優しくそう言った。

いまの言葉は自分を勇気づけるため。

俺の魔法の師匠《ししょう》は、強い奴と戦う時は、いつもそう言って俺を安心させていた。

「ほう！　偽者を守るために拙者に立ち向かう気か魔導士。立派な騎士道《きしどう》精神だな。言っておくが拙者は強いぞ。東方大陸随一《ずいいち》の暗殺組織、《煉獄殺戮団《カタストロフィ》》の筆頭だからな！」

「雑魚《ざこ》ほどよく喋《しゃべ》ると言うが本当みたいだな。御託《ごたく》はいいからさっさとかかって来いよ」

「な、なんだとぉ⁉　舐《な》めやがって貴様！　まずは貴様から殺してやる！」

刺客は、２本の短い剣《けん》を取り出して、逆手持ちのまま悠然《ゆうぜん》と構える。

それと同時に、彼《かれ》の周りの景色が徐々《じょじょ》に歪《ゆが》み始める。

マスター級には共通した特徴《とくちょう》がある。

それは外部魔力の掌握《しょうあく》を自然と行えることだ。刺客の周りの景色が歪んでいるのも、外部魔力が掌握された事によって起こる人的な現象である。

「マスター級か……」

「今さら気づいてももう遅《おそ》いでごじゃる。貴様は拙者を馬鹿《ばか》にした。我が自慢《じまん》の超《ちょう》高速飛行剣術……《鷹剣《ホークソード》》の餌食《えじき》にしてやるでごじゃる！」

キンキンキンキンキンキンキンキンキンキンキンキンキンキン‼

刺客の姿が一瞬で消え、常人の目には捉《とら》えられない速度で周囲を飛び回りながら俺を撹乱《かくらん》する。斬《ざん》撃音《げきおん》と空気の炸裂音《さくれつおん》が四方八方から聞こえてくる。

鷹剣と呼ばれる剣術は何回か実戦で見たことがある。その特徴は高速飛行で、素早《すばや》い動きで相手を撹乱して倒《たお》すことを大得意としている。

剣の世界三大流派の一つであり、東方大陸が源流とされる。

獣人《じゅうじん》や魔人が主に用いており、人間はあまり使わない印象がある。

また、魔導士における鷹剣の相性《あいしょう》は最悪。十中八九、魔導士側が一方的に負ける。魔法はめちゃくちゃ速い奴には当てづらいからだ。

先ほども言ったように、目の前の剣士は、文句なしのマスター級だ。

無詠唱魔法なしでは、まず攻撃は当たらないだろう。

俺は無詠唱魔法があまり得意ではない。10回やって1回成功するかどうかという精度の低さ。

怖《こわ》くないかと言われたら嘘《うそ》になる。

だが、ここぞって時に無詠唱魔法を使えるかで男の価値は決まる。

アイリスの正義を守るため、自分の信じる正義を貫《つらぬ》くために無詠唱魔法を使用する事を決めた。

相手との実力差を補うのは相性ではなく勇気のみ。

無詠唱でマスター級の肉体強化魔法である《フルグロウ》を成功させる。

「死ねでごじゃる！」

刺客はそのように叫《さけ》びながら、俺の頭上から剣を振り下ろしてくる。

しかし、俺はそれよりもはるかに速いスピードで、奴の真上に一瞬で回り込むと、そのまま杖《つえ》を振り下ろし、刺客の顔面を地面に叩《たた》きつけた。

刺客は頭から地面に刺《さ》さったまま気絶している。

どうやら俺の勝利のようだ。

「この刺客はどうしますか？　ここで殺しますか？」

アイリスは冷たい声でそう答えた。

優しいアイリスには似つかわしくない物騒な発言に少し驚《おどろ》いたが、自分達の命がかかっているから、すでに割り切っているのかもしれない。

「今はまだ生かしておいた方が使い道がありそうだ。とりあえず、ギルド長のところに連れていこうと思う」

始末するのは最後だ。

もちろん、それはアイリスの言葉ではなく俺の意思でやる。

「了解《りょうかい》しました。では、外で待っているティルルのところまですぐに戻りましょう」

「うん、俺がコイツを運ぶから、アイリスは道中のモンスターを頼《たの》む」

「わかりました」

眠《ねむ》っている刺客を背負って、アイリスと一緒《いっしょ》に階段を下りていく。

現在は《フルグロウ》の効果が持続しているので運ぶのは苦労しなかった。

それにしてもこの刺客、めちゃくちゃ体細いな。魔法による肉体強化なしでも運べそうなほど華奢《きゃしゃ》な体つきだ。

暗殺者なだけあって軽いのかもな。

刺客の身柄《みがら》をティルルさんのところまで運んでいった。

第17話 王都行きの誘い

ミネルバに到着《とうちゃく》後、簀巻《すま》きにされている刺客《しかく》の説明を町の門番に求められた。

「少々複雑なので、ギルド長と直接お話をしたい。今からギルド長まで取り次いでくれませんか？」

俺《おれ》は冒険者《ぼうけんしゃ》カードを呈示しながら、門番にそう伝えた。

「アイリスという言葉を使えばすぐに伝わると思います」

アイリスも言葉を追加する。

それから10分後、イゾルテさんがやってきた。相変わらず美人だ。腰回《こしまわ》りのベルトが特にセクシー。

「むっ、腰回りがえっちだ……！」

「それを言うためだけに私を呼んだのなら面会を取りやめてもいいのだぞ」

「ごめんなさいー！　つい口が滑《すべ》っただけなんです！」

と、俺は慌《あわ》てて謝罪する。イゾルテさんはため息を吐《つ》いた。

前回はアイリスに驚《おどろ》いて情けない姿を晒《さら》していたが、今回は威厳《いげん》のある態度でアイリスと再会している。

イゾルテさんに説明を行い、刺客の身柄《みがら》を引き渡《わた》した。複数の拘束具《こうそくぐ》を手足につけられ、屈強《くっきょう》な騎士達《きしたち》に運ばれていった。

「あの拘束具には囚人《しゅうじん》の魔力《まりょく》を吸収する能力があります。剣士《けんし》であろうと、魔力を使う事には変わりないので、これで奴《やつ》は無力化されたも同然です」

「助かりました。これで私も安心してミネルバに滞在《たいざい》できます」

「『ミネルフォート家』として当然の事をしたまでです」

「ミネルフォート？」と俺が反応すると、

「私の父はこのミネルバの領主をしている。だから私の本名はイゾルテ・フォン・ミネルフォートなんだ」

イゾルテさんは自然な口調でそう答えた。

領主の娘《むすめ》ってマジかよ。そういう大事な事は最初に教えてくれ。

町の領主という事は伯爵《はくしゃく》以上なのは間違《まちが》いなく、彼女《かのじょ》はその娘なので貴族令嬢《れいじょう》ということになるのかな。もし結婚《けっこん》していたらちょっと違うけど。

専属魔導士時代に嫌《いや》というほど貴族の依頼《いらい》を引き受けてきたから、貴族に対して少し苦手意識がある。

でもイゾルテさんは良い人だから偏見《へんけん》を持たないようにしよう。

「アイリス様、刺客の事などお気になさらず、これからもミネルバでお寛《くつろ》ぎ下さい。ミネルバは辺境の町ですが、とても良い町ですよ」

「ありがとうございます。その言葉を聞いてすごく安心しました」

アイリスはすごく嬉《うれ》しそうだ。

「ありがとうございます、ギルド長」

「うむ、ロイドもがんばれよ。アイリス様の近衛《このえ》魔導士として、アイリス様をお守りできるほど、素《す》晴《ば》らしい事はないぞ」

アイリスの近衛魔導士ってわけじゃないんだけど、アイリスと仲がいいから、そう勘違《かんちが》いされているのかもしれない。

「あの、ギルド長、俺はアイリスの近衛魔導士なんかじゃないですよ」

「はっはっは、そう謙遜《けんそん》するな。お前ほど近衛魔導士が似合う人間はこの世にいないよ。大事なのは心だ」

なんか良い話っぽく話してるけど、ただの偏見である。

イゾルテさんはその場から立ち去った。

「これからどうしましょうか？」とアイリスが俺に尋ねた。

「刺客はギルド長に引き渡したから心配ないと思う。俺達は普段《ふだん》通りの生活に戻《もど》ろう」

「そうですね」

冒険者ギルドに戻った俺達。

昼間なのでロビーは人で賑《にぎ》わっていたが、アイリスが入ってくると自然と道ができた。

「あっ、アイリス様だ」

「パーティに誘ったらオーケーしてもらえるかな？」

「この世に舞《ま》い降りた女神様《めがみ》だ」

普段のアイリスが天然なのでつい忘れがちであるが、アイリスはすごく美形で、年齢相応《ねんれいそうおう》の色気がある。その美貌《びぼう》ゆえに、特に男性冒険者の注目を浴びた。女性冒険者もアイリスの美しさに感嘆《かんたん》の声をあげる。

アイリスの横顔をチラリと確認《かくにん》してみると、のほほんとした顔をしていた。

これは完全に聖女《クオルト》スイッチがオフだ。たぶん何も考えてない。

ロイドくん？　マジで空気だよ。

びっくりするほど誰《だれ》も俺の存在に気づいていない。アウトオブ眼中ってやつだ。

受付に、神殿《しんでん》のクエストを達成した事を報告した。

冒険者ギルドをあとにして、フロルストリートの宿屋までの道を歩いていると、途中《とちゅう》にソフトクリーム屋があったので、二つ買ってそのうちの一つをアイリスに手渡《てわた》す。

「ありがとうございます」

「そこのベンチで一緒《いっしょ》に食べようか」

「はい！」

アイリスは笑顔《えがお》でそう答えた。

ベンチに座《すわ》って、アイリスと肩《かた》を並べながら仲良くソフトクリームを食べた。

その時間はとても貴重で、とても平穏《へいおん》で、とても幸せだった。

刺客が現れた時は流石《さすが》に驚いたが、終わってみれば楽しい時間だったな。刺客はしっかりと処理できたし、クエストも完了したし、ひとまず一件落着だ。

明日からまたクエスト頑張《がんば》るか。


翌日、俺とアイリスの二人はミネルフォート家の屋敷《やしき》に呼ばれた。

正門のところで現れたのは、立派なカイゼル髭《ひげ》の執事《しつじ》で初老の男性。黒色の仕立てのいいスーツを着ている。

「アイリス様、ロイド様、本日はお忙《いそが》しい中、お越《こ》しいただき誠《まこと》にありがとうございます。案内役のセバスチャンです」

セバスチャンと挨拶《あいさつ》を交《か》わし、屋敷を案内してもらう。

ミネルフォート家の敷地《しきち》はフランク式の庭園を模した豪奢《ごうしや》な造りで、あちこちに噴水《ふんすい》や花壇《かだん》があり、その合間には心地《ここち》よい芝生《しばふ》がある。シンメトリーの様式を取り入れた屋敷の外観は、美しさと規則正しさの両方を併《あわ》せ持っている。

屋敷の内装も立派で、情緒《じようちよ》あふれる異国の絵画や壺《つぼ》が飾《かざ》ってあり、床《ゆか》には赤い絨毯《じゆうたん》が綺麗《きれい》に敷《し》かれている。隅々《すみずみ》まで掃除《そうじ》が行き届いているので埃《ほこり》一つなく、ピカピカに磨《みが》かれた窓ガラスには、苦節19年付き合った俺の顔が映っている。

母親譲《ゆず》りの穏《おだ》やかな風貌《ふうぼう》は、女性受けは悪くないが、魔導士としては舐《な》められるのが悩《なや》みの種。

イゾルテさんは来客室にいた。

今のイゾルテさんは私服であり、王都で流行《はや》っているようなコルセットの締《し》め付けの強いドレスではなく、腰回りがゆったりとした白色のドレスを着ている。

来客室も豪奢な造りで、壁《かべ》には荘厳《そうごん》な宗教画が壁にかかっている。

こちらに気づくと、イゾルテさんは柔和《にゅうわ》な笑《え》みで来客用のソファを勧《すす》めてくれた。

俺とアイリスは隣同士《となりどうし》に座り、俺達と向かい合うようにイゾルテさんも座った。

10分ほど世間話をして、いよいよ本題へと入る。

「先日アイリス様を襲《おそ》った刺客だが、王都の情報部が調べあげた結果、『黒鴉《くろからす》』と呼ばれる殺し屋であることが判明した」

「『黒鴉？』」

俺とアイリスは口を揃《そろ》えてそう言った。

「東方大陸で活動している危険な殺し屋だ。《煉獄殺戮団《カタストロフィ》》のメンバーで、《黒鴉》のコードネームで活動している。奴の特徴《とくちょう》を《ガルド》に書いたらすぐに特定できたよ」

イゾルテさんがサラッと言ったガルドは通信用の小鳥の事だ。

ミストル地方に生息しており、遠方への通信手段はすべてこのガルドが行っている。

手紙を配達するすごい速い鳥で、普通《ふつう》のガルドなら王都までは二日程度、速いガルドなら半日で到着する。

かわいいのでペットとして購入《こうにゅう》する愛好家も多く、俺も昔飼っていた。

でも窓を開けたまま外出してたらそのまま逃《に》げちゃった。とても悲しい……。

「殺し屋なのに随分《ずいぶん》と簡単に情報がわかるんですね」

「ごじゃる口調が独特だからな。あんな特徴的な語尾《ごび》を使う奴は『黒鴉』しかいないそうだ」

あのふざけた語尾って個人を特定できるほど超《ちょう》重要な伏線《ふくせん》だったのか……。

「語尾が特徴的って、それ殺し屋として大丈夫《だいじょうぶ》なんですか？」

アイリスがもっともらしい質問をした。

「殺し屋も人間だ。中には自分の強さを誇示《こじ》したい奴もいる。語尾によって自分の恐《おそ》ろしさが世間に知れ渡り、自分はすごい、自分は強い、自分は恐ろしい存在なんだと他の人に知ってもらう事がなにより快感なんだろう」

「たしかに言われてみれば、あの刺客は話したがりでしたね。最初から無言で攻撃《こうげき》してくればいいのに、わざわざ自己紹介《しょうかい》までして、挙げ句の果てには自分がこれから使う流派まで我々に教えてくださりました。たしかに自分の力を誇示したい、自己顕示《けんじ》欲の強い人種と言えるでしょう。そもそも、最初の笑い声の部分絶対余計ですよね？」

アイリスは同意を求めるように俺の顔を見た。

冷静に分析《ぶんせき》するのはやめて差し上げろ。

あの刺客の残念さが際立《きわだ》つじゃないか。でも剣術は本物だったから……（謎《なぞ》の擁護《ようご》）。

「ここは私の知識不足ではあったが、どうやら奴は国際指名手配されている一人みたいでな。西方大陸で身柄を拘束した場合は、東方大陸の《紅煌帝国《こうこうていこく》》に引き渡すのが決まりのようだ。《メルゼリア王国》も同様の手続きを踏《ふ》まないといけないだろう」

「つまり、黒鴉を紅煌帝国に引き渡すという事ですか？」と俺は確認した。

「そういう事になるな。ちなみにこれはお前にとって喜ばしい知らせだ」

イゾルテさんは俺の顔をジッと見ながらそう言った。

「それはどういう意味ですか？」

「現在の黒鴉は、アイリス様の事がどうでも良くなったようで、お前を殺すことに躍起《やっき》になっている」

ちょ、なんで俺に殺しの矛先《ほこさき》が変わってんの⁉

「お前に負けたのがよほど悔《くや》しかったんだろうな。ロイドの話をする時だけ語尾が綺麗に抜《ぬ》け落ちていたぞ。『私はあの魔導士をかならず殺す、決して許さない』……これが今の奴の口癖《くちぐせ》だ」

めちゃくちゃ怒《おこ》ってるじゃん。

一人称《いちにんしょう》も拙者《せっしゃ》から私に変わってるし、黒鴉の発言には憎悪《ぞうお》の感情が伝わってくる。

まあ、お前はこのあと紅煌帝国に送還《そうかん》されて終わりなんだけどな。

「わかりました。ところでイゾルテさん。私はどうすればいいんですか？」

「今回私がアイリス様を呼んだのはそれが理由です。アイリス様にも王都まで同行してほしい。女王陛下もアイリス様が聖女を辞《や》めさせられた事を深く心配しているご様子です。手紙にも『アイリス様に一度お会いしたい』と一言記されております」

「メルゼリア女王がそうおっしゃるのでしたら行かないわけにはいきませんね。ロイド様、私に同行してくれませんか？　ロイド様が側《そば》にいらっしゃるのでしたら私もすごく安心できます」

「それはつまり遠回しの告白と受け取っていいのか？」

「ちょっと何言ってるのかよくわかりませんが、凶悪《きょうあく》な魔物が出現した際に戦力にはなりますね」

アイリスはサラッと俺の言葉を流した。アイリスも俺の扱《あつか》いが徐々《じょじょ》に上手《うま》くなってきたようだ。

イゾルテさんは俺とアイリスの二人の顔を交互《こうご》に見て、

「それでは出発は明日にしましょう。女王陛下を待たせすぎるのは、あまり良くありません。明日、屋敷の方から王都行きの馬車を用意します。ロイドも明日以降の予定はすべてキャンセルしておいてくれ」

そんなこんなで俺達の王都行きが決まった。

第18話 王国騎士団

ミネルフォート家から宿屋に帰宅後、長旅に備えて荷物をまとめているとマルス達《たち》がやってきた。

「イゾルテさんから聞きましたよ。王都に行かれるそうですね」

と、マルスが言った。

「ああ、しばらくミネルバを離《はな》れる事になる。ミネルバに戻《もど》ってくるのは2ヶ月後になるだろう」

もしかしたらもっと早く帰ってくるかもしれないが、往復だけで6週間もかかる長旅。

どんなトラブルが起きるかわからないし、期間は少し長めに見積もった方がいいだろう。

「2ヶ月後ですか……。わかってはいましたが、ロイドさんとしばらく会えなくなるのはすごく寂《さび》しいですね」

「2ヶ月なんてあっという間じゃないかレラ。クエストを10回くらいこなしていたらすぐに過ぎてるぜ」

マルスは泣きそうなレラを慰《なぐさ》める。

さりげなくレラの肩《かた》に手をのせるところが最高にイケメンだ！

「ロイドさん、王都から帰ってきたらまず一番に私達のところに会いに来て下さいよ」

「わかった。お土産《みやげ》もたくさん買ってくるよ。マルスはなにかほしいお土産とかあるか？」

「俺《おれ》は特にないです。長旅になるでしょうから、お体の方を大事にして下さい」

「あっ、マルスくんだけズルいー。隙《すき》あらばロイドさんのポイント稼《かせ》いでる！」

「別にそんなつもりで言ったわけじゃないんだけどな」

二人とも仲が良さそうで何よりだ。


その日は少し高めのお店で外食することにした。

最近は俺も忙《いそが》しかったし、彼《かれ》らもそれぞれ予定があったから一緒《いっしょ》に食事をとる機会は少なかった。

お互《たが》いに自分のできることを一生懸命《いっしょうけんめい》やっていたので、今回の外食はとても充実感《じゅうじつかん》があった。

「ところでロイドさん～。あのアイリスさんとはどこまで進展したんですか？　キスはもうしたんですか～？」

「おいやめろよレラ。先生が困っているだろ」

「光のカップリングエルフとしてロイドさんの恋愛《れんあい》は見過ごせません。ハーフエルフは政治がわからぬ、だが他人の恋愛には誰《だれ》よりも敏感《びんかん》であった」

それめちゃくちゃ面倒《めんどう》くさい奴《やつ》じゃん。そういうの余計なお節介《せっかい》というんだよ。

普段《ふだん》は真面目《まじめ》なレラも、恋愛の事になると節操がない。

厄介《やっかい》なレラの対応はマルスに任せて、その日はゆっくりと過ぎていった。

翌日、イゾルテさんが馬車を6台も用意し、そのうち2台を自由に使用してよいとのことだった。

俺、アイリス、従者3人なので、一日ごとにメンバーを替《か》えていく事に決まった。

ティルルさんの配慮《はいりょ》で俺とアイリスは常に固定との事だ。

俺は別にアイリスと固定でなくとも良かったのだが、「襲撃者《しゅうげきしゃ》がやってきた時、ロイド様の隣《となり》が一番安全であります」と俺の能力を全面的に信頼《しんらい》してくださった。

残りの馬車4台は、黒鴉《くろからす》の護送用とアイリスの護衛用として、それぞれ利用するとの事。

アイリスが乗る馬車を中央に置いて、前後に連なるように馬車が配置された。

そのすべての馬車には騎士が3人ずつ乗っている。

ここまで護衛が本格的だと本当に要人を乗せてるんだなと実感する。

万が一にも襲撃者が現れたとしても、アイリスの身は安全だろう。

だが、もし護衛がつかなかったとしても、俺はアイリスを守り抜《ぬ》く覚悟《かくご》はあった。

ミネルフォートの屋敷《やしき》まで見送りに来ていたレラ達に別れを告げて、俺達は屋敷を出発した。

俺達を乗せた馬車が、速度を増して、辺境の町ミネルバを心地《ここち》よい馬の足音と共に駆《か》け抜けていく。

窓から顔を出して、遠くなっていく町を眺《なが》めるアイリスの銀色の髪《かみ》が、風に吹《ふ》き上げられて綿菓《わたが》子《し》みたいに膨《ふく》らんだ。

町を出ると人の数も次第《しだい》に減っていき、山脈のつらなる雄大《ゆうだい》な大地が俺達を出迎《でむか》えた。

「メルゼリア王国の王都に行くのは初めてなんですが、どんなところですか？」

「華《はな》やかで活気があって楽しいところだよ。アイリスもきっと気に入ると思う」

その言葉にアイリスは笑顔《えがお》になる。

「さっき友達《ともだち》に貰《もら》ったお菓子《かし》なんだけど一緒に食べようか」

「はい」

アイリスと仲良くビスケットを食べながら、窓から顔を出してきた道を振《ふ》り返ると、ミネルバはもう見えなくなっていた。


馬車に揺《ゆ》られること3週間と、航路での2日間、俺達は無事に王都に到着《とうちゃく》した。

その道中、黒鴉以外の刺客《しかく》は黒鴉が言った通り出てこなかった。

どうやら黒鴉の言ったことは事実だったようだ。


およそ3ヶ月ぶりの王都。

6台の馬車は、駅を通り過ぎて王国騎士団の駐屯所《ちゆうとんじよ》まで進んで、ゆっくりと停車した。

ガルドを使って情報を送っていたようで、すでに数十名の騎士が俺達の到着を待っていた。

俺は馬車から先に降りて、アイリスに手を差し伸《の》べる。

「ありがとうございます」

アイリスは柔和《にゆうわ》な笑《え》みを浮《う》かべて俺の手を握《にぎ》り、馬車から降り立つ。

騎士達はアイリスの姿を見てざわめいて、お互いに顔を見合わせる。

「あれが《神聖ローランド教国》の元大聖女、アイリス・エルゼルベル・クォルテ様か」

「噂《うわさ》通りの美しさだ」

「綺麗《きれい》だ……」

アイリスを凝視《ぎょうし》しながら、それぞれ感想を口にした。

犯《おか》しがたい空気で周囲を圧倒《あっとう》するアイリスの美しさで見惚《みと》れている騎士達とは対照的に、ギルド長は粛々《しゅくしゅく》と黒鴉の身柄《みがら》の引き渡《わた》しを行っている。

その際、黒鴉と目が合って、彼からめちゃくちゃ睨《にら》まれたので、俺は笑顔で手を振ってあげた。

彼は憤怒《ふんど》するが、すぐに取り押《お》さえられた。

黒鴉は拘束具《こうそくぐ》がさらに追加され、王国騎士団の護送車に運ばれて、その場からいなくなった。

これにて黒鴉の問題は一件落着。もう二度と奴と会う事はないだろう。

バイバイ黒鴉、キミの事は忘れるまで忘れないよ。

「イゾルテ様、国際指名手配犯の一人である黒鴉の逮捕《たいほ》に協力していただき、本当にありがとうございます」

「お礼は私ではなく、そこのロイドに言ってくれ。奴を捕《つか》まえたのは私ではなくロイドだ」

イゾルテさんは俺を指差してそう答えた。

「ロイド?」

「ロイドってあの噂の……」

騎士達の好奇《こうき》の視線が一斉《いっせい》に俺に集中する。

さて、どう答えようか。

逃《に》げるように王都を離れたので、専属魔導士《まどうし》のロイドと彼らに説明するのは、あまり好ましくない。

もう終わったことだし、昔の俺を引き合いに出すのもおかしな話だ。

でも、今回だけは例外だと感じた。

「元専属魔導士のロイドです。今は冒険者《ぼうけんしゃ》をしています」

はっきりとそう言った。ここで逃げるのだけはやりたくなかった。

冒険者として頑張《がんば》ってきて、少しだけ自信がついたというべきか。

失敗も多かったが今の俺は不幸ではない。

だから俺ははっきりと、『元専属魔導士のロイド』と、正直に彼らに伝えた。

なんということでしょう。

好奇心《こうきしん》と期待感の宿っていた視線が、匠《たくみ》の発言によって、猜疑心《さいぎしん》と拒絶《きょぜつ》感の宿っている冷たい視線に早変わり。

「こいつがあの無能魔導士のロイドか」

「きっと他人の手柄《てがら》を横取りしたに違《ちが》いない」

「お前ごときが黒鴉に勝てると思うな」

せっかく用意してもらった名誉《めいよ》回復の場が、罵詈雑言《ばりぞうごん》が飛び交《か》う地獄絵図《じごくえず》となった。

世間の評判が良くないのは、俺自身が一番よく理解しているので、これはいつもの事だ。

「風の噂で聞いたぞ。お前、専属魔導士を勝手にやめてルビー様に迷惑《めいわく》かけたんだろ。恥《はじ》を知れ！」

騎士の一人が俺に言いがかりをつけると、他の騎士達も「そうだそうだ！」と同意した。

「勝手にはやめてません。ルビーにはしっかりと専属魔導士を辞めると伝えました」

俺はさらに言葉を続ける。

「ルビーは天才です。俺は彼女《かのじょ》の求める半分も素材採取できませんでした。彼女はもっと素材採取の上手《うま》い人と組むべきだと感じました。だから専属魔導士を引退して冒険者になったんです」

なるべく感情的にならず、淡々《たんたん》とそう弁解する。

「だまれ！　言い訳するな卑怯者《ひきようもの》！　他人の手柄を横取りした次は責任転嫁《てんか》か！」

「おい、誰から手柄を奪《うば》った！　このドロボー！」

いつの間にか、他人の手柄を奪った事にされている俺。

評判が悪いって恐《おそ》ろしいね。真実でさえも勝手に歪《ゆが》められるよ。

人は見たいものしか見ようとしない。まさにその通りだ。

無能の専属魔導士、金魚のフン、ルビーの幼馴染《おさななじみ》であること以外、何の価値もない男。

これは世間一般《せけんいっぱん》の俺への評価であった。

でもいまはそれでもかまわない。他人からの評価なんて二の次だ。

今回、俺が正直に話したのは過去の自分を受け入れるためだ。

その上で過去の悪評を払拭《ふっしょく》できればと考えていたが、こちらの方はまだまだ難しそうだ。

「ロイド様が話したことはすべて事実ですよ」

今まで黙《だま》っていたアイリスがそう言った。

「アイリス様まで騙《だま》したのか！」

アイリスの言葉まで曲解する騎士が現れ始めた。

いよいよ事態の収拾がつかなくなってきたと感じたその時である。

「いい加減にしなさい！」

アイリスが一喝《いっかつ》した。

その場にいた一同の視線がアイリスに集中した。犯しがたい空気で周囲を圧倒する。

「さっきから黙って聞いていれば、ロイド様が手柄を奪っただの、無能魔導士だの、実際に見てもいないのに好き勝手言ってますね、アナタ方。ロイド様は命懸《いのちが》けで殺し屋から私を護って下さったんですよ。私の恩人の事を悪くおっしゃらないで下さい‼　すごく不愉快《ふゆかい》です‼」

激昂《げっこう》するアイリスに騎士達は言葉を失った。

ここまで感情を剥《む》き出しにして怒《おこ》るアイリスの姿をこれまで一度も見たことがなかった。

驚《おどろ》いたと同時に、俺のために怒ってくれるアイリスに嬉《うれ》しさを感じた。

「アイリス様のおっしゃる通りだ。お前達の言っている事はただの偏見《へんけん》と侮辱《ぶじょく》だ。王都の騎士団としてお前達の行動は不適切だ」

イゾルテさんもアイリスに同意し、目の前の騎士達を諫《いさ》める。

二人のおかげで一旦《いったん》場は収まった。

とはいえ、根本的には解決しておらず、騎士達は無言のまま俺を睨みつけている。

「すまなかったな、ロイド。王国の騎士達が失礼した」

「今まで内緒《ないしょ》にしててすいません」

「いやいや、気にするな。誰にだって話したくない過去の一つや二つある。昔の悪評はともかく、今のロイドはアイリス様の近衛《このえ》魔導士として精一杯《せいいっぱい》努力してる。私はそれをしっかりと評価してるぞ」

すごく良い事を言ってるのに大事なところは間違《まちが》ったままだ。彼女はいつになったら気づいてくれるんだろう。

「いい機会だロイド。騎士団のメンバーと練習試合をしてみるのはどうだ？」

「え？　練習試合ですか？」

「昔からよく言うじゃないか、言葉が通じないなら剣《けん》で語ればいい。騎士の言語といえばいつの時代も一対一の決闘《けっとう》だ。私達騎士は戦いの中でいつも答えを見つけてきた」

体育会系男子のノリだ。でも今回はそれが一番かもしれない。

そんなこんなで王国騎士団と練習試合をすることが決まった。

イゾルテさんもちょうどいい対決相手を探してくると言って、一旦その場を後にした。

「アイリス、さっきはありがとう」

アイリスにお礼を言った。

「いえいえ、お友達として当然の事をしたまでです。自分の過去と向き合って正直に自分の正体を明かしたこと、これは秩序神《ちつじょしん》エメロードも称賛《しょうさん》しておりますよ」

アイリスは笑顔でそう答えた。

知らない人達からたくさん悪口を言われたけど、アイリスからは認められたので結果的には良しとしよう。

それから30分後、イゾルテさんが満足げな顔で戻ってきた。

「喜べロイド、黒鴉を倒《たお》したと証明できる最高の相手を連れてきたぞ」

「ありがとうございます。随分《ずいぶん》と早かったですね。いったい誰を連れてきたんですか？」

「メルゼリア王国最強の剣士と評価されている騎士団長だ」

「は？」

とんでもない人物が相手で、俺は開いた口が塞《ふさ》がらない。

「普段は団長室に閉じこもっている人なんだが、お前の事を話したら快く協力してくれたぞ」

「む、無理ですよギルド長！　そんなすごい方と戦ってもなにもできませんって！」

「はっはっは、期待しているぞロイド！　アイリス様の近衛魔導士としての自分を信じるんだ」

いつも言ってるじゃないですか。近衛魔導士じゃないから信じるところなにもないんですけどおおおおおおおお‼

「ロイド様なら大丈夫《だいじょうぶ》ですよ。なんせ私の、一番の魔導士なんですから！」

アイリスまでそう言った。

もしかすると俺は本当にアイリスの近衛魔導士かもしれない。一種の洗脳みたいになってきている。

駐屯所に併設《へいせつ》されている屋外の訓練場へと案内される。

訓練場の中央にはダンディなおじさまがいた。

こちらからお辞儀《じぎ》をして、イゾルテさんの説明を待つ。イゾルテさんはおじさまに俺を紹介する。

イゾルテさんの話によるとこの人が騎士団長らしい。

「キミがロイドくんだね。事情はイゾルテくんから聞いたよ。私の部下が失礼な事を言って大変すまないね。彼らにはあとから私が厳しく叱《しか》っておく」

騎士団長は柔和な笑みでそう言った。

「いえいえ、団長が謝《あやま》る必要はありませんよ。俺は全然気にしてません」

「若いのにとても大人だ。ウチの騎士達にもロイドくんの爪《つめ》の垢《あか》を煎《せん》じて飲ませたいくらいだよ」

騎士団長は、度量が広くて、心が大きくて、とても温厚《おんこう》な人のようだ。

「決闘といっても、何回か剣を合わせるだけだ。こちらから攻撃《こうげき》は一切《いっさい》仕掛《しか》けない。ロイドくんの方から自由に攻撃してくれて構わない」

「団長はそれで大丈夫なんですか？」

「案ずるな、私の流派は西方剣術《エクストリオン》だ。防御《ぼうぎょ》には誰よりも自信があるから大丈夫だよ。何回かロイドくんの得意な魔法《まほう》を見せれば、彼らも納得《なっとく》してくれるだろう。手加減はいらない、本気で来なさい」

「わかりました。よろしくお願いします」

騎士団長のお心遣《こころづか》い、本当に感謝します。

エクストリオンの実力者である騎士団長の胸を借りるつもりで、俺も全力で攻撃をさせていただきます。


騎士団長はエクストリオン特有の独特な構えをとる。

グリップを軽く握り、剣を水平にして、剣先を突《つ》きつけるような持ち方。

エクストリオンの強みは圧倒的な防御力とされている。

攻撃の見切りとカウンター技《わざ》に優《すぐ》れており、生半可な攻撃は一切通じない。

王国最強と言われているんだ。騎士団長はきっとマスター級のはずだ。

俺の魔法は一切通じないと言っても過言ではないだろう。

だから今回も本気で行く。

黒鴉戦のように無詠唱《むえいしょう》魔法は行わず、今回はしっかりと呪文《じゅもん》を詠唱して、マスター級の肉体強化魔法の《フルグロウ》を発動する。

「ふんっ！」

俺の方から騎士団長に攻撃を仕掛ける。

それに合わせて、騎士団長は防御動作を取ろうとしたが、俺が予想していた以上に動きが遅《おそ》かった。

というか全然防御が間に合っていない。

俺も全力で行くと言った手前、本気で攻撃したから、いきなり体の動きを止める事ができない。

フルグロウは急には止まれない。

ボッコーン‼

俺の拳《こぶし》は騎士団長の顔面にクリーンヒットし、騎士団長は壁《かべ》に叩《たた》きつけられて気絶した。

観戦席を見ると、騎士達は口を開けたまま唖然《あぜん》としていた。

「俺、なんかとんでもないことしてしまったかも……」

でも、騎士団長が本気で来いと言ったから……。


練習試合の後、観戦していた騎士達は俺の強さを素直《すなお》に認めた。

全盛期の強さではないとはいえ、騎士団長の強さは確かのようで、一部の騎士は謝罪の言葉も口にした。

騎士団長を倒してしまったという事実は大きく、彼らの心情はともかく、俺の強さを認める一つのキッカケにはなったようだ。

イゾルテさんも言っていたように、体育会系に一番伝わるのは、100の言葉ではなく一つの試合のようである。

その後、俺は騎士団長に《完全治癒《フルリカバー》》をかけ、練習試合で負わせてしまった傷を治療《ちりよう》した。

ここの治療は聖女《クオルト》であるアイリスでも良かったのだが、俺がワガママを言って騎士団長の治療をさせていただいた。

「申し訳ありません、団長」

「謝る必要はない。むしろキミが強くて安心したよ。ロイドくん、キミは噂とは違い、本当に優秀《ゆうしゅう》な魔導士だね」

怒るどころか、魔導士として俺を認めてくれる騎士団長。

イゾルテさんが仰《おっしゃ》るように優《やさ》しいお方であった。人の上に立つ偉大《いだい》な人物とは騎士団長の事を指すのだろう。

さて、この《完全治癒》は、対象の状態異常を治し、装備の状態を正常へと戻し、対象の体力を完全に回復する魔法なのだが、どうやらその流れで左膝《ひざ》の古傷まで治ってしまったようで、騎士団長はその喜びのあまり、テンションが3倍に跳《は》ね上がった。

温厚《おんこう》なおじさまが、若い頃《ころ》のチャラくてイケイケさを取り戻したような感じだ。

「おお、羽根のように体が軽い！　今なら何でもできそうな気がするぞ‼　ロイドくん、もう一度私と練習試合をしないかい？」

「いえいえ、今の私では団長の足元にも及《およ》びませんから勝ち逃げさせて頂きます」

騎士団長は豪快に笑い出した。

「はっはっはっ、これは一本取られた！　ロイドくん、王国騎士団に入隊したい時はいつでも言ってくれ。私が座《すわ》っている団長の席をキミに譲《ゆず》ろうじゃないか！」

「ええ⁉」

「はっはっは、冗談《じょうだん》だ！　だが、王国騎士団に入団してほしいという気持ちは本当だ。キミのように強い魔導士を歓迎《かんげい》しない理由はないからな」

騎士団長は騎士達を呼び集めて整列させ、次のように叫《さけ》んだ。

「お前達にはこれまで苦労をかけてきた！　これまで団長室に籠《こ》もってあまり訓練を見てやれなかったからな！　だが、ロイドくんのおかげでこのとおりエレガントらしさを取り戻した！　団長室に閉じ籠もるのは今日でおしまいだ！　明日から毎日私がお前達の訓練に付き合ってやろう！」

「は？」

「え？　鬼《おに》……じゃなくて団長がですか⁉」

「あわわ⁉　う、うそでしょう、鬼の団長が毎日監視《かんし》に来るんですか⁉」

「手始めにそうだな。明日より王国騎士団の訓練時間は８時間から20時間に延ばす！」

「「「20時間⁉」」」

騎士団長の言葉に騎士達は全員衝撃《しょうげき》を受ける。

「私が若い頃は毎日30時間は訓練していたぞ！　これでも少なすぎるくらいだ！」

あれ、どこかで聞いた事があるようなセリフだ。

「だ、団長！　一日の時間数をゆうに超《こ》えてます！　一日は24時間です！」

インテリ系の眼鏡騎士がそう叫ぶ。

「わはははははは！　モノの喩《たと》えってやつだ！　細かい事は気にするな！　もっと強くなれるんだ！　お前達も嬉しいだろう！」

「「「ほげえええええええええええええ⁉」」」

うんうん、騎士団長が楽しそうで何よりだ。優しくてダンディなおじさまありがとう。俺も騎士団長みたいなエレガントなおじさまになりたいな。
協力してくれた騎士団長に改めてお礼を言って、俺達はその場をあとにした。

第19話 笑わない聖女《クオルト》

訓練所をあとにした俺達《おれたち》はイゾルテさんの知人の屋敷《やしき》に赴《おもむ》いた。

イゾルテさんの屋敷ほどではないが、この屋敷も中々大きくて、屋敷の主も優《やさ》しい人だった。

豪奢《ごうしゃ》な客室に案内されて、その日は屋敷の中でのんびりと過ごした。

夕食も豪華《ごうか》で、アイリスと仲良く食事をとった。

アイリスはご飯はいっぱい食べるタイプで、何杯《なんばい》もおかわりするので、従者のティルルさんに窘《たしな》められていた。

ぐうかわ！

ちなみにアイリスの従者は他にも二人、専属メイドのセフィリアさんと専属料理長のネロさんがいるんだが、彼《かれ》らは食事中に一度も姿を現さなかった。

ティルルさんはアイリスとよく一緒《いっしょ》にいるけど、残りの二人はアイリスと距離《きょり》を取って行動している事が多い印象だ。

仲が悪いのかと言われたらそういうわけでもなく、プライベートではとても仲がいい。現在は仕事モードなのだろう。

「ロイド様、あーんして下さい」

アイリスがピーマンを肉で挟《はさ》み、笑顔《えがお》で俺に渡《わた》そうとしてきた。

「ピーマンも我慢《がまん》して食べなさい。屋敷の主《あるじ》に失礼ですぞ」と俺は指摘《してき》する。

騎士《きし》達の前では、毅然《きぜん》とした態度で俺を弁護したアイリスも、天敵《ピーマン》の前では敵前逃亡《とうぼう》をするようだ。

「はい……」

アイリスはションボリとした表情で返事をした。

「お嬢様《じょうさま》に注意していただき、本当にありがとうございます」

と、ティルルがお礼の言葉を言った。

夕食後は屋敷の大浴場で体を休めた。浴槽《よくそう》に浸《つ》かっている時、もしやアイリス達がやってくるのではと妄想《もうそう》したが、冷静に考えると混浴ではないのでやって来るわけないのだ。

お風呂《ふろ》から上がり、さっぱりとした気持ちで寝室《しんしつ》へと戻《もど》り、ソファに腰《こし》かけてボーっとしているとアイリスが寝室にやってきた。

現在、アイリスの隣《となり》に従者はおらず、一人でやってきたみたいだ。

アイリスからほのかに石鹸《せっけん》の香《かお》りがした。

「どうしたんだ？　何か俺に用か？」

「ご用がなければロイド様に会いに来てはいけませんか？」

「ううん、そこのソファでお喋《しゃべ》りしようか」

「はい」と笑みを浮《う》かべて俺の隣に座《すわ》った。

そして、アイリスとお話をした。

今回の会話は、これまでとは少し内容が異なり、俺の専属魔導士《まどうし》時代の内容が中心だ。

専属魔導士時代の俺の様子を知りたがる人は初めてだったので、新鮮《しんせん》な気持ちで話した。

「ロイド様が採取にいく地域は未開領域《エリアゼロ》が多いですね」

「うん、どこも危険な地域ばかりだよ。あんまり楽しいところじゃないし、アイリスは近づかない方がいいよ」

俺も何度死にかけたかわからない。

「難しい相談ですね。エメロード様の神託《しんたく》があれば、私の意思とは関係なく出向かなければならないでしょう」

「エメロード様も人使いが荒《あら》いんだな」

「その時はロイド様も一緒に来てもらいますよ」

大聖女様も人使いが荒いようだ。

俺の昔話が終わり、今度はアイリスが話す番となる。普段《ふだん》の俺なら当たり障《さわ》りのない事を聞くんだが、今回に限っては、少し踏《ふ》み込《こ》んだ内容にしようと思っている。

「アイリスに一つ聞きたいことがある」

「何なりと仰《おつしや》って下さい」

「アイリスはなぜローランドを追放されたんだ？」

これまで一度も話してくれなかった追放の理由。

すでに終わった事だし、これまでどおり曖昧《あいまい》なままでもよかったのだが、アイリスが俺の事を知ろうとしてくれたように、俺もアイリスの事をもっと知りたくなった。

「お恥《は》ずかしい話なのですが、私が追放された理由は、私が無愛想だったからです」

追放の理由は意外な答えだった。むしろ、一番予想してなかった答えともいえる。

無愛想という言葉は、アイリスから一番縁《えん》のない言葉だ。

アイリスほど感情豊かな女の子もそういない。

「当時の私は秩序神《ちつじょしん》の代行者《クオルテス》としての責務を果たす事に必死で、笑うことなど一度もなく、黙々《もくもく》と仕事に専念しておりました」

「でもそれって悪い事なのか？　聖女としての仕事を一生懸命《いっしょうけんめい》まっとうしてるだけなんじゃ」

「プライベートと仕事の境界線が曖昧なのが一番の問題ですね。どのような場でも秩序神の代行者として行動していました。融通《ゆうずう》が利《き》かず、近寄りがたい存在になっていたと思います。『ギース殿《でん》下《か》』もそんな私に嫌気《いやけ》が差して、だんだんと距離を取るようになりました」

「ギース殿下？」

「神聖ローランド教国の第一皇子です。我が国は宗教国家でもあるため、ギース大司教とも呼ばれております。ギース殿下は私の元婚約者《こんやくしゃ》でありましたが、普段の私がそんな感じなので、最終的に婚約破棄《はき》され、偽《にせ》聖女として国を追放されてしまったのです」

宗教用語が多くて混乱したが、ギース大司教と第一皇子は同一人物のようで、神聖ローランド教国のアグニス皇帝《こうてい》の第一後継者《こうけいしゃ》である。

要するに、ギース第一皇子から嫌悪《けんお》された事で、聖女としての立場が大きく揺《ゆ》らぎ、新聖女を擁《よう》立《りつ》された事で完全に居場所を失ったようだ。

また、婚約者に対して恋愛《れんあい》感情が一切《いっさい》なかったのも、周りから擁護されなくなった理由の一つだ。

アイリスの話をまとめるとこんな感じ。

＝＝＝＝＝＝＝＝＝＝＝＝＝＝＝＝＝＝＝

○追放された理由

ギース第一皇子に婚約破棄されてしまい、さらに新聖女を擁立された事で、聖女としての居場所がなくなってしまった。

○今も追われている理由

黒鴉《くろからす》が言っていたようにおそらく、聖女は一国一人という正統性を保つため。

神聖ローランド教国は宗教国家であるため、ここの定義が他の国よりもかなり厳しく、国外に逃《に》げようとも確実に殺そうとしてくるのだと考えられる。

＝＝＝＝＝＝＝＝＝＝＝＝＝＝＝＝＝＝＝

「私からは何も事情を教えてないのに、ロイド様を巻き込んでしまって本当に申し訳ありません」

話が終わるとアイリスは、俺に深々と頭を下げて謝罪する。

「巻き込まれたなんて思ってないよ。俺が好きでやっているだけだ」

俺からもアイリスにそう伝えた。

アイリスの目には少しだけ涙《なみだ》が浮かんでいた。彼女《かのじょ》に近づいてハンカチでそっと拭《ぬぐ》った。

彼女は真面目《まじめ》なので、俺を巻き込んでしまったと罪悪感を覚えていたのかもしれない。

だからこそ、それは違《ちが》うとしっかりと伝えられてよかった。

「その言葉で私も心が軽くなりました。ロイド様、本当にありがとうございます」

俺もアイリスと同じ気持ちだ。

騎士団でのあの時、アイリスの言葉で心が軽くなったんだ。

俺の方こそアイリスにお礼を言いたい。


アイリス、本当にありがとう。


お互《たが》いの過去がわかったおかげで、俺達の関係は少しだけ進展した。

たとえばアイリスは、聖女時代の自分を話してくれるようになった。

彼女の話を聞いている限りだと、たしかに感情のない執行者《しっこうしゃ》みたいな感じだが、そこには代行者としての使命を精一杯《せいいっぱい》果たそうとしている彼女の一生懸命さが伝わってきた。

ずっとお喋りをしていると、次第《しだい》に眠《ねむ》たくなってきたのか、アイリスはいつの間にか居眠《いねむ》りしていた。なので、眠っているアイリスをお姫様抱《ひめさまだ》っこしてティルルさんのところまで運んだ。

その後、俺も就寝《しゅうしん》した。


王都への滞在《たいざい》期間は4日間で、最終日に女王陛下と謁見《えっけん》となる。

現在は2日目で、今日はメルゼリア王国の聖女と対談を行った。

メルゼリア王国の聖女の名はコーネリア。

コーネリアと直接会話したことはなかったが、遠くからお姿を何度か拝見したことがあったので、すぐにご本人であるとわかった。

鮮《あざ》やかな紫色《むらさきいろ》の髪《かみ》の若い女性でスタイルはモデル顔負けだ。コーネリアからは大人の色気を存分に感じた。

アイリスとコーネリアは聖女時代からの旧知の仲らしく、二人のやりとりは親しげ。

聖女時代はプライベートと仕事の線引きができていなかった、と昨夜アイリスは語ったが、見た感じコーネリアとも普通《ふつう》に話している。

神聖ローランド教国を追放された件については、コーネリアもとても心配しており、涙ながらにアイリスの話を聞いていた。

同時にギース第一皇子に対しては激しい憤《いきどお》りを感じている様子を見せた。

ミネルバで暮らす事を伝えるとコーネリアは非常に喜んでいた。

彼女は全面的にアイリスの味方のようである。

コーネリアとの対談が終わり、俺達はメルゼリア大教会をあとにした。

その後は仲良く王都を観光し、メルゼリア王国名物のメルゼリアパイを食べた。苺《いちご》をふんだんに使った甘《あま》いパイであり、アイリスはこのメルゼリアパイを非常に気に入った。

特にトラブルもなく2日目は平和に終わった。

第20話 ロイドの決意

3日目は自由行動であり、それぞれが最終日の女王陛下との謁見《えつけん》に向けて各自行動している。

アイリスはティルルさんと打ち合わせを行っており、陛下に対して話す内容をまとめている。

イゾルテさんの話によれば、陛下はアイリスのメルゼリア王国滞在《たいざい》に対して前向きな姿勢のようで、元聖女としてサウスライト地方の土地を監査《かんさ》してもらいたいとの事だ。

ちなみにサウスライト地方とはミネルバがある土地の事だ。

『ミネルバと王都は距離《きより》が離《はな》れていますので、もし土地の環境が悪化していたらコーネリアの代わりに対応してもらえると助かります』と一言添《そ》えられていた。

公《おおやけ》には認めていないが、実質的にサウスライト地方の土地の管理はアイリスが任されたようなものだろう。

もっとも、それは悪いことではない。

意外かもしれないが、アイリスは王都ではなくミネルバの暮らしを最初から望んでいた。

アイリスは要望通りミネルバで暮らせるし、陛下も遠方の領域問題を解決できる。

お互《たが》いにＷｉｎ－Ｗｉｎな取引なのだ。

余談であるが、先ほどミネルバに暮らしたい理由を聞いてみたところ、アイリスは顔を赤くするばかりで答えてくれなかった。

明日が最終日なので俺《おれ》も今日中に必要な物資を揃《そろ》えておこう。

ミネルバは辺境の町なので、言い方は悪いが、王都よりも品質がやや劣《おと》っている。また、王都でないと手に入らない貴重なアイテムも多い。レラが要望していた魔導書《まどうしょ》も何冊か買っておきたい。

アイテムボックスを開きながら俺は購入《こうにゅう》予定リストにしっかりと目を通していく。


アイテムボックスを漁《あさ》っていると、記憶《きおく》にない一枚の紙がポロリと地面に落ちた。

「なんだろうこれ」

その紙には『帰りに紅茶買ってきて』と書かれていた。

顎《あご》に手を当てて少し考えると、アトリエを去る直前にルビーが入れたあの紙であることを、俺は思い出した。

あの時はイラつきすぎて一回も確認《かくにん》しなかったけど、こんなことが書かれていたのか。

あいつ今頃《いまごろ》なにしているんだろう。

あれから3ヶ月も経《た》っているし、既《すで》に新しい専属魔導士でも雇《やと》って、錬金釜《れんきんがま》をぐーるぐーるしてるのかね。

絶縁《ぜつえん》した俺としてはあまり認めたくないが、ルビーの腕前《うでまえ》は本物だ。

100年に一人の天才錬金術師といっても過言ではない。

午前中に屋敷《やしき》を出発して、日中はほとんど買い物に費《つい》やした。買う予定にないものもたくさん買ってしまった。

黒鴉《くろからす》が拘束《こうそく》されている拘置所に到着《とうちゃく》したのは午後4時頃《ごろ》。

イゾルテさんがすでに手続きを済ませてくれていたようで、ロイドである事を伝えるとあっさりと面会許可が下りた。

黒鴉とはもう二度と会うつもりはなかったが、聞いておきたいことがあった事を思い出したのでここにやって来た。

黒鴉は黒装束《くろしょうぞく》から白黒の囚人服《しゅうじんふく》に服装が変わっていた。

魔法拘束具で手足を拘束されており、さらに猿《さる》ぐつわまで噛《か》まされている。

まさに厳重に拘束されていると言っても過言ではない。

黒鴉は俺に気づくと怒《いか》りで興奮状態に入った。

今回は彼《かれ》から事情を聞くことが目的なので、猿ぐつわを一時的に外してもらった。

「その忌々《いまいま》しい冴《さ》えない顔……。貴様、あの時の魔導士ですね!!」

黒鴉から女性の声が発せられた。

それもかなり幼く、声の高さから考えて10代前半。

「お前は誰《だれ》だ？　黒鴉にしては少し声が変だぞ」

あと、冴えない顔は余計だ。

「これが私の地声です」

「黒鴉、お前女性だったのか」

初めて出会った時は魔法で声を変えていたのだろうか？

そういう魔法が存在すると昔師匠《ししょう》から聞いた事はあるが、実際に見たのは初めてだ。

黒鴉が女性だった事実に俺はとても驚《おどろ》いてしまった。

よく見ると女性らしい顔をしているし、控《ひか》えめではあるが胸元《むなもと》も膨《ふく》らんでいる。

「ふふふ、私は女性です。私が女性だとわかって助けたくなりましたか？」

「いや全然。悪い事をしたならキチンと裁かないと。性別は関係ないよ」

年下の殺し屋少女。

属性はもりもりであるが、彼女《かのじょ》は重罪人であり、人を殺すことになんの躊躇《ためら》いもない殺し屋。

彼女の生き方を肯定《こうてい》するわけにはいかないだろう。

「私になんの用ですか？」

黒鴉は不快そうに顔をしかめた。

「お前に殺しを頼《たの》んだ依頼人《いらいにん》の情報を知りたい」

「それは無理な相談ですね。私が依頼人に関する情報を吐《は》くわけないじゃないですか。私達《たち》の稼業《かぎょう》は信用が命なんですよ」

初めて会った時にはベラベラ喋《しゃべ》ってたじゃん。

急に正論吐いてきて俺は困惑《こんわく》する。

でも言われてみれば大事な情報はなにもわかっていない。隣国《りんごく》の刺客《しかく》というのは最初から想像がついていたし、黒鴉が話していたのはほとんど自分について。変なところでしっかりしているな。

拷問《ごうもん》によって吐かせた情報は信憑性《しんぴょうせい》が薄《うす》いらしいので、別の方法でアプローチする必要がある。

まずは定番の本人の善意に訴《うった》えかける手法。

「黒鴉よ、お前はこれまでにたくさん悪い事をしてきた。だが、今からでも遅《おそ》くはない。人の幸せを奪《うば》うような非道な生き方は今日かぎりにして、自分の行いを悔《く》いて罪を償《つぐな》いなさい」

すると黒鴉は大きな声で笑い始めた。

「いやですね。他人の幸せなんてクソ喰《く》らえですよ。私が大好きなのは自分自身だけです！」

「このままだとお前、死んだら間違《まちが》いなく地獄《じごく》行きだぞ」

「地獄行きで結構！　地獄でも人を殺して暴れまわってあげますよ！」

黒鴉はうそぶいて肩《かた》をそびやかす。

反省の言葉一つない黒鴉の愚《おろ》かさに俺はため息を吐いた。

「地獄に行く前にまずは貴様から葬《ほうむ》ってあげます。さあ私ともう一度戦いなさい！」

黒鴉は体を揺《ゆ》すりながら椅子《いす》の上で暴れている。

だが、黒鴉を捕《と》らえている拘束具はびくともしない。

「その魔法拘束具は決して外せないよ。悔《くや》しいだろうが仕方がないんだ」

そう言い聞かせたが、黒鴉が静かになるような気配はない。

このままでは交渉《こうしょう》にならないので、こちらも強硬《きょうこう》手段に打って出ることを決めた。

「仕方ない。お前が依頼人の事を話さないなら、こちらも手段を択《えら》ばない」

「私を拷問でもする気ですか？　初めに言っておきますが、私は煉獄殺戮団《カタストロフィ》で多くの拷問訓練を受けてきました。アナタのへなちょこな拷問が通用するとは到底《とうてい》思えませんねぇ」

「わざわざ拷問なんてしないよ。俺には《催眠《マリオネット》》がある。お前に催眠術をかけて依頼人の情報を全部喋らせるってわけ」

「催眠？　あのインチキ魔法のことですね。噂《うわさ》くらいなら聞いてますよ。相手を自由に操《あやつ》る事ができるんですよね」

「知っているなら話が早い。お前が口を割らなければ催眠術をかける」

「あはははは！　魔導士さん、まさか本気で言ってます？　私に催眠術なんて効くわけないじゃないですか」

「お前に催眠術が効かないかどうかは、やってみないとわからないだろ」

「だったら今から催眠術をかけてもらっても構いませんよ。えっと、その杖《つえ》を黙《だま》って見つめればいいんですよねー。大体、杖を見つめたくらいで人を操れるわけないじゃないですか。そんなんで人を操れるなら誰だってやってますよ」

「本当にいいんだな？」

「くどい！　私は煉獄殺戮団の筆頭にして、東方大陸を恐怖《きょうふ》に陥《おとし》いれた黒い死神ですよ！　催眠なんかには屈《くっ》しません！」

「《催眠》！」

「ふぁ……!?　あ、頭が……ぅ…………!」

黒鴉の様子がおかしくなった。

とろんとした目つきでこちらを見つめている。

「お前の本名はなんだ？」

「桜花《インファ》です」

オリエンタルな雰囲気《ふんいき》が漂《ただよ》う独特の名前。

先ほどまでの挑発《ちょうはつ》的な態度とは打って変わり、黒鴉はとても従順な態度でそう答えた。

「珍《めずら》しい名前だな。紅煌帝国《こうこうていこく》の出身か？」

「紅煌帝国が支配する国の一つ、凛桜国《りんおうこく》の出身です」

一度も聞いた事がない国名だ。

東方大陸は俺も知らない事が多い。名前の雰囲気から考えて、紅煌帝国の近くにある事は間違いないだろう。

もう一つわかったことがある。

東方の凄腕《すごうで》暗殺者であろうと催眠術には勝てないということだ。

「催眠解除！」

指を鳴らして催眠状態を解除した。

「ふふふ……！　ほらほら、はやく私に催眠をかけて下さいよ。もしかしてできないんですかぁ？」

「催眠ならすでにかけたぞ、桜花」

「ど、どうして私の名前を知っているんですか⁉」

黒鴉は酷《ひど》く狼狽《ろうばい》している。

どうやら催眠中の記憶がなくなっているようで、自分の口で本名を教えた事すら気づいていない。

「さあ、どうやって知ったと思う？」

俺は黒鴉に対してニチャァと笑う。

「うへっ、気持ち悪い顔を見せないで下さい。アナタって意外とブサイクですね」

「なんだと⁉　これでもくらえ、催眠！」

「……」

再び催眠状態にしてやると、黒鴉はまた大人しくなる。

「自分がいま一番困っている話をしろ」

「私、桜花は貧乳《ひんにゆう》で困っています」

あっ、そうなんだ。俺はどんな大きさでもいいと思うぞ。

おっぱいで人を好きになるのではない、好きになった子のおっぱいが自然と大好きになるのだ。

催眠状態の黒鴉にいくつか尋ねる。

「誰から依頼された？」

「仲介人《ちゆうかいにん》はクレイル司教ですが、直接の依頼人はギース大司教です」

「ギース大司教って神聖ローランド教国の第一皇子のことだよな？」

「そうです」

マジかよ。アイツが今回の黒幕だったのか。

アイリスを追放した上に刺客まで送ってくるとか、マジで救いようのないクソ野郎《やろう》だな。

ぶん殴《なぐ》りたい奴《やつ》ランキングベスト1位になったギース第一皇子。

別に2位3位がいるわけじゃないけど、奴だけは絶対に許せない。

もうコイツの事は第一皇子とは呼ばずにギースと呼び捨てにしよう。

「奴はなぜアイリスの命を狙《ねら》っているんだ？」

「一国一人の正統性を維持《いじ》するためです。ですが、このギース大司教はアイリスの事を深く恨《うら》んでおりまして、この世から抹消《まっしょう》したいと常々考えていたようです。私怨《しえん》である可能性も充分《じゅうぶん》あるでしょう」

黒鴉の口からアイリスが2日前に話してくれた事と同様の内容が語られた。

ギースの私怨という動機が追加されたくらいか。

「アイツに繋《つな》がる証拠《しょうこ》は持っているのか？」

「申し訳ありません。彼は私の依頼人であるため彼に繋がる証拠はすべて処分しました」

うむ、残念だ。証拠が見つかればアイリスの力になれるのに。

ないものねだりをしても仕方ないので、今度は別の内容を黒鴉に尋ねた。

「ギースの特徴《とくちょう》を教えてくれ」

「わかりました」

黒鴉はギースの特徴を事細かく教えてくれた。

仲介人のクレイル司教だけでなく、しっかりとギースの顔まで把握《はあく》しているようだ。

聞きたい事は全部聞けたので満足だ。

その後、黒鴉を《スリープ》によって眠《ねむ》らせて、その場をあとにした。

バイバイ桜花。もう二度と会う事はないと思うけど達者でな。来世では犯罪に手を染めるなよ。

眠っている黒鴉に今生《こんじょう》の別れを告げて、俺はその場をあとにした。

このように、催眠魔法《マリオネット》は、相手の行動を自由に支配できる危険な術だ。師匠からも警告され、特別な場合を除いて使用を固く禁じられている。

俺にとって、特別な場合は、今だ。大切な友達《ともだち》の人生を守るためなら、俺は禁術だって使用する。


屋敷に帰宅後、俺はティルルさんから呼び出された。

応接室にはイゾルテさんがいて、とても深刻な表情をしている。

俺がいない間になにかあったのだろうか。

ティルルさんは顎を引いて、いま到着した俺にもわかるように、丁寧《ていねい》に説明を始めた。

どうやら女王陛下宛《あ》てに神聖ローランド教国から脅迫状《きょうはくじょう》が送られたようだ。

アイリスの身柄《みがら》を拘束し、3日以内に神聖ローランド教国に引き渡《わた》さなければ、女王陛下をエメロード教から破門し、さらにメルゼリア王国に対して戦争を仕掛《しか》けるとの内容だ。

エメロード教。

聖女《クオルト》の根幹となる秩序神《ちつじよしん》エメロードを奉《たてまつ》る、西方大陸の中で最盛を誇《ほこ》る宗教体系。

その影響力《えいきようりよく》は国内のみならず、この大陸全土に及《およ》び、エメロード教を国教としない国家は存在しないほどだ。

神聖ローランド教国はエメロード教の総本山。

為政者《いせいしや》の9割はこのエメロード教に属しているため、神聖ローランド教国は西方大陸で最も発言力のある国といえる。

もし戦争になった場合、あちらは錦《にしき》の御旗《みはた》を掲《かか》げて周辺諸国を全員味方につけることができるので、戦争となればまず勝ち目はないだろう。

また、メルゼリア王国に大義名分がないのも大きな問題である。

元聖女を保護したと主張しようにも、神聖ローランド教国から見ればアイリスは国を騙《だま》した偽聖《にせ》女であり、脅迫状を送ってきたギースは女王陛下に対して『偽聖女アイリスを保護した大悪党』という主張を貫《つらぬ》いている。

これを覆《くつがえ》すにはギースの発言がすべて間違っていると証明するだけの明確な証拠が必要だ。

だが、その証拠を見つけるのは極《きわ》めて難しい。

奴は第一皇子で多少の不正なら自由に揉《も》み消せる。それだけの権力を持っているのだ。

「最終的な決断を下されるのは女王陛下であるが、最悪の事態も想定せねばならないな」

イゾルテさんは唇《くちびる》を歪《ゆが》める。もう手の打ちようがないと言わんばかりだ。

「アイリスはこの事を知っているんですか？」

「いいえ、お嬢様《じょうさま》にはまだお伝えしておりません」

ティルルさんが静かにそう答えた。

「いまはそれが最善だろう。アイリス様が知れば自ら出頭することも充分考えられる」

とイゾルテさんが言った。

女王陛下が決断するまで、アイリスに伝えることを先延ばしにしてもらい、俺は自室へと戻《もど》った。

いつの間にか国家の命運を左右する事態へと発展している。

一介《いっかい》の冒険者《ぼうけんしゃ》である俺にできることはもう何も残されていないのだろうか。

諦《あきら》めかけていたその時、アイリスが部屋に入ってきた。

「ロイド様」

「どうしたアイリス？」

「明日ミネルバに帰る前にもう一度メルゼリアパイを食べに行きませんか？　とても美味《おい》しかったのでもう一回食べてみたいです」

アイリスはそう言った。

「アイリスは食いしん坊《ぼう》なんだな」

何気ない俺の言葉にアイリスはショックを受けて、とても不機嫌《ふきげん》になった。片頬《かたほお》を膨らませながら腕《うで》を組んだ。

「じゃあもういいです。ロイド様なんて知りません」

本気で怒《おこ》っているというよりもちょっと拗《す》ねている感じ。

「ごめんごめん、冗談《じょうだん》だよ、怒らないで。ミネルバに帰る前にもう一回食べに行こう」

アイリスは嬉《うれ》しそうに口元を綻《ほころ》ばせた。

「本当ですか？」

「うん、ほんとのほんと。前回食べられなかった味も食べようよ」

「はい！」

無愛想だった時期があったとは思えない表情の豊かさ。

追放されてもうすぐ1年になると言っていたが、彼女はこの1年間で誰よりも成長したのだろう。

今回の脅迫状の話を知れば、昔のアイリスにまた戻ってしまうのかもしれない。

アイリスと明日の約束をした。

その後、少しだけお喋りした。時計の針を確認すると夜の10時になっていた。

「今日はもう遅い。明日に備えてもう寝《ね》なさい」

アイリスはコクリと頷《うなず》いて、

「ロイド様おやすみなさい。明日、楽しみにしていますね」

と、言って部屋を去った。

アイリスがいなくなった部屋で、俺はイゾルテさんとの会話を思い返す。

あまりにも難しいので、すぐに選択肢《せんたくし》から外されただけで、方法がないわけではない。

ギースの要求には一つだけ穴がある。

この中央集権体制は秩序の崩壊《ほうかい》に繋がると懸念《けねん》されており、神聖ローランド教国の君子及び後継《こうけい》者《しゃ》は必ず『聖人』でなければならないと大陸条例にも定められている。

不祥事《ふしょうじ》が一つでも見つかれば聖人とは認められず、後継者から即除名《そく》される。

つまり、ギースの不正を証明する動かぬ証拠を突《つ》きつければ、戦争を回避《かいひ》できる上に奴を失脚《しっきゃく》させることができる。アイリスの名誉《めいよ》も回復させることができるだろう。

だが、最初にも話したようにあまりにも難しすぎる。

失敗するリスクが極めて高い。

「素材の採取率が低い」と笑われてばかりいた俺にできるだろうか。

あの頃の情けない自分を思い出す。

そういえば……俺は何故《なぜ》魔法を覚えたのだろうか。自分自身に問いかける。

数秒考えて、遠い昔の記憶を呼び覚ました。俺は確かこう答えたはずだ。

『最も近くにいる大切な人を世界で一番幸せにしたい』

俺は、たしかに、その約束を果たせていない。むしろそれと真逆の事をしてしまった。

でも、過去は変えられなくとも未来は変えられる。

アイリスは大切な友達だ。アイリスの涙《なみだ》はもう見たくない。

俺はあることを決断した。


みんなが寝静《ねしず》まったころ、俺は屋敷をこっそりと抜《ぬ》け出して《ルビーのアトリエ》へと向かった。

二度と戻りたくない場所であったが、神聖ローランド教国との戦争を回避するため、アイリスの日常を守るため、俺自身のスローライフのためにアトリエに戻る必要があった。

アトリエに到着後、合い鍵《かぎ》を取り出して玄関《げんかん》を開ける。幸いにも鍵は変わっていなかった。

アトリエはルビーの仕事場というだけでなく、長年暮らしてきた住居でもある。

彼氏として同居していたので俺も合い鍵を持っている。

絶縁した今も所持してるのは、たんに返し忘れただけだ。

今回用があるのはルビー本人ではなく俺の仕事場だ。

階段を上って2階の広間に行く。

広間には9つの《転移魔法陣《ポータル》》が設置されてあった。

転移魔法陣。

元は竜族《りゅうぞく》の秘術であったものを師匠が解読して、師匠から俺へと伝えられた。

非常に便利な魔法であり、魔力を込《こ》めるだけで離れている場所に一瞬《いっしゅん》で移動できる。

今回は、この転移魔法陣を利用してギースに会いに行くつもりだ。

魔法陣《じん》の上に立ち、地面に手をおいて魔力を流し込む。魔法陣が光り輝《かがや》いて目の前の景色が見えなくなり、唐突《とうとつ》に眠りから覚めたような感覚を味わった。

この感覚は何度繰《く》り返しても慣れないな。周囲を見ると、部屋の内装が大きく変わっていた。

ここは拠点《きょてん》の一つとして使っている一軒家《いっけんや》。

俺は採取の効率化を図《はか》る目的でこのような仮住居を複数構えている。

ルビーの要求する素材は遠方にある事が多いので、多少出費はかかっても転移魔法陣は必須《ひっす》だ。

もしこれがなければ俺の素材採取率はもっと落ちていたと思う。ただ、アイツもこれがあること前提でスケジュールを組んでたからなぁ……。いま思えば本当にめちゃくちゃだよ。

一応、カーテンの隙間《すきま》から町の風景を確認する。

それぞれの屋根の上には宗教的象徴《しょうちょう》であるクォルテが刻まれたオブジェが飾《かざ》られており、町の中でもひときわ目立っているローランド城の頂上にも、巨大《きょだい》なオブジェが飾られている。

神聖ローランド教国への転移《ワープ》が成功したようだ。

首都には何度も足を運んでいるので、ローランド城までの道筋も把握している。

時間も限られているし、感傷なんかに浸《ひた》っていないでさっそく向かうか。

消音魔法《サイレント》を自分にかける。

「敵の牙城《がじょう》に入るのはやはり気が進まないな」

少しだけ弱音を吐いてしまう。

だが、すぐに首を振《ふ》って自分自身に気合いを入れる。

今だけは考え方を変えよう。

俺なんかに何ができるだろうか、ではなく、『俺以外誰も採取できないモノを手に入れる』と覚悟《かくご》を決めた。

必ず成功させてアイリスと一緒《いっしょ》にミネルバに帰るんだ。

第21話
真夜中の決戦

ローランド城の攻略《こうりゃく》で注意すべきポイントは結界だ。

ローランド城のあちこちに張り巡《めぐ》らされており、正規のルートでなければ決して侵入《しんにゅう》できないような造りになっている。もちろん正規のルートを通れば兵士達《たち》が待ち構えているのでアウト。

もしメルゼリア城と同じ内容なら結界レベルはマスター級のはず。

マスター級が造った難攻不落《なんこうふらく》の結界を突破《とっぱ》できるだろうか。

兵士に見つからないように広大な庭園を歩いているとピンク色の結界が道を塞《ふさ》いでいた。結界を解析《かいせき》してみると意外とイケそうな感じ。結界の術式を書き換《か》えて、俺は結界の先へと進む事ができた。

「ローランド城はあんまり結界魔術《まじゅつ》には力を入れていないのかな?」

と、安堵《あんど》しながら先へと進んでいき、ローランド城の内部へと足を踏《ふ》み入れる。

まずは本館1階。

石造りのホールと天井《てんじょう》の高い廊下《ろうか》。初めてやってきた俺には迷路に見えるほど入り組んでいた。

あてもなくギースの寝室《しんしつ》を探せば途方《とほう》もない時間がかかってしまうが、俺はここに来る前にもう一度拘置所《こうちしょ》に立ち寄って、黒鴉《くろからす》からギースの居場所を詳《くわ》しく聞き出していた。

ギースの寝室は本館最上階にあることがすでにわかっている。

本館1階も庭園と同じように結界が複数張られていたが、そこまで難しい術式じゃなかった。

むしろ超《ちょう》簡単というか、こんなに単純な術式で王族の身の安全は大丈夫《だいじょうぶ》なのか？　と心配になるほどだ。


本館3階から警備の分布が少し変わった。

巡回《じゅんかい》する兵士の姿が消えて、代わりに人型の魔導人形《マジカル・マリオネット》が出現するようになった。

魔導人形は俺を発見すると即座《そくざ》に襲《おそ》い掛《か》かってくる。

そういえば魔導人形は隠密《おんみつ》魔法が効かなかったな。流石《さすが》に対策されていたか。

肉体強化魔法の《フルグロウ》を発動して即座に迎《むか》え撃《う》つ。

ボッコーン！

魔導人形をぶん殴《なぐ》って木端微塵《こっぱみじん》にした。

その後も魔導人形が次々と襲い掛かってきたが、全員ワンパンで仕留めて順調に進んでいく。

フルグロウはやっぱり最高だな。安心安全の強さ。

このタイプの魔導人形は一体あたり金貨1000枚くらいなんだけど、それが30体ほど配置されていたからすごい金額になりそうだ。

王族ってお金持ちなんだな。

本館4階に入ると魔導人形の気配がなくなる。

その代わり、通路の中央にローブ姿の魔導士が待ち構えていた。

この魔導士は装飾《そうしょく》のない白い仮面を被《かぶ》っている。

こっわ。

なにこの人……。見るからに強そう。

そういえば、アイリスもこんな感じの仮面を持っていたな。ローランドで流行《はや》っているのだろうか。

あまり関《かか》わりたくなかったが、相手はすでにこちらに気づいており、戦闘《せんとう》態勢をとっている。

「…………」

ローブ姿の魔導士が火属性・水属性・風属性・地属性の魔法を次々と放つ。通路全体を埋《う》め尽《つ》くすほどの魔法の弾幕《だんまく》。

最上級魔導士か。ほんの一瞬《いっしゅん》だけど外部魔力も操《あやつ》っている気配を感じた。

これができるのは最上級魔導士の証《あかし》だ。

ここまで来たら俺も引くわけにはいかない。最上級魔導士だろうがなんだろうが、俺の邪魔《じゃま》する奴《やつ》は全員ぶっ倒《たお》す‼

奴の魔法攻撃《こうげき》を解析し、まったく同じ種類の魔法を放ってすべての魔法を相殺《そうさい》する。

「⁉」

と、自身の魔法が相殺された事で魔導士は驚《おどろ》き、その場に硬直《こうちょく》する。

その一瞬の隙《すき》を俺は見逃《みのが》さない。

俺は足裏を爆発《ばくはつ》させて全速力で直進し、20メートル近くあった距離《きょり》を一瞬でゼロに変えて、本気の拳《こぶし》を魔導士の顔面に叩《たた》きこんで勝利した。

「ふう……。なんとか勝てたよ」

魔導士の仮面を拾って、ホッと一息つく。

だが、本番はここからだ。勝利の余韻《よいん》もそこそこに、俺はギースに会うために先を急いだ。

このフロアには、白い仮面をかぶっているタイプの強者《つわもの》が、他に6人、各所の通路に配置されていたが全員同じ方法で倒した。

剣士《けんし》タイプが4人、魔導士タイプが2人である。

余談であるが、白い仮面の皆《みな》さんは全員命に別状はない。殴る瞬間にしっかりと威力《いりょく》を調節しておいた。


そしてついに、念願のギースを見つけた。

第一皇子というだけあって派手で豪奢《ごうしゃ》な部屋。

天蓋《てんがい》付きのベッドで眠《ねむ》るギースは、黒鴉が教えてくれた特徴《とくちょう》にもあった人相をしており、貴族的な伊達《だて》男。鳶色《とびいろ》の髪《かみ》は短くまとまっている。

杖《つえ》でギースの額を突《つ》くと、ギースは目を覚まして、寝《ね》ぼけ眼《まなこ》で上体を起こす。

俺の存在に気づくと、ギースは数秒の硬直後、小さな悲鳴を上げてベッドから転がり落ちた。

その後立ち上がると、俺からすぐに距離を取って俺の顔を睨《にら》み据《す》える。

「お、お前は何者だ⁉　俺の守護者《ガーディアン》じゃないな⁉」

あれ、おかしいな。

彼《かれ》らと同じ仮面を被っていたのに即《そく》バレした。

この白い仮面の団体は守護者《ガーディアン》と呼ばれているらしい。

「お前の平穏《へいおん》を願う隣人《りんじん》とだけ言っておこうか」

と、俺は冗談《じようだん》交じりにそう答えた。

「ふざけたことを！　くそっ、第二皇子の手先か、それとも第三皇子か！　どっちの手先だ！」

どうやらギースは俺が外部の人間ではなく他の皇子の手先だと思っているご様子。

継承権争い《けいしようけん》的なのが裏で起きているのかな。王族の世界って怖《こわ》いね。

「あいにく俺はそのどちらでもない。俺がここに来たのは全部自分の意思。お前の行動は第一皇子として相応《ふさわ》しくないと俺が判断した。だからお前を消しに来たのだ」

最後の一言は脅《おど》す意味合いも込《こ》めて。交渉《こうしよう》の基本は相手より優位になる事だ。

するとギースの顔が青ざめていく。

「ま、待て！　なぜ俺の命を狙《ねら》う⁉」

「理由なら自分が一番よくわかっているだろ？　自分の胸に手を当てて考えてみろ」

「くっ、まさか黒鴉の事か⁉」

自分から罪を認めていくスタイル。

アイリスの事を吐《は》かせたかったんだけど、まあいいか。

その調子で国際指名手配犯と繋《つな》がっている事を吐かせていこう。

「だが、それは俺ではなくクレイル司教が全部悪いんだ！　これを見ろ！　クレイル司教が署名しているだろ⁉　国際指名手配犯を雇《やと》ったのは全部クレイル司教の独断だ！　俺はまったく悪くない‼」

ギースは黒鴉の取引に使っていたと思われる証拠《しょうこ》を俺に突きつける。

そこにはギースの名ではなく、クレイル司教の名前で署名されている。

だが、俺は首を横に振《ふ》る。

「そのような陳腐《ちんぷ》な嘘《うそ》で、この俺が騙《だま》されると思っているのか？　黒鴉本人から聞いたぞ。お前が元聖女を消そうとしている真の黒幕なんだってな」

「〜〜〜〜⁉　あ、あの野郎《やろう》、俺のことを吐きやがったな！」

ギース第一皇子はそこにいない黒鴉に対して激昂《げっこう》する。

「さあどう弁解する？　黒鴉はお前に裏切られてもいいようにたくさんの証拠を残しているんだ。たとえばこれは黒鴉が残してるお前の証拠だ。お前が元聖女暗殺未遂《みすい》に関わったことが死ぬほど書かれているぞ。お前のやっていることは、正統性を保つためでも何でもない、ただの私怨《しえん》だ！」

俺はギースの目の前に資料を突きつける。

「お前の命令でクレイル司教が動いたことはすでに調べがついている。これでも言い逃《のが》れをするつ

ちなみにこの資料は全部嘘っぱち。適当な資料を眺《なが》めながら黒鴉から聞いた情報をそれっぽく話してるだけ。

だが、正常な判断ができないこいつは俺が証拠を握《にぎ》っているようにしか見えないだろう。

「ち、違《ちが》う！　俺は被害者《ひがいしゃ》だ！　なにも悪くない！　俺とはなんの関係もないことだ！」

ギースは酷《ひど》く狼狽《ろうばい》し、長々と言い訳を始めた。

この言い訳がすげえ腹が立つのなんのって、口を開くたびに第三者のせいにしようとしている。

この弁解だけでこいつの人間性が伝わってくる。

コイツの鼻持ちならない態度は本当に気に食わない。

「大体お前、どうやってローランド城の結界を突破してきたんだ！　城の4階には守護者だって配置されていたはずなのに！」

言い訳があまり効果ないとわかるや否《いな》や、怒《いか》りの矛先《ほこさき》を俺へと変えた。

「結界なら一瞬で解除できたし、守護者は全員ボッコーンしてきたよ」

パンチをするポーズを取りながら城内での流れを説明する。

「う、嘘だ！　そんなこと認めるもんか！　お前が嘘をついているに違いない！」

「信じる信じないはお前の勝手だが、お前がなんと喚《わめ》こうと、俺がここにいる状況《じょうきょう》は変わらないぞ。どうやら寝ぼけているみたいだし、眠気覚ましにお前もボッコーンしてやろうか？」

「ひいいいいいいいいいいいい!?」

ギースは俺の言葉に動揺《どうよう》し、一歩後ずさる。

これ以上にないほど悲鳴を上げて、その場に尻餅《しりもち》をついた。さらに恐怖《きょうふ》のあまり、俺の目の前で失禁する。

「ま、待て！　いったいなにが要求だ！　お前がほしいものなら何でもくれてやる！　だから命だけは助けてくれ！」

なんかいい感じの説得できる流れになっている。

偶然《ぐうぜん》にも守護者を倒した事で、ギースに圧倒的な力を見せつける事ができた俺。

これは好機と言える。この優位性を逃してはならない。ギースが正気に戻《もど》る前に一気にたたみかける。

「俺の要求は一つだけだ。もう二度とアイリスに関わるな」

「な、なんだとぉ!?　アイリスだと!?」

だが、ギースはアイリスという言葉を聞くと、様子が少し変化する。

先ほどまでとは一変して反抗《はんこう》的な態度を見せる。

「それだけは無理だ！　アイリスは俺にとって必要だ！」

「必要だと思うなら殺し屋とか送るなよ。お前の言っている事全部おかしいよ」

俺の正論に対して、ギースは言葉を詰《つ》まらせてしまう。

「ぐっ!?　だ、だが本当に必要なんだよ！　それにアイリスだって俺のところに戻りたがっているはずだ！」

「勝手に決めつけんな。アイリスはお前の事なんて綺麗《きれい》さっぱり忘れて自由に生きてんだよ。お前も新聖女を新しく迎え入れたんだから、アイリスのことは放っておいてもいいだろ」

「赤の他人が偉《えら》そうに皇太子の俺に説教する気か！　大体お前アイリスのなんなんだ！」

「答える義理はない」

「てめぇ、俺は第一皇子だぞ！」

俺は小さくため息を吐《つ》く。

「俺とアイリスは友達《ともだち》だ。それ以上でもそれ以下でもない。これで気は済んだか？」

ここで嘘をついてもしょうがない。自分達の関係を正直に伝える。

しかし、ギースはその返答がよほど気に食わないのか、激しく憤《いきどお》ると汚《きたな》い言葉で俺達の関係を罵《ののし》った。

「はあ⁉　友達だと⁉　ふざけるな！　たかが友達程度の浅い関係でここまで来たってのか⁉　お前は間違っている！」

「それはお前の勝手な思い込みだ。友達のために行動することはなにも間違っちゃいないよ」

「黙《だま》れ！　俺はアイリスの正式な婚約者《こんやくしゃ》だぞ！　友達風情《ふぜい》が俺に説教するつもりか！　大体、お前のようなどこの馬の骨ともわからない男と一緒《いっしょ》にいるよりも、第一皇子である俺と一緒にいる方がアイリスも幸せだろうが！」

随分《ずいぶん》と言いたい放題だな。

まあ前半部分は認めてやるよ。

第一皇子であるお前の方が優位性は高い。

国の責務は絶対だからな。

政治に無関心な俺にだってそれくらいわかる。

だが、お前の言葉を俺の感情は絶対に正しいと認めない。

認めるわけにはいかない。

特に最後の一言。

「お前と一緒にいる方が幸せ？」

俺は、ゆっくりと壁際《かべぎわ》に近づいて、自分の感情をすべて拳に乗せて壁をぶん殴る。

世界が爆発したかのような轟音《ごうおん》。ローランド城全体が大きく揺《ゆ》れて、激しい地響《じひび》きを起こす。

俺が衝撃《しょうげき》を与《あた》えた壁には巨大《きょだい》な穴が空いており、瓦礫《がれき》にまみれた廊下が姿を現した。

俺は大きく息を吐いた。

怒りの感情を理性で抑《おさ》え込み、思考を正常な状態へと戻そうと頑張《がんば》ったが、どうやら今は無理みたいだ。

ゆっくりとギースの方を振り返ると、ギースは酷く青ざめた顔をしていた。

今の俺はどのような表情をしているだろうか。

自分でもわからない。

「お前にその言葉を口にする資格はない。アイリスの幸せを壊《こわ》そうとした奴が、アイリスの幸せを二度と語るな」

ギースを黙らせるにはその一言で充分《じゅうぶん》だった。

その後は順調に進んだ。

俺の要求はすべて通り、ギースは今後一切アイリスには関わらないことを約束した。

さらにメルゼリア王国との戦争も取りやめると約束した。

口約束だけでは信用できないので書類上でも破棄《はき》できないようにした。

書面にはギースの署名と血の契約《けいやく》。

本来、血の契約とは奴隷《どれい》契約に対して行うものであるが、この書面上でも行った。

もしギースがこの約束を破棄すればギースは呪《のろ》いで死ぬ。

「こ、これでいいか?」

「ふむっ……まあいいだろう」

俺の要求はシンプルだ。

アイリスにはもう関わらない。

これさえ守れるなら俺はもう何も言わないよ。

本当はギースを失脚《しっきゃく》させたかったが、流石にそれをやってしまうと、別のトラブルが発生しそうなので、今回は保留にしておいた。

なんにせよ、本来の目的であるアイリスの安全は保障できた。

その後、ローランド城から拠点《きょてん》へと戻り、魔法陣《じん》を利用して《ルビーのアトリエ》へと帰還《きかん》した。

テーブルの上にある置き時計を確認《かくにん》してみると朝の5時になっていた。

まだ外は暗いが、カーテンの隙間《すきま》から見えるメインストリートでは、新聞を配達する若い少年の姿。一部の市民は本日の活動を開始したようだ。

ギースの謝罪状が女王陛下のところに到着《とうちゃく》するのは今日の夜頃《ごろ》らしい。

この謝罪状というのは、女王陛下への脅迫状《きょうはくじょう》を訂正《ていせい》するようにギースに指示しておいたものだ。

普通《ふつう》のガルドだとローランド城からメルゼリア城まで3日ほど期間を有するが、王族が使用している超最速のガルドは半日で到着するとの事だ。

九つの転移魔法陣《ポータル》へと視線を戻す。

これらはもう二度と使わないので封印《ふういん》を施《ほどこ》そう。

本来、転移魔法陣はとても貴重なモノ。

ルビーが錬金術《れんきんじゅつ》で作った《竜脈《りゅうみゃく》のインク》と、俺の《竜族《りゅうぞく》の秘術》の二つが揃《そろ》って初めて成立するものだ。

特に《竜脈のインク》の作製が極《きわ》めて難しく、専属魔導士時代のすべてを合わせても、たった一回しか作る事ができなかった。

この9つの魔法陣は、その貴重な一回を大切に使用したものだ。

二人の集大成ともいえる技術なので本当は封印したくなかった。

でも、これはやらなければならないことだと思う。

転移魔法陣の封印が完了《かんりょう》した。

これで誰《だれ》かに悪用される心配はなくなった。

現在、《竜族の秘術》を知っている者は俺と師匠だけ。だが、他にいないとも限らない。そしてそいつが善良である保証はどこにもない。

転移魔法陣は悪用されるのが一番危険であり、仮の住居を購入《こうにゅう》してでも俺は転移魔法陣の悪用を警戒《けいかい》した。

アトリエを去るという事は、これまで定期的に行っていた転移魔法陣の点検ができなくなるということを意味する。

邪悪《じゃあく》な存在に対して無防備になってしまうのだ。

だから封印しなければならない。

終わってしまったとはいえ、ルビーも俺にとって大切な人だった。

彼女《かのじょ》が傷つかないように、転移魔法陣の封印という、最後の誠意はしっかりとつけておいた。

その後、カーテンを閉じて部屋をあとにした。

階段を下りて、アトリエを去ろうと玄関扉《げんかんとびら》に手を触《ふ》れた時、背後から冷たい声が聞こえた。

俺は無言で振り返る。

そこには元恋人《こいびと》のルビーがいた。

第22話
ルビーとの再会

アトリエは朝日によって随分《ずいぶん》と明るくなっており、ルビーの鮮《あざ》やかな赤色の髪《かみ》はアトリエの中でも一際《ひときわ》目立ち、宝石のように美しく輝《かがや》いている。

3ヶ月ぶりの再会となるが、驚《おどろ》いたりしている様子もなく、お互《たが》いの心境はまったくわからない。

ただ、いまルビーが纏《まと》っている紺色《こんいろ》のコートは例外で、これを見ると当時の思い出が鮮明《せんめい》に頭をよぎった。

「帰ってきてたんだ。やっぱり上手《うま》くいかなかったんだね」

先に口を開いたのはルビー。

昔の思い出は綺麗《きれい》に映るが現実のルビーはこんな感じなのですぐに現実へと引き戻《もど》された。

小さく首を振《ふ》って、俺《おれ》は当時の記憶《きおく》を振り払《はら》い、人を見下すルビーの物言いに俺は眉根《まゆね》を寄せる。

「どういう意味だ？」

「言葉通りの意味。グズでノロマのロイドが家出しても上手くいきっこないってこと」

「勝手に決めつけるな。俺は順調だ」

上から目線の態度に気分を害した俺はルビーを睨《にら》みつける。

しかし、ルビーの尊大な態度はいつもの事なので本気で怒《おこ》っているわけではない。

それに俺達《たち》の関係はすでに終わっているため怒るだけ時間の無駄《むだ》だ。

「じゃあどうしてここにいるの？」

ルビーは理由を尋ねる。

「2階に忘れ物があっただけだよ。用ならもう済んだから今から出ていくところだ」

ギースの話は伏《ふ》せて、忘れ物という曖昧《あいまい》な言葉で短く説明する。

ルビーも大して興味がなさそうで小さく鼻を鳴らす。

「ふーん、そうなんだ。それならいいけど、もう帰ってこないでね。ロイドがここにいることクロウリーに知られると面倒《めんどう》なことになるし」

「クロウリー？」

聞いたことのない名前だ。

「新しい専属魔導士《まどうし》がようやく見つかったんだ。魔導協会のナンバーワンで、とびきり優秀《ゆうしゅう》な魔導士だよ」

今まで見つからなかったのか。

まあ、ルビーの能力に見合う専属魔導士を探すのは大変っちゃ大変かも。

魔導教会のナンバーワンならきっと大丈夫《だいじょうぶ》だな。

「よかったじゃん。ルビーに相応《ふさわ》しい奴《やつ》だと思うよ」

「うん、無能魔導士のロイドとは違《ちが》うからね」

一言余計だ。口を開くたびに俺をカチンとさせるのはもはや才能だろう。

それはそうと、無能魔導士というキーワードで騎士団《きしだん》でのあの出来事を思い出した。

目の前には張本人もいるし、頼《たの》むなら今しかないだろう。

アイテムボックスから財布《さいふ》を取り出してルビーに手渡《てわた》した。

「これ依頼料《いらいりょう》。なんか俺、勝手にアトリエを去ったヤバい奴みたいな扱《あつか》いになってるし、いちいち訂正《ていせい》するの面倒だから代わりに訂正しておいてよ。俺も心機一転で頑張《がんば》りたいし、その悪評で俺のセカンドライフが邪魔《じゃま》されるのはすげえ嫌《いや》だから頼む」

効率を考えたらルビーに頼むのが一番だ。

また、いまルビーに渡したのは専属魔導士時代に稼《かせ》いだ全財産。ルビーの力で稼いだようなモノなので元あるところに返したという形だ。

心機一転して頑張りたい気持ちもあったし、専属魔導士時代の大金が手元にあると決心が揺《ゆ》らぐと思った。

「ロイドの癖《くせ》に生意気だね。まあいいよ。頼まれてあげる」

引き受けてくれるんだ。重箱の隅《すみ》をつつくようにもっとしつこく文句言ってくるのかと思った。

「ロイドがいなくなるおかげで私も新しいステップに進めるもん」

顔見知りの他人くらいの関係がちょうどいいのかもしれないね。

ルビーも納得《なっとく》してくれた。これで名実ともにルビーと縁《えん》を切る事ができたと考えていいだろう。

アトリエを立ち去る前に、今度やってくる新しい専属魔導士のクロウリーさんに頼む依頼書《いらいしょ》を見せてもらったが、そこまで難しくない素材ばかりだった。

あっ、でも《フルールド・エインセル》は転移魔法陣《ポータル》ないと時間的にちょっと厳しいかも。

引き継《つ》ぎのことを考えずに転移魔法陣消しちゃったけど大丈夫かな……。

まあいいか、魔導協会1位のクロウリーさんならなんとかしてくれるだろ。

というか、なんとかしてくれないと、「なんで俺いままで叩《たた》かれてたの？」という疑問になるしな。

「じゃあ、さようなら」

ルビーは最後にそう言った。

俺もルビーに合い鍵《かぎ》を返して別れの言葉を伝えた。

お互いに納得した上で俺達はさよならした。色々あったけど気持ちよくルビーと別れることができてよかった。

早朝だからか、風もひんやりしていて心地《ここち》いい。

次第《しだい》にクロウリーの事も忘れて、朝の景観を楽しみながら屋敷《やしき》へと帰っていった。

第23話 代行者《クオルテス》

ギースの介入《かいにゅう》によって一時中断となってしまった女王陛下との謁見《えっけん》。

実際に謁見が行われたのは謝罪状が届いた翌朝である。

俺達《おれたち》はメルゼリア城へと赴《おもむ》いて陛下と謁見する。

陛下の象徴《しょうちょう》とされる金色の髪《かみ》は扇状《おうぎじょう》に広がっており地面に届くほど長い。

陛下はとても幼く、10代前半の少女で、頭にはピンク色の王冠《おうかん》をかぶっている。

上半身には体の線が露《あら》わになるようなピッチリとした衣服を身に纏《まと》っており、下半身は白色のミニスカートとニーソを着用している。

少し気が強そうな容姿をしており、とてもお若いながらも立ち居振《ふ》る舞《ま》いには威厳《いげん》がある。

女王陛下は優雅《エレガント》というキーワードを大変好むため、謁見の際は気品のある行動が常に求められる。

気品のない人間には基本的に無関心だ。

その典型例が俺だろう。

陛下と顔を合わせるのは今回で5度目の上に、半年前に顔を合わせたばかりなのに陛下は俺の事を完全に忘れており、側近に指摘《してき》されても思い出せないようだった。

終《しま》いには『エレガントさが足りないアナタが悪い。もっとエレガントになりなさい』と理不尽《りふじん》な事を言われてしまった。

このようにちょっと面倒《めんどう》くさいところはあるが、多少の粗相《そそう》があっても笑って許してくれるので俺としては会話しやすい。

陛下の質問が集中したのはアイリスとティルルさんの二人について。

聖女《クオルト》であるアイリスは当然ながら、なんとティルルさんにも関心を抱《いだ》いていた。

ティルルさんは現メイド長というだけあって気品があるからだ。

アイリスへの忠誠心が高いのもポイントで、俺への好感度を1とするならティルルさんへの好感度は99くらいの格差がある。

最終的な結果であるが、アイリス一行に対して、メルゼリア王国への永久滞在《たいざい》権を快く認めた。


それから2日後、予定より随分遅《ずいぶんおく》れたが俺達は無事王都をあとにした。

現在はミネルバに帰還《きかん》している途中《とちゅう》である。

刺客《しかく》が襲《おそ》ってくる心配がなくなったおかげか、ミネルバ出発時よりもメンバーは和気藹々《わきあいあい》としていた。

アイリスも積極的に護衛騎士《きし》達に話しかけるようになり、他者との距離感《きょりかん》が近くなったような気がした。

俺に対してはどうなのかと言えば正直そこまで変わっていない。

これまでどおり友達《ともだち》関係だ。

ただ、アイリスの方から話しかけてくる頻度《ひんど》は若干《じゃっかん》上がったかもしれない。


王都を出発して1週間後。

カタリナ高原で野営する事になった。

とても見通しのいい広大な草原で魔物《まもの》と遭遇《そうぐう》しても対応しやすく、かなり安全な土地だ。

植物型の魔物はほとんど見かけず、大半が獣《けもの》型の魔物でレッドボアが高頻度で出現する。

遭遇しても近づいてくることはほとんどなく、遠くからこちらを眺《なが》めているだけだ。すべての魔物が即座《そくざ》に襲ってくるわけではなく、刺激《しげき》さえ与《あた》えなければ大丈夫《だいじょうぶ》という魔物も大勢いる。

カタリナ高原の領域レベルは支配領域《エリア2》である。

基本的に凶悪《きょうあく》な魔物は現れないはずなんだが、俺達の真上を巨大《きょだい》な黒い影《かげ》が通り過ぎる。

五大竜《りゅう》の一匹《ぴき》とされる妖精竜《フェアリー・ライフ》であった。

緑色を基調としたカラフルな体色をしており、そいつはなんの前触《まえぶ》れもなく現れた。魔物が近づいてきたら気配ですぐにわかるが、今回は目視するまで存在に気づかなかった。

特に危害を加えられたわけではない。妖精竜はそのまま遠くに飛び去っていった。だが、その姿は圧巻で印象に残った。

「あの緑色の大きいドラゴンはなんですか？」

と、アイリスがイゾルテさんに話しかけた。

「あれが妖精竜です」

イゾルテさんも冷や汗《あせ》をかいており、妖精竜を間近で見るとは予想していなかったようだ。

「よ、妖精竜⁉　妖精竜ってまさかあの化け物ですか⁉」

「奴《やつ》はミネルバ山脈を住処《すみか》としています。そこに帰ってる途中なんだと思います」

イゾルテさんは妖精竜が向かっている遥《はる》か先、ミネルバ山脈がある方角を指差した。

「私達が敵だと認識《にんしき》されなくて本当によかったです……」

ホッと胸を撫《な》で下ろすアイリス。

もし敵だと判断されていたら俺達は全滅《ぜんめつ》していただろう。


妖精竜。

超《ちょう》回復能力と超防御《ぼうぎょ》力《りょく》を誇《ほこ》る五大竜の中でも最強の存在。

能力値はなんとマスター級を超《こ》えたクロニクル級。

俺は直接会ったことはないが、文献《ぶんけん》によると100年前の勇者パーティを一回壊滅《かいめつ》させたほどの圧倒《あっとう》的な強さを誇る。

2戦目での再戦で見事討伐《とうばつ》されたが、歴史書にも妖精竜という単独項目《こうもく》があるほどだ。

そんな存在が、俺達の上空を横切ったのだ。

戦闘《せんとう》に発展しなかったのは本当に運が良かった。

「それよりロイド、戦闘の準備が必要なようだ」

イゾルテさんが剣《けん》を抜《ぬ》いて真顔でそう言った。

イゾルテさんが指差す方角を見てみると、はるか遠くの方からレッドボアの群れが近づいてきているのがわかった。その数はおよそ50体程度。

「先ほどの妖精竜がきっかけでレッドボアの群れに異変が起きたんだろう」

「どうやら恐怖《きようふ》が伝染してパニックが起こってるみたいですね。まずは俺が魔法を使って足止めするので、それまで近づかないように皆《みな》さんへの指示をお願いします」

「わかった。頼《たよ》りにしてるぞ」

イゾルテさんは俺の指示通りに動き出した。

彼女《かのじよ》は騎士団でのあの日、俺のために動いてくれた恩人だ。

そんな彼女が俺を信頼《しんらい》している。だから俺もイゾルテさんの期待に応《こた》えたい。

俺は４秒ほど詠唱《えいしよう》して、レッドボアの群れに向かって最上級雷《かみなり》魔法の《ライトニングストーム》を放つ。

巨大な雷撃《らいげき》が落ちてレッドボアをすべて吹《ふ》き飛ばした。その威力《いりよく》は凄《すさ》まじく、爆心地《ばくしんち》には巨大なクレーターができるほどである。

少しでも数を減らす目的で撃《う》ち込《こ》んだ魔法であったが、一撃で勝負がついてしまった。

「すごいですロイド様！　あの魔法は何という魔法なんですか⁉」

アイリスは興奮気味にそう言った。

「す、すごい……。なんだあの雷魔法……」

「噂《うわさ》とは全然違《ちが》うなぁ」

騎士達も口々に感想を述べている。

少しずつだけど周りの評価が改善されていくのを感じる。

一生懸命《いっしょうけんめい》この魔法を覚えてよかったよ。

レッドボアの群れを倒《たお》した事で大量の素材が手に入ったので今日はバーベキューをすることになった。

王都からミネルバまでは3週間の長旅となるので、どうしても食事は質素になり、お腹《なか》いっぱいになる食事は難しくなる。

今回のレッドボアの群れは俺達の胃袋《いぶくろ》を満たしてくれる至高の存在となった。

皆がバーベキューを楽しんでいる中、俺はステーキを作ることにした。

東方大陸から取り寄せた特産品の醬油《しょうゆ》を使ってステーキソースを作る。

この醬油は西方大陸ではマイナーな調味料であるが、さまざまな料理と合うのでとても使い勝手がよい。

醬油を絡《から》めたお肉を鉄板の上で焼くと、とても香《こう》ばしい匂《にお》いが漂《ただよ》ってきて周囲にいる人々の食欲を誘《さそ》う。

「な、なんだこの美味《おい》しそうな匂いは⁉」

「今まで嗅《か》いだ事がない匂いだが、なんだかすごくお腹が空《す》いてくるぞ！」

騎士達《たち》にステーキを振る舞うと、彼《かれ》らはあまりのおいしさに舌を鳴らす。中には喜びの涙《なみだ》を流す騎士まで現れた。喜んでもらえて本当に良かった。

「ローランドでは初めて食べる味ですね」

と、アイリスも笑顔《えがお》でそう言った。アイリスもお気に召《め》しているようで何よりだ。

「これは醤油という調味料だ」

「珍《めずら》しい名前ですね。いままで一度も聞いた事がありません」とアイリスが言った。

「西方大陸ではマイナーな調味料だからな。紅煌帝国《こうこうていこく》でよく使われている調味料だ」

「ロイド様は調味料にもお詳《くわ》しいのですね。ロイド様の事を改めて尊敬しました」

「たまたまだよ。前職が素材を集める職業だったから、自然と料理の方面にも詳しくなったんだ」

今回は前職の経験が生きたという形だ。

そういう意味では専属魔導士をやっていて良かったと思う。アイリスの笑顔をこうして見ることができたわけだしな。

俺の人生は失敗ばかりだと思っていたが、こうして見方を変えると、俺は失敗ではなく『経験』を積んでいたんだと思う。

これまで培《つちか》ってきた知識と経験を生かして、これからは自分のためのみならず、誰《だれ》かを幸せにできるような人間になりたい。自分の周りに笑顔が増えていけば、きっとそれは自分の幸せにも繋《つな》がるんだと思う。

3週間後、旅の終着であるミネルバに到着《とうちゃく》した。

その日はイゾルテさんの屋敷《やしき》で一泊《ぱく》する事になった。

晩餐《ばんさん》ではロブスターやローストチキンなど記念日で食べるようなパーティ料理が多く並び、三大珍味《ちんみ》の一つであるトリュフの姿もあった。ローストチキンはアイリスも大好物のようで、幸せそうな笑顔で口に運んでいた。

ぐうかわ！

夕食後は温泉に入った。

混浴ではなかったのでアイリスと出くわすラッキースケベ的な展開は起こらなかったが、大理石で造られている立派な温泉であり、体の芯《しん》まで温まることができた。

身も心もリフレッシュできた俺。寝室《しんしつ》に戻《もど》って本を読んでいるとアイリスがやってきた。

「少しお話でもしませんか？」

「うん」

現在、俺はベッドに腰掛《こしか》けているため立ち上がろうとしたが、「そこでいいですよ」と言われた。

アイリスは自然な足取りで俺の隣《となり》に座《すわ》った。

アイリスの髪から石鹸《せっけん》のいい香《かお》りがした。

最初の雑談は温泉の話題が中心となった。アイリスは、ローランド式とメルゼリア式の建築様式の違いに興味を抱《いだ》いており、上手《うま》く融合《ゆうごう》させると面白《おもしろ》いのではないかと考察していた。

ローランド式の温泉は宗教色が強いため、神聖さを重視した造りとなる。

イメージ的に宮殿《きゅうでん》の中に大理石の湯船があり、その中央に代行者の石像を奉《たてまつ》るみたいな感じ。ミネルバはローランド側の国境沿いにある辺境なのでローランドの文化の影響《えいきょう》も色濃《いろこ》く受けている。

実際に融合させれば、意外と受け入れてくれるんじゃないかなと思わなくもない。

1時間ほどお喋《しゃべ》りするとアイリスは大きな欠伸《あくび》をした。

「もうこんな時間か。アイリスと一緒《いっしょ》にいると時間が経つのが早いな」

「ロイド様とのお話は楽しいので私もそう感じます」

「明日も早いし、今日はもう寝《ね》ようか」

「はい」

アイリスは何故《なぜ》か俺のベッドの上に仰向《あおむ》けになった。

「アイリスがそこにいると寝られないんだけど」

「私は聖女ダス」

ダスってなんだよ。謎《なぞ》の語尾《ごび》もそうだけど、イマイチ意図のわからないアイリスの返答に困惑《こんわく》する。

もしこれが現代語《テスト》の出題だったら、アイリスの言葉の意味を読み取れという難問になるだろう。

一般論《いっぱんろん》として考えれば、「今日はもう帰りたくないの」的な女性の誘い文句なんだが、大前提として俺に対して恋愛《れんあい》感情を持っていなければならない。

これはおそらくアイリス側の冗談《じょうだん》であり、俺をからかっているだけなんだろう。

アイリスの意図を読み取った場合、正解はコレ。

『アイリスは寝室まで自分で動くのが面倒なのでロイドに運ばせようとしている』

これで100点や。もろたでアイリス。メルゼリアナンバーワンの魔導探偵《たんてい》はワイや。

アイリスの要望通り、俺はアイリスをお姫様抱《ひめさまだ》っこして寝室まで運んでいった。

完璧《かんぺき》だ。これほどまでに素晴《すば》らしい解答は存在しない。

「ロイド様なんてもう知りません」

アイリスは、ぷいっと顔を背《そむ》けた。彼女の表情はとても不満げだった。

どうやら不正解だったみたいだ。

女心というものは、どんな魔法の術式よりも難しいね。


翌朝、疲《つか》れも癒《い》えた俺は冒険者《ぼうけんしゃ》ギルドに行く事をイゾルテさんに伝える。

「もうクエストをするのか。長旅だったんだ。もう少し屋敷で休んでいきなさい」

「僭越《せんえつ》ながらギルド長、剣士が剣を振るわなければ剣の腕《うで》が落ちるように、魔導士も魔法を使わなければ魔法の腕が落ちてしまいます。俺は魔導士としてはまだまだ修行《しゅぎょう》中の身なので、実戦の中で勘《かん》を取り戻していこうと思っているんです」

「なるほど、流石《さすが》だロイド。お前は冒険者の鑑《かがみ》だ」

イゾルテさんは俺の言葉に胸を打たれているようだが、俺の本心はちょっと違う。

俺が冒険者ギルドに行くのは、ルビーに全財産を譲渡《じょうと》したので、お金がないだけなのだ。

今日まではイゾルテさんにお世話になっていたが、いつまでもこんな生活を送るわけにもいくまい。

ミネルバではしっかりと自立して一人前になるのが目標だ。

本来なら冒険者ギルドまで向かう必要があるが、イゾルテさんはギルド長でもあるので依頼書《いらいしょ》を俺に配付した。

Dランクの依頼書5枚の中から一番効率が良さそうな依頼を選択《せんたく》する。

＝＝＝＝＝＝＝＝＝＝＝＝＝＝＝

ランクD　支配領域《エリア2》

・仕事：魔物退治

・報酬《ほうしゅう》：金貨1枚、銀貨80枚

・仕事内容：コボルト討伐

・場所：コッコロ坑道《こうどう》　低層

・期限：3週間

・目標討伐数：コボルト5体

・備考：現在、コッコロエリアではワイバーンの目撃事例が多発しております。充分《じゅうぶん》に注意して足をお運び下さい。

＝＝＝＝＝＝＝＝＝＝＝＝＝＝＝

俺が引き受けた依頼はコボルト討伐。

期間内にコボルトを合計5体討伐すればクエスト達成となる。

ギルド側としては、より多くのコボルトを倒してもらいたいと思っているようで、コボルトを10体以上倒せば『追加ボーナス』が貰《もら》える。

今回俺が狩場《かりば》とする《コッコロ坑道》はミネルバ山脈の麓《ふもと》にある鉱山エリアだ。

一口にミネルバ山脈といっても3つの名峰《めいほう》に分かれており、生態系も特色も大きく異なる。

例えば現在、《妖精竜》が占拠《せんきょ》している山頂というのは、《エニグマ》と呼ばれる峰《みね》の事だ。

標高が一番低く、3000メートル級の峰で、妖精竜の影響か、現在はフェアリーモンスターが多く生息してる。


次に《ライオル》と呼ばれる山。

標高は5000メートルで、ミネルバ山脈最高峰とされている。標高が高いのでスノウモンスターが多く生息しており、《ライオル》と呼ばれるユニークモンスターが低確率で出現する。

ライオルはケンタウロスのような姿の魔物。

動きが俊敏《しゅんびん》で、耐久性《たいきゅうせい》がドラゴン級で、攻撃力《こうげきりょく》も異様に高い。三拍子《さんびょうし》揃《そろ》った強力な魔物なので迂闊《うかつ》に関《かか》わると全滅の危険もある。


最後に《コッコロ》と呼ばれる山。標高は《エニグマ》よりもやや高い程度。

ここは《コッコロ》と呼ばれている地下空間が有名であり、透明度《とうめいど》の高い水を湛《たた》えた7つの地底湖が広がっている。

最深部までの深さはなんと300メートルにも及《およ》ぶとされており、多くの鉱物を手に入れる事ができる。

ただし、奥《おく》に進むほど入り組んでいるためベテランの冒険者であっても探索《たんさく》は困難だろう。

その代わりリターンも大きい。

銅、銀、金、ダイアモンド、オパール、オリハルコンと希少性の高い鉱物も手に入る。

一獲千金《いっかくせんきん》を目指して根気強く挑戦《ちょうせん》する冒険者も多い。

今回、俺が足を踏《ふ》み入れるのはコッコロエリアだ。

コボルトは坑道の低層付近に生息しており、初心者冒険者の狩場となっているらしい。

イゾルテさんから事前情報を頂いて、しっかりと頭に入れた上で部屋をあとにした。


屋敷の玄関《げんかん》付近でセフィリアさんとばったり出くわした。

このセフィリアさんというのは、アイリスの従者の一人で、剣聖《けんせい》の二つ名を持っている戦えるメイドだ。

剣聖とは聖剣に選ばれたすごい方のことで、その強さはもちろんマスター級。

アイリス曰《いわ》く、ギース第一皇子の追っ手から逃《に》げ切れたのもセフィリアさんがいてくれたからだそうだ。アイリス陣営の最高戦力と言える。

とはいえ、俺はセフィリアさんが戦っている姿を一度も見たことがない。

「誇らしきご友人様。ごきげんよう」

セフィリアさんは、スカートの裾《すそ》を摘《つ》まんで、優雅に挨拶《あいさつ》する。

「おはようございます、セフィリアさん。今日もエレガントですね」

「そのように褒《ほ》めていただけると、わたくしもメイド業に励《はげ》んでいる甲斐《かい》があります」

セフィリアさんはティルルさんに憧《あこが》れており、立派なメイドになる事を望んでいる。

エレガントというワードにも強く反応し、「エレガントですね」と褒めてあげるとすごく喜んでくれる。

「ところでご友人様。お嬢様《じょうさま》がご友人様の事を捜《さが》しておりましたよ」

「アイリスはどちらにいますか？」

「メイド長と共に庭園を散歩している最中だと思います」

「わかりました。わざわざ伝えていただき、本当にありがとうございます」

「メイドとして当然の事をしたまでです。それでは業務に戻りますので失礼します」

セフィリアさんは気品よくお辞儀《じぎ》して優雅にその場から立ち去った。

綺麗《きれい》で優雅で真面目《まじめ》で気品があって剣の腕前《うでまえ》もマスター級なんてセフィリアさんはすごいなぁ。俺もセフィリアさんみたいなマスター級になりたい。

アイリスを探して庭園に赴くと、ご本人を見つけた。

「やあ、アイリス。おはよー」

「おはようございます、ロイド様」

「俺を捜してるってセフィリアさんから聞いたけど、なにか用かい？」

「午後からお屋敷でお茶会を開こうと思っているんです。ロイド様もどうですか？」

「誘ってくれて悪いけど、今日は午後から用事があるんだ」

「そうですか……」

アイリスはとても残念そうな表情を浮《う》かべた。

「今度、空いている日があったら俺から誘うよ」

「本当ですか⁉　絶対に誘って下さいね」

一変して今度はとても嬉《うれ》しそうな顔になった。こんなに喜んでもらえるなら、これからはもっと色々な事にアイリスを誘ってみようかな。

「ところで、どちらにお出かけなさるんですか？」

「ミネルバ山脈のコッコロ坑道だよ。そこでコボルト退治のクエストをするんだ」

「ロイド様は働き者なんですね。本当に尊敬します。ティルルもそう思いませんか？」

アイリスは感心しながらティルルに会話を振った。

「はい、ご友人様は勤勉でございます。お嬢様も見習わなければなりませんね」

「一言多いですよ、ティルル」

アイリスは眉根《まゆね》を寄せて怒気《どき》を強める。

アイリスは今後ミネルバでどう暮らすかまだ具体的には決めておらず、やりたい事が見つかるまではイゾルテさんのお屋敷でゴロゴロする予定らしい。

「とりあえず、最低でも100年間は働きません」

アイリスは笑顔でそう言い切った。

100年って、一生働かないと宣言しているようなものじゃないか。

無職聖女の誕生の瞬間《しゅんかん》である。誰よりも厳格で勤勉だった聖女時代が嘘《うそ》のような発言だ。

もっとも、本人も冗談で言っているだけだろう。

それにアイリスの場合、無理に働かなくても元聖女というネームバリューだけで一生暮らしていけるだろう。聖法力《せいほうりょく》も備わってるし、陛下のご依頼通り、サウスライト地方担当のエリアマネージャーをしていれば、それだけで唯一無二《ゆいいつむに》の存在価値があるのだ。

俺もアイリスみたいにゴロゴロするだけでお金が入ってくるような特別な存在になりたいが、平凡《へいぼん》な俺には無縁《むえん》な話だな。

「ですが、ロイド様」

「うん？　どうした？」

アイリスは、あえて言葉に間を取って、俺の目をジッと見つめる。

「秩序神《ちつじょしん》エメロードの『代行者』として、皆さんの笑顔を守るためなら、私はこの力を惜《お》しみなく使うつもりですよ。だからこれまで通り、遠慮《えんりょ》なく私を誘って下さいね」

「それは働いているというちには入らないのか？」

冗談を言ってアイリスをからかう。

「ロイド様はいじわるなお方ですね。これは私の『生き方』なので働くという小さな枠《わく》には収まりませんよ。私にとって皆さんの幸せこそが一番の幸せなんです」

唇《くちびる》に人差し指をあてて、パチリとウインクをした。

その言葉を聞いて、俺も自然と頰《ほお》を緩《ゆる》めてしまう。


秩序神エメロードは決して信徒の前には顕現《けんげん》しない。

正しくは、顕現する必要がないのだ。

強い信念を持ち、たとえ聖女でなくなろうとも、正しくあり続けようとする存在が、今ここにいる。

目の前のアイリスこそが、人々を救済するエメロードなのだから。

第24話

天才錬金術師の失敗

今日は新しい専属魔導士《まどうし》と顔合わせをする日。

私のアトリエにやってくる専属魔導士の名はクロウリー。

魔導協会第1位の魔導士である。

エルフ族の叡智《えいち》を持つ大魔導士であり、今年で２００歳《さい》になる男性。

かなりのイケメンと聞いている。

ノック音が聞こえた。

ついにイケメンとご対面！

初印象を良くするために作り笑顔《えがお》で出迎《でむか》えると、扉《とびら》の向こうには容姿端麗《たんれい》な男性がいた。

エルフ族らしい端整な顔立ちにスラリとした高い鼻。さらに高身長だ。

あの無能魔導士の完全上位互換《ごかん》の登場に私の気分は天にも昇《のぼ》る気持ちだ。

御年《おんとし》２００歳になるとは思えないほどの高身長イケメン。

イケメンで優秀《ゆうしゅう》でお金持ちで身分が高くて私だけに優《やさ》しい。

これは私が求めている専属魔導士の最低条件である。

私は王国が誇《ほこ》る天才錬金術師。

少しくらい高望みしても罰《ばち》は当たるまい。とりあえず、顔は合格点かな。

「初めまして、私は魔導協会より派遣《はけん》されたクロウリーです」

クロウリーは優しげな笑顔で挨拶《あいさつ》をした。

こちらからも挨拶を返して、クロウリーを応接室へと案内する。

「こちらこそよろしくお願いします、クロウリー様。こちらのソファにおかけ下さい」

「私のような年寄り《ロートル》に対しても懇切丁寧《こんせつていねい》に接していただけるなんて、アルケミア卿《きょう》はお優しい方ですね」

そうです。

私は誰《だれ》よりも優しい錬金術師。しかし、その優しさが仇《あだ》となってこれまで苦労してきた。私はたくさんのハンデを背負って錬金術を続けてきた不憫《ふびん》な存在なのだ。

クロウリーに対して家庭的な女性をアピールするために手作りクッキーを提供する。

「これはアルケミア卿が焼いたものですか？」

「はい」

「へえ、懐《なつ》かしいですね。ノワールもお菓子《かし》作りが趣味《しゅみ》だったんですよ」

ノワールって誰だろう。

疑問に思っていると「ルビーさんと同じくらいの年齢《ねんれい》の少女ですよ」と笑顔で答えた。

目の前に美少女がいるのに私以外の女性の話をするなんて失礼だよね。

「うっ⁉」

私の作ったクッキーを口に運ぶと、クロウリーの顔が一瞬《いっしゅん》こわばる。

数秒後、引きつった笑顔で「とても美味《おい》しいです」と言った。

私のクッキーはとても美味しいみたいだ。喜んでもらえてよかった。

「失礼ですが、アルケミア卿はいつ頃《ごろ》からお菓子作りをなさっていたんですか？」

「1週間ほど前ですよ。他にやることがなくて暇《ひま》だったから作ってたんですが、いかがでしたか？」

「優しい味ですね。塩加減が利《き》いており、口に含《ふく》んだ時に一瞬吐《は》き出しそうになりました」

塩なんて入れてないんだけど、なに言ってるんだろうこの人。

私を和《なご》ませようとしているのかな。

でも、その優しさは私がクロウリーに求めている要素ではない。

私だけに優しいのは私からしてみれば当たり前のことである。

それ以上の強みをアピールしてくれて初めてクロウリーを評価できるのだ。

これができなければ、あの無能魔導士と同じである。

新しい専属魔導士は、すべてにおいて一つ上のグレードの上位互換でないと満足できない。

私ほど向上心のある錬金術師は存在しないだろう。

「失礼ですが、クロウリー様が魔導協会の第1位である事は本当ですか？」

「恥《は》ずかしながら、100年前の魔王討伐メンバーだった事が一番の理由でしょう。私自身は大した魔導士ではありませんよ」

クロウリーさんは謙虚《けんきょ》にそう答えた。

勇者パーティの一人⁉

「勇者パーティにクロウリーという名前はいなかった気がします」

「当時はクロウリーではなくアレイスターと名乗っていたんですよ」

そ、そうだったんだ。

私が思っていたよりもずっとすごい人でとてもビックリした。

勇者パーティは国の英雄《えいゆう》だ。

女王陛下であっても彼《かれ》らの事を話すときは必ず敬語で喋《しゃべ》るほどだ。

少し驚《おどろ》かされてしまったが、これはチャンスだ。

彼のパートナーになれば、ただのアルケミア卿から一つ上のグレードに進める。

あの無能よりも美形で、優しく、地位もあり、能力もある。

これほどまでに私に相応《ふさわ》しい相棒はいない。

「クロウリー様のような素晴《すば》らしい方が私を選んでくださり、すごく光栄です」

私は改めてクロウリーにお礼を言った。

「とんでもない。お礼を言うのはこっちの方ですよ。こちらこそ誘《さそ》っていただき本当にありがとうございます。ルビーさんの誘いが、私の中で眠《ねむ》っていた魔導士としての魂《たましい》を、もう一度目覚めさせました。ずっと悩《なや》んでいた《ノワールのアトリエ》を離《はな》れるきっかけにもなりました」

ノワールのアトリエ。

一度も聞いたことがない名前のアトリエだ。

先ほども口にしたノワールというのはそのアトリエの錬金術師だろうか。

クロウリーほどの魔導士を抱《かか》えて成り上がれないとか無能錬金術師の極《きわ》みだね。

「サウスライト地方ってご存じですか？」

「ローランド国境沿いの辺境地方ですよね」

「あそこのルミナスという小さな町に存在するアトリエです。辺境なので私も能力を持て余してたんですよ。先代にはお世話になったので、孫のノワールの面倒《めんどう》を長年見てきましたが、やはり私も人間《エルフ》なんでしょうね。もう一度表舞台《おもてぶたい》に出て脚光《きゃっこう》を浴びたいと思っていたんです。私ももう長くないですからね。だから今回の誘いは私にとっても渡《わた》りに船なんです」

これまでクロウリーは、ノワールという無能錬金術師の専属魔導士だったようだ。

たしかに言われてみれば、勇者パーティの魔導士《アレイスター》としてはかなり有名でも錬金術師の専属魔導士《クロウリー》としては無名だ。

そんな事情があったのか。お互《たが》いに無能のせいで足を引っ張られていた者同士、親しみやすさが持てる。

「そうだ、アルケミア卿。さっそく依頼《いらい》を引き受けたいんですが、何か私にできるような依頼はありますか？」

クロウリーは笑顔でそう言った。

アトリエに来て早々依頼をやりたいなんてクロウリーは働き者だね。

私としてはもうちょっとお話をしたかったんだけどね。

まあいいや。納期が明日に迫《せま》った依頼が一個残っているし、それをクロウリーにやってもらおう。

クロウリーなら明日までには素材を全部集めてきてくれるだろう。

私が手渡《てわた》したのは万能薬《エリクシル》のレシピ。

クロウリーは依頼書に目を通すや否《いな》や、その表情が固まる。クロウリーは信じられないと言わんばかりの表情を浮《う》かべている。

私は怪訝《けげん》な顔でクロウリーに尋ねる。

「どうかしましたか？」

「ここに書かれている《フルールド・エインセル》って、《靫蔓《うつぼかずら》の群生地》に咲《さ》くとされる幻《まぼろし》の花の事ですよね？」

「場所がわかるなら問題ありませんね。納期は明日までなのでよろしくお願いします」

「納期は明日⁉　ご冗談《じょうだん》ですよね？」

やっぱり驚いているみたいだ。

採取してくる素材の数は多いけど、転移魔法陣《ポータル》を使えば余裕《よゆう》だから大丈夫《だいじょうぶ》だよ。

さっそくクロウリーを転移魔法陣の部屋まで案内しよう。

私はクロウリーを2階の転移魔法陣のある部屋まで案内した。

クロウリーは唖然《あぜん》とした表情で部屋を眺《なが》めている。

「これを使えば《靫蔓の群生地》の近くまで一瞬で移動できますから半日での採取が可能なんです

よ」

「こ、これがあの噂《うわさ》に聞く転移魔法陣……」

クロウリーは私の話を聞いておらず、転移魔法陣を近くでまじまじと観察している。

「おや、封印《ふういん》がされてますね。それもかなり複雑で強固な封印……」

「げげっ⁉ あ、あの野郎《やろう》！ いつの間にそんなこと！」

あの男はいなくなっても私に迷惑《めいわく》をかけるつもりか。

「私には使えませんが、素晴らしい封印術ですね。これほどまでに美しい封印は初めて見ましたよ」

こちらを振《ふ》り返ったクロウリーは満面の笑《え》み。依頼書と魔法陣を交互に見比べながら、首を傾げる。

「僭越《せんえつ》ながらアルケミア卿、アナタは《靫蔓の群生地》が未開領域《エリアゼロ》であることをご存じないのですか？」

未開領域《エリアゼロ》の事は私も理解している。

中級以上の魔物しか出現しないダルいエリアのことだ。

ロイドも未開領域《エリアゼロ》の素材とわかると毎回ため息を吐《つ》いていた。

「もちろん知っていますよ」

「それなのになぜ私に採取をお願いするんですか？ 採取レベルがおかしいと思わないのですか？」

この人は本当に何を言っているんだろう。

言っている意味がわからない。

レシピに書かれているから頼《たの》んでいるだけなのになんで私が怒られているんだろう。

とはいえ、私は優しい錬金術師。

きっと、初めての依頼という事もあるので緊張《きんちょう》しているのだろう。

今度は1段階レベルを下げた依頼書を手に取り、

「ごめんなさい。流石《さすが》に納期が短かったみたいですね。今度は期限が長めのやつです」

5枚の紙を机に並べる。

クロウリーにはここから選んでもらおう。

「これらにも未開領域《エリアゼロ》産の素材がありますね。先ほども言ったではありませんか。未開領域《エリアゼロ》の素材は危険すぎて採取するのが基本的に不可能なんですよ」

クロウリーはため息を吐いた。

未開領域《エリアゼロ》の素材は採取ができない？

そんなの一度も聞いた事がないんだけど。

だってあいつは、これまで普通《ふつう》に未開領域《エリアゼロ》の素材を採取してきたし、この程度の素材なら半日程度で採取してきていた。

「私の推測なんですが、アルケミア卿は素材の難易度の事を間違《まちが》って認識《にんしき》してませんか？」

「え？」

クロウリーの言葉に私はキョトンとなる。

「そのご様子ですと、やはりご存じないようですね。たとえばこのカイネル草ですが危険領域《エリア1》に存在していますI。危険領域《エリア1》なので、なんとか採取は可能ですが、冒険者《ぼうけんしゃ》ギルドに協力を頼むなど手続きが必要になるので、最低でも1週間はかかります」

たかが危険領域《エリア1》で1週間もかかる……？

反論しようにもあちらは国の英雄なので何も言い返せない。

それにクロウリーの話には真実味があった。

丁寧《ていねい》に、ゆっくりと、わかりやすく説明してくれるからだ。

「じゃ、じゃあそれより上の未開領域《エリアゼロ》はどうなの？」

「この世の地獄《じごく》です」

クロウリーは私に対して未開領域《エリアゼロ》の恐《おそ》ろしさを説明する。

どれほどまでに危険であるか。

奥《おく》に進むことはおろか、近づく事すら憚《はばか》られる禁忌《きんき》の領域。

ソロはもちろんのこと、『王国が派遣した1000人規模の騎士団《きしだん》でも一晩で全滅《ぜんめつ》する』ほどの超《ちょう》危険地帯なのだと説明してくれた。

マスター級だけで4、5人のパーティを組んで、なおかつ完璧《かんぺき》な連携《れんけい》ができる状態で、ようやく死なずに探索《たんさく》できるレベルらしい。

クロウリーのお話は、いままでの私の常識をすべて覆《くつがえ》すような内容だった。

「アルケミア卿の話が本当ならば、前の魔導士はマスター級の中のマスター級。この私ですら足元にも及《およ》ばないほどの魔導士。クロニクル級魔導士と言っても差し支《つか》えありません」

ロイドがクロニクル級魔導士？

そんなばかな……。

アイツは素材採取率が誰よりも低い無能魔導士のはず。

唖然としている私に対して、クロウリーはニコリと微笑《ほほえ》み、顎《あご》を引いて丁寧な口調で語り始める。

「ですが、アルケミア卿にも良いところはありますよ。発想力と調合能力はたいへん優《すぐ》れているとお聞きしています。噂によると１００％なんですよね。とてもすごいじゃないですか。アルケミア卿に足りなかったのは素材の知識だけです。誰にだって『勘違《かんちが》い』はありますから、そこを正していけば、『前の専属魔導士』に並ぶほどの偉大《いだい》な錬金術師になれますよ」

と、クロウリーは笑顔でそう指摘《してき》した。

私が勘違いしている？

偉大な錬金術師になれる？

まるで私が『ロイドのおかげ』でのし上がったような言い方。

何様だこいつ。

私はすでに誰よりも偉大な錬金術師だ。

よくよく考えてみれば、自分が採取できないのを棚《たな》に上げて、全部私のせいにしているクズ。

国の英雄だと思って黙《だま》って話を聞いていれば、さっきから言いたい放題。

未開領域《エリアゼロ》は危険すぎて採取できない？

それをソロで採取できるロイドはクロニクル級？

ちがう、そんなはずがない。そんなことがあってたまるか。

私が指定する素材は採取してきて当たり前なんだ。

クロニクル級は私だけで充分なんだ。

「あの無能魔導士がクロニクル級なんてふざけた事を言うのも大概《たいがい》にしてよね」

「アルケミア卿？」

「あのさ、《ノワールのアトリエ》でどれだけ腑抜《ふぬ》けにされたのかわからないけど、これくらい採取してもらえないと困るんだけど？」

考えるよりも先に言葉が出ていた。

あまりにもふざけた事を吐《ぬ》かすので、ついに私も敬語ではなくなった。

「はい？」

クロウリーの声に怒気《どき》が帯びる。

「自分が無能なのを棚に上げて私のせいにするのはやめてよ。昔いた無能魔導士ですら、これくらいの素材なら全部ソロで採取してたのに、それすらできないなんて本当にただの言いがかりじゃん。無能なのに第1位を名乗って恥ずかしくないの？　どうせ魔王討伐の時も勇者の陰《かげ》に隠《かく》れて何もしてなかったんでしょ。そんな実力不相応の地位なんて返しちゃいなよ」

クロウリーの顔が怒《いか》りで真っ赤になる。

でも私は何の罪悪感も感じない。

目の前のクロウリーこそ、他者のおかげで成り上がっただけの無能なのだ。

大体、本当に有能なら私みたいにアトリエを有名にできている。

私だって無能魔導士というハンデを抱えていたけど、王国一のアトリエに仕上げた。

所属しているアトリエが無名という時点で気づくべきだった。

「錬金術師も無能で、本人も無能魔導士、これじゃあ《ノワールのアトリエ》が無名なのも仕方ないよね」

プツンと、クロウリーの方から何かが切れる音が聞こえた。

「おい、お前」

先ほどまでの優しい声色《こわいろ》ではなく、芯《しん》まで冷え切ったクロウリーの声に、私の肩《かた》が震《ふる》える。

その表情も怒りから無表情に変わっていた。

「いまの言葉を訂正《ていせい》しろ。あの子は無能じゃない」

「う、うるさい！　事実を言って何が悪い！　本当に無能じゃないなら私みたいにアトリエが一流になっているはずだ。辺境の土地でほそぼそとやっているアトリエの錬金術師が三流じゃないなら一体なんなのさ！」

私はクロウリーに感情をぶちまけた。

クロウリーは小さくため息を吐いた。

「もういい」

「え？」

「アナタとの契約《けいやく》を打ち切って、ノワールのところに帰らせて頂きます。ノワールに迷惑かけてまでこんなところ来るんじゃなかった」

クロウリーはくるりと背を向けて、アトリエから立ち去ろうとする。

し、しまった⁉

ロイドと同じノリで思わず論破してしまった。

クロウリーほど優れた魔導士は、王国中探してもどこにもいないはずなのに、つい私も感情的になってしまった。

慌《あわ》てて謝罪をするが、クロウリーは私の話など一切《いっさい》聞く耳を持たない。

それどころか、私の手を振り払《はら》って、怒りの感情を爆発《ばくはつ》させる。

「私に文句を言うだけならまだ許せます。ですが、あの子の悪口だけは決して見過ごせません。ノワールは私のためにこれまで一生懸命頑張《いっしょうけんめいがんば》っていました。私のような年寄りのワガママも受け入れてくれました。それなのに、アナタときたらノワールの事をよく知りもしないで無能錬金術師だと侮辱《ぶじょく》した。尊敬していた錬金術師がこんな愚《おろ》か者だとは夢にも思いませんでした。これならノワールの成長を見守る方が100倍有意義です！」

そのままクロウリーは私の元からいなくなってしまった。

私は茫然自失《ぼうぜんじしつ》となり、クロウリーの後ろ姿を眺めることしかできなかった。

山積みとなっている依頼の束を見て頭を抱える。

これからどうすればいいんだろう。

クロウリーとの契約には3ヶ月もかかった。

他の魔導士にアテがあるわけではない。

優秀な魔導士というのは大抵《たいてい》他のところにすでに所属している。

この3ヶ月の中でそれを嫌《いや》というほど痛感した。

そんな中で運よく魔導協会第1位のクロウリーがオファーに応じてくれたのだ。

でも、クロウリーに契約を解除されて白紙に戻《もど》ってしまった。

悪い出来事とは立て続けに続くものだ。

なんの前触《まえぶ》れもなく、女王陛下の使者が横柄《おうへい》な態度でアトリエにやってきた。

「アルケミア卿！　光栄に思うがよい！　王国一のエレガントたる女王陛下より、アルケミア卿への錬金術のご依頼が来ましたぞ！」

「あ、あの……。私はいま専属魔導士がいないんですが」

女王陛下もそれはご存じのはずだ。だから女王陛下は私に対して依頼を出さなかった。

「おかしいですな？　アルケミア卿のところにはクロウリー殿《どの》がやってきたはずですぞ」

ど、どうしてその事を知っているんだろう。

私の疑問に対して女王陛下の使いがサラリと答える。

「女王陛下はこの3ヶ月間、アルケミア卿のために、クロウリー殿に対して何度も手紙を送られていたからですぞ！」

え、ええ⁉

女王陛下が裏で動いていたの⁉

言われてみれば最初のうちは断られていたのに、急にオファーが決まって、そのあとはとんとん拍子《ひょうし》だった。

私のところで働きたい理由もちょっと曖昧《あいまい》だったし、そんな理由があったのか。

「それでクロウリー殿はどこにいるですぞ？」

「そ、それは……」

クロウリーはもうここにはいません。

怒らせて契約を解除されてしまったなんて口が裂《さ》けても言えない。

女王陛下はエレガントを重んじる人なので平民の失態には甘《あま》いが、貴族の失態には厳罰《げんばつ》を処することが多い。

私はアルケミア卿であり、立場上は一代貴族。

女王陛下に説明するという行為《こうい》に対して、背筋が凍《こお》りつくのを感じた。

第25話
真のマスター級

ミネルバ山脈の麓《ふもと》の村までは《馬の魔導人形《アルテミス》》を使って移動する。

2ヶ月ぶりのアルテミスであり、大自然の中を思いっきり走らせるのはとても気持ちよかった。

麓の村に到着《とうちゃく》後、さっそく聞き込《こ》みを行ってコッコロエリアの最新情報を仕入れていく。

1週間ほど前からワイバーンの目撃《もくげき》情報が多発していることがわかった。

複数の個体がいるというよりも同じ個体が何度も目撃されている感じだ。

かなり気性《きしょう》が荒《あら》い個体で、見かけた際は戦わずに岩陰《いわかげ》に隠《かく》れることが推奨《すいしょう》された。

また、目的地のコッコロ坑道《こうどう》ではコンパスと地図が必須《ひっす》であることも判明した。

コンパスはすでに所持してるので地図を商人から購入《こうにゅう》した。

ちなみにここで支払《しはら》ったお金は、冒険者《ぼうけんしゃ》として稼《かせ》いだお金だ。

ルビーに渡《わた》したのは前職の財産であって冒険者時代に稼いだ分は渡していない。

まあ当然だよね。

「コッコロ坑道に入るなら、コボルトの尻尾《しっぽ》を10個持ってきて下さい。私が持っているとても珍《めずら》しいモノと交換《こうかん》しますよ」

商人は明るい笑顔《えがお》でそう言った。

とても珍しいモノってなんだろう。地味に気になる。

ちょうど依頼《いらい》とターゲットが同じだから、コボルトの尻尾を10個集めてこよう。

いざという時に備えて携帯《けいたい》食料やランタンの燃料も補給して準備万端《ばんたん》。

納期は3週間後なので時間はたっぷりあり、時間に追われる心配もない。

麓の村を出発してテクテクと街道《かいどう》を歩いていくと景色が徐々《じょじょ》に山岳《さんがく》地帯へと変化する。

大自然の景色を楽しみながらティルルさんに貰《もら》ったサンドイッチを口へと運ぶ。

うんっ、美味《おい》しい。

ティルルさんは本当にお料理上手だな。ハムサンドの味付けも完璧《かんぺき》だ。

「おや、これはなんだろう？」

バスケットの隅《すみ》に青色の小袋《こぶくろ》が添《そ》えられていた。

それを開けるとクッキーと手紙が入っていた。

どうやらアイリスがティルルさんと一緒《いっしょ》に作ったクッキーらしい。いつの間に作ったんだろう。

暇《ひま》だったので作ったと書かれているが肝心《かんじん》の味はどうなんだろう。

口に運んでみるととても美味しかった。

さらにクマさんやウサギさんなど、俺《おれ》が楽しめるように型抜《かたぬ》きされており、一生懸命《いっしょうけんめい》作ったんだなってのが伝わってくる。

料理に一番大事なのは真心だよね。

お腹《なか》もいっぱいになってますますやる気が出てきた。

標高が低いとはいえ山岳地帯であるため魔物《まもの》の分布は森や草原と比べると若干《じゃっかん》変化する。

上空を優雅に飛んでいるハーピィの姿を見つけた。

ハーピィとは女面鳥身の美しい美しい魔物。

魔力繊維《せんい》によって服を構築できるほど知能が高い。

羽の色は多種多様で、今回上空を飛んでいるハーピィの翼《つばさ》の色は緑色。

妖精《ようせい》の一種とされており、魔力が大自然の中に溶《と》け込んでいる。

そのため、純正の妖精ほどではないが魔力反応を感じ取りづらいので奇襲《きしゅう》を受けやすい。

人間達《たち》による乱獲《らんかく》が原因で数が激減し、メルゼリア王国においてはこのコッコロエリアでしか出現しないレアモンスター。

乱獲された理由であるが、羽根が美しく高級素材であるからと、本人達が美女なので愛玩奴隷《あいがんどれい》として好まれているからだ。

そのような経緯《けいい》もあるため、人間に対しての警戒心《けいかいしん》も強く、姿を現しても基本的に近づいてこない。

考えているそばからゴブリンが3体出現する。

俺の姿を確認《かくにん》するや否《いな》や、即座《そくざ》に襲《おそ》い掛《か》かってくるこのテンプレ感。

噂《うわさ》によるとゴブリンは西方大陸のほぼ全域で出現するらしい。

ゴブリンの生命力の高さには俺も脱帽《だつぼう》する。

すげえよこいつら、感無量だ。

感動した証拠《しょうこ》というほどでもないが最上級魔法の《ライトニングストーム》を放ってゴブリン3体をまとめて消し飛ばした。

上空を見上げると、ハーピィが唖然《あぜん》とした表情でこちらを見下ろしていた。

笑顔で手を振《ふ》ってあげると、ハーピィは悲鳴を上げて飛び去っていく。

ライトニングストームによってできたクレーターを横切ってさらに奥《おく》へと進む。

ゴブリン、ゴブリン、ハーピィ、ゴブリン。

出現率がゴブリンに偏《かたよ》っている。

この山道には狼《おおかみ》モンスターのダイアウルフが存在するはずなんだけど一度も姿を見かけない。

恥《は》ずかしがり屋なのだろうか。ダイアウルフをテイムして一晩中モフモフしたかったのに残念だ。

モフモフで思い出したが、『メルゼリア王国の剣聖《けんせい》』もモフモフで有名な白狐族《びゃっこぞく》だったな。

500年以上も昔の人なので名前は忘れちゃったが、最上級クラスのモンスターでもワンパンで黙《だま》らせるほど強かったらしい。

その剣聖は正真正銘《しょうめい》、真のマスター級だね。

俺もその人のように強くなりたいな。

そんな事を呑気《のんき》に考えていると、大きな魔力反応がこちらに迫《せま》ってくるのを感じ取った。

魔力反応の正体は亜竜《ありゅう》の一種とされているワイバーンである。

コイツが噂の気性が荒い個体か。

麓の村では隠れることを推奨されたが、村人達も困っていたみたいだし、ここで処理しておく事に決めた。

ワイバーンは俺に気づくと、大地を揺《ゆ》るがすほどの咆哮《ほうこう》を上げる。

俺の何倍もある黒い巨体《きょたい》が悠々《ゆうゆう》と地面に着地し、大きな地響《じひび》きが鳴り響いた。

ワイバーンは上級モンスターなので結構強い。

ただ、こいつは明確に弱点が存在しており、雷《かみなり》属性を当てれば一発でノックダウンする。

最初のゴブリン3体とまったく同じ要領でライトニングストームを放つ。

ワイバーンは断末魔《だんまつま》を上げて糸の切れた人形のように巨体が地面に倒《たお》れた。

あっさりと討伐完了《とうばつかんりょう》。たぶんこの魔法が一番早いと思います。

「やはりライストはすべてを解決する」

ライトニングストームの偉大《いだい》さに感謝しながら先へと進む。


その後、さらに1時間ほど歩いて、目的地のコッコロ坑道へとようやく到着する。

ここまで結構長かった。意外とコッコロ山道って長いのね。

コッコロ坑道は鉱山としても有名な山なので人によってはコッコロ鉱山と呼ぶ人もいる。

俺としてはまあどっちでもいい。

坑道は人の手が入っているので付近は整備されていた。

さっそく中に入ろうと一歩踏《ふ》み出したが、

「おっといけない。坑道に入る前に数値をチェックしないとな」

と、足を止めて、辺りに計測器がないか探す。

本来、坑道の入り口には計測器がある。

これは後続の冒険者の道しるべとなるモノなのでしっかりと記載《きさい》しなければならない。

また、坑道の中では崩落《ほうらく》の危険性があるので、『上級以上の攻撃魔法《こうげき》』を使用してはいけない規則がある。

これはヴィッド大森林での『炎《ほのお》魔法を使用してはいけない』というルールと一緒だろう。

まだ入り口付近なので使う人はいないと思うが、この注意書きはとても重要だ。

上級魔法を使用できないルールは魔導士にとっては結構厳しく、耐久力《たいきゅうりょく》のあるモンスターとエンカウントした場合に処理が遅《おく》れてしまう。坑道においては魔導士よりも剣士《けんし》や僧侶《プリースト》が重要となってくるだろう。

現在の日時、気温、気圧を記載する。

最後に冒険者が坑道に入ったのは1週間前みたいだ。

ワイバーンの目撃期間と大体一致《いっち》してるな。

でももう大丈夫《だいじょうぶ》だよ。ワイバーンはお星さまになったから。

坑道の中は真っ暗で、明かりがないと数歩先もわからないほどだ。

俺は生活魔法《コモンマジック》の一種であるシャインを発動する。

生活魔法というのはその名の通り、魔力さえあれば誰《だれ》でもすぐに扱《あつか》える初級魔法の事だ。

シャインは光の玉みたいな奴《やつ》で一度発動すると1時間ほど長持ちする便利な魔法。

坑道全体を明るく照らしてくれるので、とても見通しが良くなった。


獣人モンスターのコボルトを発見した。

二足歩行で歩き、全身がモフモフで頭部が犬。

コボルトは数年に一度のペースで尻尾が生え変わる種族で、切り離《はな》された尻尾は2メートルほどの長槍《ながやり》に形状変化する。

普通《ふつう》の槍ではなく、魔力が宿っている魔力槍なので人気が高く、市場にも多く出回っている。

コボルトはこちらを見るや槍を構えて迫ってくる。

「悪いなコボルトくん、時代は飛び道具なんだ」

コボルトの長槍がこちらに届く前に、中級魔法の《アイスキャノン》をコボルトの胴体《どうたい》にぶち込んで射殺した。

魔法は槍よりも強し。これは名言ですな。

その後、俺はコボルトが使用していた槍を拾う。

槍をアイテムボックスに収納した。

その後、浄化《じょうか》魔法の《ターンアンデッド》でゾンビ化しないようにしておく。コボルトのお肉はメルゼリアではあまり好まれないので採取はしなかった。

30分ほどで目的の10体討伐を見事達成した。Dランクのクエストなので今回も簡単だったな。

帰り道でもコボルトが襲ってきたので、魔法で肉体を強化して拳《こぶし》を振るう。

拳を突《つ》きだすと衝撃波《しょうげきは》が発生し、コボルトを壁際《かべぎわ》へと吹《ふ》き飛ばし、そのまま壁に叩《たた》きつけた。

その際、衝撃で岩壁《がんぺき》が剥《は》がれたようで『隠し通路』を見つけた。

「この通路、なんだかお宝の匂《にお》いがするニャ」

でも、今回は感覚を取り戻《もど》すための準備運動なので、わざわざ隠し通路に入る理由はないだろう。

今度ここに来たときに入ってみようかな。

その時は剣士と僧侶も連れてこよう。

土魔法を使って壁を塞《ふさ》いでおき、俺は元来た道を引き返す。

そういえば、ワイバーンの素材を回収しておかないとな。

前職では倒した魔物を解体する余裕《よゆう》もないほど納期に追われていたからターゲット以外はすべてスルーしていた。

でも、冒険者になってからは納期に余裕が出てきたからターゲット以外にも充分《じゅうぶん》時間を割《さ》けるようになった。

冒険者になって良かったなぁ……。


【レラ視点】

ロイドさんがミネルバに帰ってきたみたいなので会いに行こうと思います。

最後に会ったのは2ヶ月くらい前なのですごく楽しみですね。

「レラお姉ちゃーん！　と、よく遊びにきた年下のロイくん……。昔はショタだったロイくんが……7年後に再会すると……イケメンになっていた……！　でもあたし、もうすでにマルスくんがいるの……！　やだやめて、そんなかっこいい顔で……あたしを見ないで……！　あたし達恋人《こいびと》になれないの……！　あたしとロイくんは……ズッ友だょ……！」

こういう展開もアリですね。

年下のショタがイケメンになって現れるのは胸キュンしちゃいます。

ショタ×お姉さんは消えろカスですが、成長後のイケメン×お姉さんは神展開なのです。

幼い頃《ころ》は絶対にお姉さん側が優位を取らなければならない。

これはオネショタ学会でもそう言われています。

「お前は本当にいつも平常運転だな。マジで尊敬するよ」

「頭の中にキューピッドを飼ってますからね」

「そのキューピッド、背中の翼が黒ずんでないか？」

マルスくんは辛辣《しんらつ》ですね。

ロイドさんに会うため、私達がギルド長の屋敷《やしき》へと行くと、ロイドさんはコッコロエリアに向かったことがわかりました。

うむむ、入れ違《ちが》いになってしまいましたか。

コッコロエリアはここから少し距離《きょり》があります。

馬を使っても片道4時間でしょうか。

ミネルバで待つのが最善ですが、せっかくなのでコッコロエリアまで会いに行ってロイドさんを驚《おどろ》かせてあげましょう。

どうせ明後日《あさって》まで暇ですからね。

「ところで先生と再会したら何を話せばいいんだ？」

「別になんでもいいと思いますよ。私も話したいことは山ほどありますが、まずは長旅お疲《つか》れさまですと労《ねぎら》いたいですね」

「お前にしては案外普通だな」

「メリハリは大事ですよ。親しい間柄《あいだがら》ならなおさらです」

「良い事を言うじゃないか。見直したぞ」

見直されるほど最近の私は酷《ひど》かったのか……。ちょっとショックです。

それはそうとして、ロイドさんからアイリスさんとのイチャイチャ話を根掘《ねほ》り葉掘り聞いてカップリング成分を補給したい。

ルビーさんに関しては……ここは触《ふ》れない方が無難でしょうね。

ロイドさんが嫌《いや》がると思いますから。

ルビーさんとの関係って結局どうなったんだろう。

普通にミネルバに戻ってきたって事は結局何もなかったのかな。

まあいいです。

時代はアイリス×ロイド。

「完璧すぎて可愛《かわい》げがない」と第一皇子から婚約破棄《こんやくはき》されて国を追放された偽《にせ》聖女、追放先で私だけに優《やさ》しい有能イケメン高身長高収入侯爵《こうしゃく》魔導士に見初《みそ》められて優雅にお屋敷生活。今さら国に戻ってこいと言われても「あっ、私はここで幸せになってますのでお気になさらず、もう国には戻りません」

本のタイトルはずばりこれです。

くっくっく、実は私、こっそり妄想《もうそう》小説を書いているんです。

この事はマルスくんも知りません。

「えっ、お前本書いてたの……？」

マルスくんは唖然とした顔で私を見た。

「ど、どうして私の考えてる事がわかったんですか⁉」

「いや、お前思いっきり口に出してたじゃん。てか、私だけに優しい有能イケメン高身長高収入侯爵魔導士って誰だよ。急に知らない奴が出てきてビビったわ。追放理由もめちゃくちゃだし、お前の理想男性像もグレード高すぎてちょっと……」

ぐぬぬ、随分《ずいぶん》と言いたい放題ですね。

別に誰かに読ませるわけではなく、自分が楽しむために書いているだけなので問題ありません。

「マルスくん、これは妄想小説ですよ？　現実でここまで酷い理想像を押《お》しつける女性なんているわけないじゃないですか」

「たしかにレラの言うとおりだな」

仮にそんな高スペック男性がいたとしても、私はマルスくんを選ぶんだけどね。


その後、私達は馬を2頭借りてミネルバを出発した。

麓の村には4時間ほどで到着した。

聞き込みをしたところ、ロイドさんは2時間ほど前に村を出発したみたいなので、私達もすぐさま追いかける。

コッコロエリアは私達も何度か足を運んだことがあるので道筋はわかっている。

ここはゴブリンとダイアウルフとハーピィの3種類がよく出現した記憶《きおく》がある。

ダイアウルフにさえ注意しておけば基本的に問題ない。

私達はロイドさんに追いつくため、急ぎ足でコッコロエリアを突き進んでいく。

山道に入ってすぐ、私達は違和感《いわかん》を覚えた。

「やけに魔物の死骸《しがい》が多いな」

「うん」

道には瓦礫《がれき》が散乱しており、あちこちに魔物の死骸が転がっている。

恐《おそ》ろしい事にすべての魔物が一撃で仕留められている。しかも教科書通りの弱点属性で倒しているのが素晴《すば》らしい。

私も中級魔導士なので、魔法の腕《うで》にはそこそこ自信がありますが、この人のように冷静な対処はできないでしょう。

「お、おいアレを見ろよ。ワイバーンの死骸まであるぞ」

マルスくんが震《ふる》える声でワイバーンの死骸を指差す。

ワイバーンは獰猛《どうもう》でとても危険な魔物。

本来ならA級冒険者がレイドを組んで、20人がかりで倒すほどの強敵です。

ワイバーンがいたなんて想定外でしたが、どうやら誰かに倒されているようです。

「本当ですね。一体誰が倒したんでしょうか？」

ワイバーンの死骸の前で考え込んでいると、下山してくるロイドさんと再会しました。

「あれ、どうして二人がこんなところにいるの？」

ロイドさんはワイバーンの死骸を見ても無反応。

普通もう少し驚くものですが、こういう反応する人って大抵《たいてい》……。

「も、もしかしてロイドさんが、お一人でこのワイバーンを倒したんですか？」

「え？　あ、うん。いきなり襲ってきたから。ちょうど今から素材回収するとこー」

ロイドさんは軽いノリで頷《うなず》いた。

ワイバーンを倒した反応がたったそれだけですか⁉

しかもソロですよ⁉

同じことの繰《く》り返しになりますが、ワイバーンはA級冒険者パーティが20人近くのレイドを組んでようやく倒せる強敵です。

もしかして道中の魔物も全部ロイドさんが処理したんでしょうか。
いや、きっとロイドさんが倒したんでしょうね。
ロイドさん以上の魔導士を私達は他に知りませんから。
彼《かれ》こそ正真正銘、真のマスター級です。

第26話
幽遠の大墳墓と少女の手紙

マルス達《たち》と再会して2週間が過ぎた。

俺《おれ》は冒険者《ぼうけんしゃ》ギルドから引き受けたクエストを順調にこなしていた。

受付職員の話によると、あと二つほど依頼《いらい》をこなせばCランクに昇格《しょうかく》できるそうだ。

仕事だけでなく私生活も順調だ。

ワイバーンのお肉と素材を売った事で財布《さいふ》も潤《うるお》い、一年ほど働かなくても問題なくなったからだ。

というか、ワイバーンがあんな高く売れるとは思わなかった。

またワイバーン現れないかな。１００匹《ぴき》くらい同時に現れたら一瞬《いっしゅん》でお金持ちになれるじゃん。

「今日は何のクエストをやろうかな。まだ決まってないけどなんとかなるだろう」

そんなある日、冒険者ギルドで依頼を選んでいるとイゾルテさんより声をかけられた。

イゾルテさんは女王陛下からご依頼があったことを俺に伝え、ピンク色の手紙を渡《わた》した。

その差出人はメルゼリア王国の女王陛下である。女王陛下の直筆《じきひつ》のサインもあった。

手紙の文面を読んでみると、《幽遠の大墳墓》で土地の浄化《じょうか》を行うアイリスの護衛を頼《たの》みたいとの事だ。

「アイリスにも同じ内容の手紙が届いているのですか？」

「ああ、もちろんだ。お前とアイリス宛《あ》てに一枚ずつ。私に対しては、それを伝えるようにという手紙が届いた。わかっているとは思うが、女王陛下のご依頼だから断るのはできれば控《ひか》えてくれ」

「別に断ったりしませんが、どうしてアイリスの護衛者が俺一人なんですかね？　護衛の数が少なすぎるのも気になりますし、俺はまだDランクの冒険者ですよ。アイリスの護衛としては力不足だと思います」

本来、土地の浄化を行う際は、複数のベースキャンプを配置してお互《たが》いに連絡《れんらく》をとりながら慎重《しんちょう》に行うものだ。

それはすべて聖女《クオルト》の安全を守るため。

聖女は国宝であり、呪《のろ》いに対抗《たいこう》できる唯一《ゆいいつ》の生命線である。

だが、今回は俺以外に誰《だれ》も護衛者がいない。

さらに、アイリスとロイドの二人で依頼を達成せよと、わざわざ文言を追加している。まるで他の介入《かいにゅう》を許さないような感じだ。

「すまん、それは私にもわからない。女王陛下はたまに何を考えているのかわからないことがあるからな。強《し》いて可能性を挙げるなら、お前がワイバーンを単独で討伐《とうばつ》した事を手紙で伝えたら、お前に対して女王陛下がやけに食いついてきたな」

「絶対にそれやー」なに勝手に伝えとんねんイゾルテ氏。

お土産《みやげ》に渡したワイバーンのお肉が美味《おい》しくて、その喜びのあまり俺の事も説明してしまったのだろうか。

でも困ったな。

ワイバーンの件は俺がすごいわけではなく最上級魔法《ライトニングストーム》がすごいだけなのだ。

ライトニングストームさえ使えるなら誰にだってできることだ。

実を言うと、この手のタイプの仕事をするのは今回が初めてだ。仕事風景も実際に見たわけではない。あくまで情報として知っているだけ。

だから、アイリスを護《まも》れるかどうかちょっと不安である。

「お前が不安に思うのも無理はない。だが案ずるな。陛下がエレガント以外のことで、他人に興味を持つなんて滅多《めった》にないんだ。お前はその名誉《めいよ》ある一人に選ばれた。だから自信を持ってアイリス様をお護りしてくれ」

イゾルテさんがそのように太鼓判《たいこばん》を押《お》すのなら信じてみようかな。

もしかすると名誉回復にも繋《つな》がるかもしれない。

ワイバーンを倒《たお》しただけで女王陛下に興味を持たれるなんてな。世の中何が起こるかわからないもんだ。

目的地の《幽遠の大墳墓》は、ミネルバから日帰りできる距離《きょり》にあるほど近い。

ここはサウスライト地方で最も巨大《きよだい》な墓地エリアであり、墓地の近くには大きな湖エリアが存在する。《ヴィッド大森林》ほどではないが、森林地帯も広がっている。

《幽遠の大墳墓》は、これまで支配領域《エリア2》程度だったが、1週間ほど前からハイオークやシャドウの姿も確認《かくにん》されており、危険領域《エリア1》の兆候があるようだ。

危険領域《エリア1》になるとモンスターの脅威《きょうい》度が一気に上がるので、そうなる前に土地の浄化を任せたいとのことだ。

目的地に到着《とうちゃく》後、すぐに馬車から降りて、墓地を歩きながら全体を見渡《みわた》す。

「魔力《まりょく》の霧《きり》が漂《ただよ》い始めているな」

10秒に1回ほどのペースで、空間にヒビが入るような現象が発生している。

紫色《むらさきいろ》の霧も漂っており、かなり危険な状況《じょうきょう》。

これは呪いが進行している証《あかし》であり、あまり良い傾向《けいこう》とは言えない。

一部のエリアは危険領域《エリア1》に突入《とつにゅう》しているかもしれない。

「申し訳ありません。ロイド様まで巻き込《こ》んでしまうなんて」

現在、この場には俺とアイリスの二人しかいない。アイリスが誇《ほこ》る剣聖《けんせい》セフィリアは同行していない。

「いやいや、気にするな。毒を食《く》らわば皿までという言葉があるだろ?」

「私は毒ですか?」

「違《ちが》うんだアイリス！　そういうつもりで言ったわけじゃないんだ」

俺は慌《あわ》てて弁解する。

すると、アイリスはくすりと微笑《ほほえ》み、

「ふふっ、冗談《じょうだん》ですよ。この依頼が終わったら屋敷《やしき》で一緒《いっしょ》にメルゼリアパイでも作りましょう」

「ああ、めちゃくちゃ甘《あま》いメルゼリアパイを作ろうな」

微妙《びみょう》に死亡フラグっぽい台詞《せりふ》だ。

死ぬつもりはないけどさ。

まだ支配領域《エリア2》だし、なんとかなるだろう。未開領域《エリアゼロ》で2週間不眠《ふみん》不休で素材を集めていた頃《ころ》よりは楽勝のはず。

「それではロイド様、私が浄化を行うまで護衛をよろしくお願いします。秩序神《ちつじょしん》エメロードの祝福があらんことを」

「おう、任せておけ」

アイリスは持ち場へと入り、その場で詠唱《えいしょう》を開始して土地の浄化を始める。

アイリスの周りに超《ちょう》巨大な魔法陣《じん》が浮《う》かび上がる。

その規模はなんと《幽遠の大墳墓》の全体を包み込むほどだ。

聖女の仕事風景を見たのは生まれて初めてなので他とは比較《ひかく》できないが、よくわからんがすごいことやってるのは肌《はだ》で理解できた。

アイリス曰《いわ》く、土地の浄化中は魔物が一時的に活性化するので注意が必要との事。

森の中からナイトコボルトとウォーリアーゴブリンが20体ずつ同時に現れた。

いきなり湧《わ》きすぎだろ。

少しびっくりしたが、落ち着いて上級魔法の《氷槍《アイススピア》》を彼《かれ》らに放ってまとめて吹《ふ》き飛ばした。

彼らの殲滅《せんめつ》後すぐに第二波がやってきた。

今度はハイオークが大量に現れた。ざっと数えた感じ40体くらいいる。

ここまで大量のハイオークだと上級魔法を放つだけでは処理が追いつかない。

こちらも《マジックコンボ》を意識した構成で上級魔法を使わねばなるまい。

水魔法と土魔法を融合《ゆうごう》させた上級魔法の《泥沼《アースクレイ》》を発動する。

ハイオークがいる地点一帯を沼《ぬま》地状に変化させ、ハイオーク達の動きを封《ふう》じていく。

奴《やつ》らが動けなくなったのを確認後、即座《そくざ》に詠唱を行い、地属性・水属性・火属性・風属性の大量弾幕《だんまく》を展開して、無数の魔法攻撃《こうげき》がハイオーク全体を次々と仕留めていく。

その後もハイオークやら、シャドウやら、報告されていた魔物達が次々と湧いてくるも、《泥沼》からの魔法の一斉《いっせい》射出で片付いていく。

すると突然《とつぜん》、森の奥《おく》で巨大な魔力反応を感じた。

この魔力の放出量……まさか不死の王《ノーライフキング》か⁉

薄々《うすうす》予感はしていたが、やはり危険領域《エリア1》に突入していたか。

不死の王は、モンスターを蘇生《そせい》させるネクロマンサーの能力を持っているため、野放しにしておくのはかなり危険だ。

一刻も早く処理せねば。魔力反応は北に1キロほど進んだ先の森か。

とりあえず、その地点に向けてマスター級の《爆裂魔法《エクスプロージョン》》を16発連打する。

ズドーン！　ズドーン！　ズドーン！　ズドーン！

空気が急激に膨張《ぼうちょう》して衝撃波《しょうげきは》が発生し、爆風《ばくふう》がこちらまで届いてくる。さらに森をなめつくす劫火《ごうか》が森を侵食《しんしょく》する。

さらにトドメと言わんばかりに最上級魔法の《ロイヤルサイクロン》を放って、炎を巻き込んだ巨大な炎の大竜巻《たつまき》を発生させる。

この世の地獄《じごく》みたいな光景だね。

不死の王の魔力反応が消えたようだ。

やったぜ。

奴が死んだのを確認し、森全体に大雨を降らせて鎮火《ちんか》させた。

キチンと処理ができたことに俺は満足し、大きく頷《うなず》いた。

アイリスの方に視線を戻《もど》すと、アイリスは唖然《あぜん》としていた。

その後は特に問題もなく、土地の浄化が完了《かんりょう》した。

不死の王が出現した時はちょっとびっくりしたけど、蓋《ふた》を開けてみればあんまり大したことなかったな。

土地の浄化が完了したおかげで安全領域《エリア3》へと安全度が上がった。

領域は地域にもよるが、半年に一回くらいチェックしておけば大丈夫《だいじょうぶ》との事だ。

「ロイド様のおかげで依頼を達成できました。本当にありがとうございます」

アイリスは丁寧《ていねい》にお辞儀《じぎ》をした。

「アイリスの力になれて良かったよ」

「もしよろしければ、これからも依頼の時は同行して下さいませんか？　ロイド様が側《そば》にいてくれるとすごく安心します」

「俺で良ければいつでも力になるよ」

報酬《ほうしゅう》もいいしね。

当然であるが俺にも国から報酬が入る。１時間アイリスを護るだけでなんと金貨１００枚だ。

めちゃくちゃ効率的。

専属魔導士みたいに走り回る必要がないだけでも天国《ホワイト》だ。

趣味《しゅみ》で冒険者をやって聖女関連の依頼で大金を手に入れる。

そんな生活も悪くないかも。


その後、俺達は仲良くミネルバへと戻った。

女王陛下の依頼も無事終わり、俺達はミネルフォート家へと帰還《きかん》した。

イゾルテさんに報告を済ませて一段落ついたので、約束していたメルゼリアパイを作るために１階の厨房《ちゅうぼう》へと赴《おもむ》く。

厨房にはティルルさんがいた。

腕《うで》まくりをして、ちょうどデザート作りに取り掛《か》かろうとしているところであった。

二人の足音でこちらに気づくと、ティルルさんはアイリスを温かく出迎《でむか》える。

「お嬢様《じょうさま》、お怪我《けが》はありませんか？」

「ロイド様のおかげで怪我もなく無事に完了しました」

「その言葉を聞いて安心しました」

あまり喋《しやべ》らない寡黙《かもく》な方ですが、アイリスの事は大事に思っているようで、仕草一つひとつにそれが伝わってくる。

二人の関係を言い表すなら従者というよりも姉妹《しまい》のようであり、瀟洒《しようしや》で大人びているティルルさんに、無邪気《むじやき》な妹のようなアイリス。

「お嬢様を守っていただきありがとうございます」

俺への感謝の言葉も忘れずに丁寧に頭を下げる。

ティルルさんは俺への対応もしっかりしており、存在感の薄《うす》い俺に対しても礼儀《れいぎ》を忘れない。

「アイリスさんの護衛として当然の事をしたまでです」

相手の礼儀にはこちらも敬意を持った対応をする。

俺も姿勢を正してそのように返答した。

姉妹の再会が済んだあとは微笑ましい日常会話へとシフトする。

「ところでお嬢様、今日はどのようなご用件でこちらまで？　ただ挨拶《あいさつ》をするためだけに来たわけではないですよね」

「どういう意味ですか」

「お嬢様は厨房にやって来るたび、なにかと理由をつけてつまみ食いをしたり、スイーツをご要望するではありませんか」

「まるで私が食いしん坊《ぼう》キャラみたいじゃないですか」

アイリスは顔を赤らめながら否定する。

「食いしん坊キャラじゃなかったのか？」

「ロイド様までなんてこと言うんですか。エメロード様の代行者《クオルテス》たる私への侮辱《ぶじょく》ですよ。ぷんすかぷんすか！」

「ごめんよアイリス。マカロンをあげるから許しておくれ」

予備のマカロンを取り出し、いつものようにアイリスの口へと素早《すばや》く放《ほう》り込む。アイリスはもぐもぐと咀嚼《そしゃく》して笑顔《えがお》になる。

「おいひい！　仕方ありませんね。今回だけですよ」

「まるで飼育員と餌《えさ》を貰《もら》って喜ぶ動物のようであります」

ティルルさんは感情のない声で俺達の関係をそう評価した。

メルゼリアパイを作りにきたと説明すると、ティルルさんが代わりに作ってくれると仰《おつしや》った。

当初の予定とは少しズレてしまったが、ティルルさんのスイーツ作りの腕前は本物なので任せることに決めた。

ティルルさんはメルゼリアパイの材料を準備しており、テーブルの上に並べていく。

材料を眺《なが》めていると目に留まった調味料があった。

「これはなんですか？」

「こちらはバニラオイルでございます。王都にいる時、ご友人様がシナモンは苦手だと仰っておりましたので、こちらを使おうと思っております」

「よく覚えておりましたね」

「ご友人様の好みを把握《はあく》しておくのはメイドとして当然の務めでございます」

1ヶ月以上も昔の、それも何気ない一言なのに覚えているとは、ティルルさんの記憶力《きおくりょく》には驚《おどろ》きである。

メルゼリアパイはバニラオイルを使用する場合もあり、その場合はノースライト地方風味のメルゼリアパイになる。

俺は個人的にそっちの方が好きだ。

「ありがとうございます。俺もそっちの方が好きです」

「ねえティルル。私はシナモンでも大丈夫ですよ」

アイリスが、シナモン大丈夫ですアピールをする。

「はあ、そうでございますか」

と、ティルルさんは気の抜《ぬ》けた返事をする。

「私の時だけめちゃくちゃ対応雑くないですか⁉」

「お嬢様の言葉にいちいち反応していたらこちらの身が持ちません」

「がびーん」

その表現久しぶりに聞いた気がする。ショックを受けた時の効果音だな。

メルゼリア王国ではすでに死語となっているが、ローランドでは今も使われているのだろうか。

ローランドで思い出したが、メルゼリアパイはローランドでも流行《はや》っているのだろうか。たしかアイリスはメルゼリアパイを食べるのは王都が初めてだと言っていた。

「メルゼリアパイは甘くて食べやすいので庶民《しよみん》の間では流行っているんですよ」

俺の疑問に答えるようにティルルさんがそのように説明した。

へー、そうなんだ。隣国《りんごく》でも我が国のお菓子《かし》が流行っているのは少し誇らしいな。

「すごいぞ我が国ってやつですね。最近そういうヨイショ表現流行ってますよね」

「お嬢様、急に冷めるような事言わないで下さい」

ホントだよ。どうして斜《しや》に構えて物事を俯瞰《ふかん》するようになったんだ。

ロイドさん悲しいよ。元気に正義ごっこしていた頃のお前はもっと輝《かがや》いていたぞ。

「ティルルさんもご家庭で覚えたんですか？」

「はい、孤児院《こじいん》で暮らしている時に、よく妹達に作っていたんですよ」

へー、ティルルさんも孤児院出身なんだ。

俺も孤児院の出身だから親近感湧くなぁ。

他国のスイーツ料理でもなんなく作ってしまうティルルさんは流石《さすが》だ。俺もメルゼリアパイは作れても、ローランドパイは作れないんだよね。

日常的にお菓子作りをしている経験値の高さゆえの知識の深さだろう。

俺が魔法の知識に特化しているように、他の人も何かしらそれぞれの専門知識を持っているものだ。

「ティルルさんはお菓子作りのプロフェッショナルなんですね」

「ご友人様、おだてても何も出ませんよ」

そう言いながらもティルルさんは嬉《うれ》しそうである。表情にこそ出づらいが、彼女《かのじょ》も人並みの喜怒《きど》哀楽《あいらく》の感情がある事がわかる。

「そうですよロイド様。ティルルはケチだから基本的に何も買ってくれないんです。おだてるだけ時間の無駄《むだ》です」

「なるほど、お嬢様は私のことを普段《ふだん》からそのようにお思いになっていたのですね。承知しました。今日から毎日3食、お嬢様の大好きなピーマンを並べますね」

「ごめんなさあああい‼　ピーマンは勘弁《かんべん》して下さい！」

アイリスは即座に全力土下座した。

こういう仕草はやはり子供っぽいと微笑ましく感じる。日常と代行者のギャップと言えばいいのだろうか。

そういうところがすごく可愛《かわい》らしい。

「ところで、料理長のネロさんはどこに行ったんですか？　アイリスの料理って、たしかティルルさんではなくネロさんが管理してましたよね？」

ここ最近、ネロさんを見かけない気がする。

ネロさんとは従者三人衆の一人で、アイリスの料理長を務めている方だ。

ティルルさんは趣味でお菓子作りをしているのに対して、こちらはガチのプロだ。

ミネルバに帰ってからはまったく姿を見かけない。

神隠《かみかく》しにあったのかな。

「料理長なら引っ越《こ》しました」

と、ティルルさんが言った。

「引っ越し？」

「ミネルバでお店を出すので住居を変えたんです」とアイリスが代わりに答える。

「仕事場と住居って別々でも良くないか？」

「私達もそう言って止めましたが、屋敷で暮らしてると甘えが出ると言って去っていきました。いずれ独立して自分の店を持ちたいと、ずっと仰ってましたからね。遅《おそ》かれ早かれ屋敷からいなくなっていたと思います」

わお、ワイルドでかっこいいなぁ。

長い物には巻かれるのが一番楽だけど、独立して全部自分でやるのも人生の醍醐味《だいごみ》だと思う。

「お店を出すんですね。なんのお店ですか？」

「喫茶店《きっさてん》らしいですよ。森の隠《かく》れ家《が》的な雰囲気《ふんいき》にしたいそうです」

隠れ喫茶か。

妖精《ようせい》さんやエルフ族を客層にしたいのかな。ネロさんの感性は不思議だ。

「へえ、一回行ってみようかな」

「それじゃあ今度一緒に遊びに行きましょうか。ロイド様がいらっしゃればきっと喜ぶと思いますよ」

ティルルさんがメルゼリアパイを作っている間、俺達は庭園にある東屋《あずまや》でお喋りをする。

会話の中で、俺の方からアイリスに渡したいモノがあった事を思い出した。

「はい、これ。アイリスにプレゼント」

「これはなんですか？」

「ウサギ頭巾《ずきん》だよ。アイリスに似合うと思って商人から買ったんだ」

俺がアイリスに手渡《てわた》したのはウサギの頭巾。

コボルトの尻尾《しっぽ》10個と交換《こうかん》で商人から手に入れたもので、とてもかわいいからアイリスにプレゼントした。

渡すタイミングがなかったからずっとアイテムボックスで眠《ねむ》っていたけど、これを機会に渡すことにした。

本当はバニーガールも一緒に渡したかったけど、流石に趣味全開でドン引きされそうだったので自重した。

頭巾くらいなら渡しても不審《ふしん》には思われないだろう。

「すごくかわいいウサギの頭巾ですね。さっそくつけてみてもいいですか」

「もちろんさ」

アイリスはウサミミを装着する。

アイリスが動くたびにぴょこぴょこ動いてとてもかわいい。

「どうですか？　似合ってますか？」

「俺がオオカミなら捕《つか》まえてぺろりと食べちゃってるね」

「死ぬほどわかりづらい喩《たと》えやめて下さい」

アイリスが気に入ってくれて安心した。実は渡すべきかどうか結構悩《なや》んでいたんだよね。

「以前、ダイアウルフをテイムしたいとも仰っておりましたし、ロイド様は動物がお好きなんですね」

「動物は癒《い》やされるからな。昔はガルドを飼っていたんだぞ」

「へえ、そうなんですね。私もガルドになってみたいです」

アイリスはガルドに興味を持っているみたいなので今度ガルドカフェに連れていってあげようかな。

アイリスとお喋りをしながら時間を潰《つぶ》しているとティルルさんがやって来た。

大皿には美味しそうなメルゼリアパイがある。

「ミネルバ産の苺《いちご》をふんだんに使ったメルゼリアパイでございます」

「すごく美味しそうですね！　さっそく食べてみましょう！」

「ああ、そうだな」

ティルルさんは丁寧にパイ生地《きじ》を切り分けて小皿に盛る。

「「いただきます！」」

フォークを使って優雅にメルゼリアパイを口へと運ぶ。

「おいひい！」とアイリスが反応する。

「甘さがちょうどよくて、すごく食べやすいです」

「私も、二人の喜ぶ顔を見る事ができて、とても嬉しく思います」

「ティルルはほんとに真面目《まじめ》ですねぇ、私達には気を使わなくていいんですよ」

「はい、ご命令どおりお嬢様のことは雑に扱《あつか》っておりますよ」

「な、なんですとー！」

アイリスの素直《すなお》な反応に俺達はクスリと微笑む。

「ティルルさんから見た今のアイリスはどんな感じですか？」

「とても明るくなったと思います。昔のお嬢様は話しかけづらかったです」

「その言い方だと昔の私が感じ悪い奴みたいじゃないですか」

昔のアイリスはプライベートでも無愛想だったから関《かか》わりづらかったんだっけ？

「昔のアイリスも一生懸命《いっしょうけんめい》で素敵だと思うよ」と俺はフォローする。

「えへへ。ロイド様がそのように仰るならいいですけど……」

アイリスの感情の動きに合わせてウサミミがピョコピョコと動く。

ティルルさんがウサミミを凝視《ぎょうし》している。

「ティルルさん、ウサミミが気になりますか？」

「あっ、いえ、そういうわけではありませんが……。とてもかわいらしいウサギの頭巾だなと思ったんです」

もしかしてティルルさんも小動物が好きなのかな？

「ロイド様。ちょっといいですか？」

アイリスは頭巾を渡してもいいか俺に尋ねる。俺は別に構わないけど、ティルルさんはどう反応するんだろう。

「ティルルも試《ため》しにかぶってみますか？」

「ありがとうございます」

清楚《せいそ》なメイド服にウサミミ姿。

とても似合っているじゃないか。メイド長のティルルさん、いつも以上にベリーグッドでございます。

「どうでございますか、ご友人様。私に似合っているでしょうか？」

「すごく似合っていますよ。メイド服にウサミミ、ありありのアリです！」

するとティルルさんは嬉しそうに微笑んだ。少しだけ頰《ほお》が紅《あか》い、俺でなきゃ見逃《みのが》しちゃうね。

スイーツを食べながら、ふと思ったことを聞いてみる。

「ところでティルルさん。ずっと思っていたんですが、3年くらい前にローランドで俺に出会ったことないですか？」

「実際に顔を合わせた事はありませんね」

「そうですか……」

「ですが、ルビーのアトリエに依頼の手紙なら送ったことがありますよ」

やっぱりそうだったか。

アトリエの依頼は基本的にルビーが引き受ける。俺の役目はルビーから指定された素材を集めるのみ。俺の方から依頼人に干渉《かんしょう》する事は滅多にない。

だが、俺にも依頼人がどのような人物かくらい知る権利はあるので、手紙が同封《どうふう》されていればそれを全部読むようにしている。

えっと、思い出した。

あの依頼は、友達《ともだち》の《魔石病《ませきびょう》》を治してほしいという依頼だったはずだ。

手紙の熱意に打たれて優先的に素材を集めた気がする。

「あの子は今どうなんだ？」

「先日、1年ぶりに手紙を送りましたが、元気でやっているみたいです」

「よかった」

その言葉を聞いてほっとしたよ。

目の前のティルルさんがあの手紙のティルルさんだったとはね。

意外な偶然《ぐうぜん》もあるもんだ。

そういえば、ティルルさんは最初に出会った時から俺に対して好意的に接してくれていた気がする。専属魔導士としての働きが報《むく》われたような気がして嬉しく感じた。

その後、二人に別れを告げ、俺はミネルフォート家の屋敷をあとにした。

【ティルル視点】

私は当時、メイド長ではなく一介《いっかい》のメイドとしてお嬢様の身の回りの世話をしておりました。料理長のネロとは仲が良く、セフィリアとは赤の他人という感じですね。

お嬢様との関係も今のようなアットホームな関係ではなく、少しでも発言を誤れば私の首が飛ぶほどの強固な身分階層が形成されていました。

ピラミッド構造とでも言えばいいのでしょうか？

お嬢様はギース殿下《でんか》と同等の地位であり、私は一般《いっぱん》市民です。

会話する事はおろか、素顔を見る事すら許されないほどです。

お嬢様は、平時の時は仮面をかぶっており、屋敷の中でも人前では外しませんでした。

お嬢様が仮面を外すのは、大司教以上の命令くらいで、大半の国民がその素顔を知りません。

お嬢様と仲良くなったのは、実はローランドを発《た》つ直前であり、それまでは数回程度しか会話した事がありませんでした。素顔を見たのもその時が初めてです。

聖女時代のお嬢様は、いかなる時も一切《いっさい》笑わず、いつも静かに淡々《たんたん》と業務を行っており、なにを考えているのかわからない寡黙な少女という印象がありました。

装飾《そうしょく》のない白い仮面も不気味であり、一部では仮面の下が醜《みにく》いと囁《ささや》かれるほどでした。

実際は国一番の美少女でしたが、そういう噂《うわさ》が囁かれるほど当時のお嬢様は近寄りづらかったのです。

さて、元々私は孤児院の出身であり、孤児院にはたくさんの家族がいました。

メイドになったあとも休日には孤児院に戻り、家族と触《ふ》れ合う毎日。

給与《きゅうよ》が少なく、お金はさほどありませんでしたが、幸せな日常です。

そんなある日、私が特にかわいがっていた義妹《いもうと》のサファイアが《魔石病》という重い病気にかかりました。

魔石病とはその名の通り、体が次第《しだい》に石になっていく病気のことで、《万能薬《エリクシル》》以外では治すことができない病《やまい》です。

私は頭を抱《かか》えました。

問題はこの《万能薬》です。

非常に希少な薬であり、ローランドにはどこにも売っていなかったのです。

仮に売っていたとしても高価で買えなかったと思いますが、当時の私は若かったので、そこまで頭が回りませんでした。

サファイアの治療《ちりょう》が困難とわかった時、私は思い悩みました。

万能薬以外で治療ができる可能性があるとすれば聖法力《せいほうりょく》のみ。

聖法力は神法であり、万物《ばんぶつ》の病気に効くと巷《ちまた》で囁かれていました。

聖女の役割は『土地の浄化』であり、市民の治療ではありません。

ですから、お嬢様に対して、私の妹が病気だから助けてほしいとは、とても言える雰囲気ではありませんでした。

また、身分的にもこちらから治療を頼むことは不可能な状況であり、下手に話しかければ聖女を軽んじた行いとして極刑《きょっけい》を受ける可能性すらありました。

聖女はローランドの中では最も神聖な力であり、司祭以上の身分でなければ話しかけることすら許されない崇高《すうこう》な存在。


そんな八方ふさがりの状況で私は、ネロからルビーのアトリエの存在を教えてもらいました。

ルビーという神に愛された錬金術師《れんきんじゅつし》ならば万能薬を作る事ができるらしい。

万能薬の依頼料として見合っているかどうかは定《さだ》かではありませんが、手持ちの全財産と手紙を同封して、友達を救ってほしいと手紙を送りました。

もしこれが無理なら、私は命を対価にしてお嬢様に治療をご依頼していたでしょう。

それから1週間後、私の元に依頼承諾《しょうだく》の旨《むね》を伝える内容の手紙が届きました。

万能薬のお金はなんとかなったようです。

とりあえず、ホッと一安心して、サファイアの容体《ようだい》を確認しにいったところ、サファイアはすでに完治していました。

私は驚愕《きょうがく》しました。

ガルドが届いてから、サファイアの元まで行くまでに1時間も経《た》っていなかったからです。

素材を集めたり、調合をする時間が必要なので、少なくとも2ヶ月程度はかかると考えていました。

アトリエから送られたガルドは速達便の最速ガルドなので、メルゼリア王国の王都からローランドの首都までおよそ1日。

つまり、手紙を受け取って1日で万能薬を完成させて、さらに国境を越えてローランドまでやってきたという事になります。

不思議に思った私は、サファイアに詳《くわ》しく話を聞くと、ロイドという魔導士がやってきたと説明してくれました。

ご友人様にとっては、数ある依頼の一つかもしれませんが、私にとってはその1回の依頼は、最愛の義妹を助けてくれた心に残る依頼でした。

余談ですが、聖法力は病気には効果がないと、逃亡《とうぼう》生活の中でお嬢様に教えてもらいました。いずれにせよアトリエに依頼する事でしか解決できない問題だったようです。


その日の夜、自分の寝室《しんしつ》で私はオルゴール箱を取り出した。

これは神聖ローランド教国から唯一持ってきた私の宝物です。

オルゴール箱の中にしまっている2枚の手紙を取り出して、昔と同じように文面を読み返してみる。

これらはアトリエから届けられた手紙であり、一枚は依頼を引き受けたという簡素なモノ。

残りの一枚はご友人様直筆の手紙であり、励《はげ》ましのお言葉が丁寧に記されている。

何も知らなかったあの頃の私を思い出して懐《なつ》かしく感じました。

第27話　甘い蜜玉

自堕落《じだらく》な生活をしているお嬢様《じょうさま》に喝を入れて下さいとティルルさんから頼《たの》まれた俺《おれ》。

お屋敷《やしき》でゴロゴロしている暇人《ひまじん》アイリスを引き連れてギルドへとやってきた。

近くの森でゴブリン狩《が》りしてもいいけどヴィッド大森林は最近行ってなかったし、キャンプでもしながら渓流《けいりゅう》で釣《つ》りをするのも楽しそうだ。

「今回はヴィッド大森林に行こうかな。アイリスもここで問題ないか？」

「はい、あそこは渓流が素敵《すてき》な楽しいキャンプ場でしたね」

アイリスも賛成のようだ。

選んだクエストはキノコパンチマンの討伐《とうばつ》。

その名の通りキノコの形をしている魔人《まじん》。

近づいてきたら腹パンしてくる野郎《やろう》だ。

腹パンの威力《いりょく》は領域レベルにもよるが、いずれにせよ大して強くないので今回の二人旅では適しているだろう。

さくっと終わるクエストなら食後の運動にもなって一石二鳥だな。

ティルルさんからカツを入れて下さいと頼まれたからブラックピグのお肉を使ったトンカツ定食でも食べるか。

トンカツは食べると元気が出るしな。ティルルさんもニッコリだろう。

冒険者《ぼうけんしゃ》割引のある食堂でトンカツを食べることにした。

サクサクの衣《ころも》に包まれた厚切りのお肉はとてもジューシーでアイリスも非常に喜んでいた。

果実と野菜をブレンドして作ったミネルバソースとの相性《あいしょう》も絶品であっさりとした味わいだ。


昼食後、駅舎でヴィッド大森林行きの馬車を待っているとマルスとレラがやってきた。

「こんにちはアイリスさん。これからお出かけですか？」

「これからキャンプに行くんですよ。ヴィッド大森林をご存じですか？　あそこの近くにあるキャンプ場です」

俺は依頼《いらい》も兼《か》ねてだけどわざわざ訂正《ていせい》する必要はないだろう。俺もアイリスの言葉に頷《うなず》いた。

「へえ、奇遇《きぐう》ですね。私達《たち》もヴィッド大森林に行くところなんですよ。こっちはクエストがメインなんですけど、拠点《きょてん》も同じですし、クエストを終えたら一緒《いっしょ》にキャンプしませんか？」

「その言い方、まるで俺達にクエストを手伝えとでも言ってるみたいだな」

「へっへっへ、そうなんすよロイド兄貴」

レラは手揉《ても》みしながらそう笑った。

俺は別に構わないけどアイリスがどう反応するかだな。俺一人の旅行じゃないのでアイリスの意見も聞くべきだろう。

「私もお二人のクエストを拝見してみたいです」

どうやらオーケーのようだ。

俺は彼《かれ》らと一緒の馬車に乗ってミネルバを出発した。

「ところで二人は何のクエストをやる予定なんだ？」

「ヴィッド大森林にいる《アルラウネ》の討伐です。本来アルラウネはメインルートから大きく外れたところにいるんですが、どういうわけかメインルートの近くに出現したみたいなんですよ。多くの冒険者が被害《ひがい》を受けたみたいなのでクエストとして並んでいた次第《しだい》です」

マルスは依頼を引き受けた経緯《けいい》を説明した。

地図を広げてFエリアの部分を指差す。

Fエリアはヴィッド大森林の中域にある。

ヴィッド大森林はとても広いのでエリアを記号で表記する事が多い。

そして、マルスが言っているアルラウネとは植物型の人型モンスターのことだ。

さまざまな付与《ふよ》効果を持つ花粉を撒《ま》き散らしたり、遠くの敵に対して触手攻撃《しょくしゅこうげき》をしたり、洗脳蜂《ばち》を使って周りのモンスターを洗脳する搦《から》め手も使える。

なかなか油断できない相手だ。

強さ的に言えば中級上位くらいか。

俺は苦手意識があるから上級相当だと考えている。

「マルスさん、アルラウネって強いんですか？」

「結構強いですね。痺《しび》れ花粉を撒いてくるのが特に厄介《やっかい》です」

「他にも触手の鞭《むち》で女王様プレイしたりもしますよ」

レラが付け加える。当の本人は無意識で喋《しゃべ》っていたのだろうが、

「女王様プレイ……？　ロイド様、いまレラさんが言った女王様プレイってなんですか？」

と、アイリスは頭の上に疑問符《ぎもんふ》を浮《う》かべる。

お、お前。

元聖女のアイリスの前でなんて低俗《ていぞく》なキーワードを口にするんだ。俺だってその辺りのキーワードは自重してるんだぞ。

アイリスも答えづらい質問をしてくるし、どうするんだこれ。

赤ちゃんってどうやって生まれてくるの？　と同じくらい答えづらい。

アイリスが女王様プレイに目覚めたらどう責任取るんだ。

「女王様プレイとはエレガントに鞭を振《ふ》るう事でございます」と俺は適当な説明をする。

「へえ、そうなんですね」

アイリスは納得《なっとく》してくれたようだ。

俺はキッと鋭《するど》い目つきでレラを睨《にら》む。

レラは「ごめんなさいー」と一言付け加えて話を変えた。

「また、アルラウネは倒《たお》すと大量の蜜玉をドロップするんですが、これがまた絶品で舐《な》めると甘く

てとても美味《おい》しいんですよ」

食欲旺盛《おうせい》なアイリスは蜜玉の話に見事食いついたようで先ほど以上に興味津々《きょうみしんしん》である。どうやら女王様プレイから話題を逸《そ》らせたようだ。

「クリーム状にしてパンに塗《ぬ》ったり、生地《きじ》に混ぜ込《こ》んでドーナツにしたりすると最高だ」

「すごく美味しそうですね。アルラウネとの戦いの後が楽しみです」

戦う前からやる気充分《じゅうぶん》のご様子。


馬車に揺《ゆ》られること3日、夕方ごろにヴィッド大森林の手前にあるヴィッド村に到着《とうちゃく》した。

そこで一泊《ぱく》して早朝から俺達はヴィッド大森林へと入った。

ヴィッド大森林は狩場《かりば》としてもかなり人気であり、俺達の他にも冒険者は多数いた。

アイリスの顔もかなり知られてきたようで、ちょっとした有名人になっている。いろんな冒険者に声をかけられた。

中には一緒にクエストしませんかと誘《さそ》ってくる輩《やから》もいたが、「申し訳ありません。今日は連れがいるのでまた今度誘って下さいね」とアイリスは丁寧《ていねい》に断っていった。


隊列を組んで地図を確認《かくにん》しながら進んでいく。

最前列は俺とマルス、真ん中にアイリス、背後にレラ。

森の中域になってくると徐々《じょじょ》に鬱蒼《うっそう》としてきた。

生《お》い茂《しげ》った葉によって太陽光は遮《さえぎ》られて全体的に薄暗《うすぐら》い。

ギルド側が定めているルートから外れなければリスクはほとんどないが、それでも注意は必要だ。

ヴィッド大森林は植物型のモンスターが多いため擬態《ぎたい》しているモンスターと遭遇《そうぐう》する可能性がある。


言ってるそばからパックンプランターが出現したな。

その全長は2メートル程度。

小さな花に擬態して普段《ふだん》は地中に身を潜《ひそ》めているが、人が近くを通るとボッコーンと地上に飛び出してくるモンスター。

大して強くないが、いきなり現れるので不意を突《つ》かれて負傷する冒険者も多い。

驚《おどろ》いて悲鳴を上げるアイリスに対して、俺は冷静に初級風魔法の《ウィング》を放ち、パックンプランターを真っ二つにした。

「大丈夫《だいじょうぶ》か、アイリス？」

振り返ってアイリスに声をかける。

「も、申し訳ありません、少し驚いてしまいました」

「いえいえ、最初はみんなそうですよ。レラも最初は驚いて尻餅《しりもち》をついてたんですから」

「もうマルスくん、尻餅の部分は言わないでよかったでしょ」

不機嫌《ふきげん》になるレラと、ごめんごめんと謝《あやま》るマルス。お二人は本当に仲がいいね。

俺はヴィッド大森林の地図を開きながら現在地を確認していく。

「Fエリアって大体この辺じゃないか？　ほら、地図にも記載《きさい》されている大きな切り株があるし」

「そうですね。ロイドさんの仰《おっしゃ》るように、ここが噂《うわさ》のFエリアでしょう」

レラも頷いた。

「それでは昨夜も話し合ったようにロイドさんは《レイン》のサポートをお願いします。アイリスさんもマルスくんが怪我《けが》をした時は《ヒーリング》を頼みます」

大部分の戦闘《せんとう》はマルスとレラが行い、俺達はそのサポートとなる。

「了解《りょうかい》した」

「わかりました。お二人の治療《ちりょう》は私に任せて下さい」

俺の役割は天候魔法の《レイン》を使って範囲《はんい》的に雨を降らせる事だ。

雨が降っているとアルラウネの痺れ粉が空気中に散布しづらくなるので、こちらが大きく有利になる。

アイリスは聖女《クオルト》としての力を生かして回復のサポート。

レラも治癒《ちゆ》魔法は使えるが、回復役は多いに越《こ》したことはないだろう。

本人も自分達の役割に集中できるからな。

「先生とアイリスさんのおかげで俺達も安心して戦えます。本当にありがとうございます」

マルスはぺこりとお辞儀《じぎ》した。

「二人とも気をつけろよ。アルラウネ種はかなり強いからな」

先ほども言ったが、俺はアルラウネをかなり高く評価している。

領域の呪《のろ》いでパワーアップする魔物の共通した特徴《とくちょう》であるが、基本的に獣《けもの》型より植物型の方が圧倒《あっとう》的に強い。

領域の呪いは土地に作用するため、植物型・妖精《ようせい》型のモンスターは呪いの影響《えいきょう》を受けやすく、領域レベルが上がるにつれて強さが段違《だんちが》いに上昇《じょうしょう》する。

支配領域《エリア2》　アルラウネ。
危険領域《エリア1》　ダークアルラウネ。
未開領域《エリアゼロ》　アルラウネクイーン。

アルラウネ種はステータス上昇もそうだが、何より知力も跳《は》ね上がるのが厄介だった。

アルラウネクイーンの知力は特にずば抜《ぬ》けており、人間を遥《はる》かに凌駕《りょうが》する。

ステータスも完成しており、魔法への耐久力《たいきゅうりょく》も異常に高く、爆裂魔法《エクスプロージョン》を連打しても超《ちょう》再生能力で平然としていたほどだ。

アルラウネクイーンと比べたら俺がこの前倒したワイバーンなんて赤ちゃんだよ。

そのような経緯があるから、アルラウネ種ではどんな時でも油断しないようにしている。

たとえそれが通常のアルラウネであってもそうだ。

辺りを見渡《みわた》して呪いの浸食度《しんしょくど》を確認する。

紫色《むらさきいろ》の霧《きり》もなく、空間の亀裂《きれつ》も発生していない。

領域レベルは支配領域《エリア2》で間違いない。

支配領域《エリア2》のアルラウネだからさほど強くないとはいえ、万が一という可能性もある。

マルスとレラを一旦《いったん》呼び止めて補助魔法をかけると伝える。

「あ、ありがとうございます、ロイドさん。レインのサポートだけでもたいへんありがたいのに補助魔法までかけてくださるなんて」

「いやいや、魔導士として当然の事をするまでだ。まずはレラから補助魔法をかけていくぞ」

レラの肩《かた》に触《ふ》れながら詠唱《えいしょう》をする。

魔導士の扱《あつか》う補助魔法は、術式起動時に術式光と呼ばれる光が発せられる。

今回発せられた色は虹彩《こうさい》色だ。

全力肉体強化、全力知覚強化、全自動回復効果、全魔力消費軽減効果、冷却《れいきゃく》無効効果、雷撃《らいげき》無効効果、胞子《ほうし》無効効果、魔力回復速度向上効果、洗脳無効効果、魔法全反射、物理攻撃全反射、悪夢無効効果、睡眠《すいみん》無効効果、狂化無効効果、猛毒《もうどく》無効効果……。

「待て待てロイドさんなにやってるんですか⁉」

レラが大声を出すので俺は慌《あわ》てて詠唱を止める。

「え？」

「突然《とつぜん》大声を出してごめんなさい。あの、いま何種類の補助魔法をかけたんですか？」

「ざっとだけど15種類くらいかな、たぶん」

あんまり正確に数えてなかった。まあ誤差だよ誤差。

「15種類も補助魔法をかけたんですか⁉」

俺が口にした補助魔法の数に動揺《どうよう》するレラ。マルスもちょっと怯《おび》えている。

「せ、先生、いくらなんでもその補助魔法の量はおかしいですよ」

「え？　そ、そうなの？　実はこれからあと350種類くらい重ねがけしようかと思ってたんだけど……」

「「350種類もですか⁉」」

二人は俺の言葉に絶句した。

どうやら俺の一般《いっぱん》常識は一般人とはまだ少しだけズレているみたいだ。

もっと勉強して常識を身につけなければ……。

余談であるが、アルラウネはレラの放った初級氷魔法の《アイス》で跡形《あとかた》もなく消し飛んだ。

誰《だれ》も怪我しなくてよかったよかった。これにて一件落着。

自分の魔法に唖然《あぜん》としているレラと、マルスの引きつった顔は見なかった事にした。


アルラウネの討伐後に俺達は蜜玉の採取に移る。

蜜玉は地中に埋《う》まっている球根に詰《つ》まっているのでスコップを使って掘《ほ》り起こした。

球根はワイン樽《だる》と同じくらいのサイズがあり、成人男性3人分くらいの重さがあった。

「私達だけでは運ぶのがちょっと難しいですね。他の冒険者の手も借りますか？」

「問題ない。俺だけで運べるよ」

「へ？」

俺は球根を大樽に詰め込んでひょいっと持ち上げた。

するとレラが素《す》っ頓狂《とんきょう》な声を発した。

「ロイドさん⁉　ど、どうしてそんな重いモノが持てるんですか⁉」

「ん？　最近筋トレにハマってるからな。隠《かく》れマッスルって奴《やつ》だ。俺って結構筋肉あるんだぜ？」

「先生すごいです！」

とマルスは称賛《しょうさん》する。

「ロイド様、どうして《グロウ》の魔法を使った事をみなさんに黙《だま》ってるんですか？」

アイリスは不思議そうな顔でそう言った。

ばかっ、アイリス！　それをバラしたら急にダサくなるだろ！

「そういえばロイドさんはグロウを使えましたね」

「俺達が扱えなかった肉体強化魔法もなんなく使用できるなんてやっぱり先生はすごいです」

マルスが言っている言葉の意味であるが、マルスとレラはグロウを使用できない。

初心者研修期間に俺から教えてもらおうとしたけれども、今では難しくて断念している。

現在俺の身の回りでグロウを使用できるのは俺だけだ。

そのため、大樽を運べないみんなの代わりに俺が大樽を運ぶのだった。

【とある魔導士視点】


俺はAランク魔導士で《栄光の太陽》と呼ばれる有名パーティに所属している。

最近俺は気に入らないことがある。

騎士団《きしだん》に所属している騎士から小耳に挟《はさ》んだ件だ。

あのDランクの魔導士のロイドは無能で名高い専属魔導士のロイドらしい。

ルビー様のアトリエから逃《に》げ出した情けない奴。

そんな奴が俺達のアイドルであるアイリス様と一緒にいることが許せない。

どんな方法を使ったのかわからないが、あの無能魔導士がアイリス様と一緒にいるなんて何かの間違いだ。

同じ魔導士なら俺の方が圧倒的に優《すぐ》れているはずだ。

Bランクの実力者であるマルスとレラと一緒だからイキっているのだろう。

あいつらもあいつらで生意気だから今回でわからせが必要だな。

まあ、いい機会だからAランクパーティの実力を見せてやるか。

「ジョージ！　ようやくアイツらが戻《もど》ってきたぞ！」

「よしっ、生意気な奴らは俺達の拳《こぶし》でわからせたるか」

「へへへ、お前も悪い奴だな」

森の入り口で待機していると無能魔導士のロイドが戻ってきた。

だが、俺達はロイドを見て唖然となった。

ロイドは魔導士なので筋肉があるわけではない。筋肉量で言えば俺とそう変わらない。

だが、ロイドはめちゃくちゃ重そうな大樽を片手で、それはそれは軽そうに携《たずさ》えていた。

「よっ！」


ドーンッ！


中に質量が詰まってますとわかるほどの衝撃音《しょうげきおん》が響《ひび》く。

「ふう、これを担《かつ》いで5キロ以上歩くのは結構疲《つか》れるな」

「その割には全然疲れが溜《た》まってなさそうに見えるんですが」と男性剣士《マルス》が言った。

「いやいや、流石《さすが》に俺も疲れているぞ」

いやいやいや、こいつの筋肉量どうなってるの？　これを担いで5キロも歩いてきたと言っていたがマジなのか⁉

バーサーコングじゃねえか。

だ、だが俺は負けたわけじゃないぞ。

マッスルポイントでは負けたかもしれないが、魔導士の実力としては俺の方が数倍勝《まさ》っているはずだ。

勝負はまだ始まったばかり、ここから逆転の時間だ。

「おい、そこのロイドという魔導士！」

俺が呼びかけたちょうど同じタイミングで、遠くの方から悲鳴が聞こえてくる。

「きゃあああああ!? みんな大変よ！ 《オークジェネラル》がこっちに向かってきてるわよ！」

オークジェネラルだって!?

オークジェネラルと言えばA級パーティでも壊滅《かいめつ》する化け物だぞ。

どうしてキャンプ場付近にオークジェネラルが出現するんだ!?

全長20メートルもあろうかという超巨大《きょだい》オークが森の奥《おく》から出現する。

で、でけえ!? なんだあの大きさ!? オークジェネラルってあんなにでかかったのか!?

すると、ロイドが一歩前に出て杖《つえ》をかざす。

「エクスプロージョン」の一言でオークジェネラルを消し飛ばしたのだ。

俺を含《ふく》めて、その場にいた冒険者達一同は唖然となった。

ま、まさかこのロイドがオークジェネラルを倒したのか？

俺を含めて複数の冒険者がその光景を見ている。これは疑いようがない事実。

オークジェネラルすら消しとばしてしまうほどの攻撃魔法を放つ目の前の男に俺は大きな衝撃《しょうげき》を受けてしまう。

「ところでキミ、さっき俺に話しかけてたけど何か用？」

「あっ、オークジェネラルがいる事をロイドさんに伝えたかっただけッス」

俺は慌てて訂正した。喧嘩《けんか》売らなくてよかったぁ……。

噂で聞いていたような無能魔導士なんかじゃ絶対ない。

このロイドという男は、魔導士の最高峰《さいこうほう》たるマスター級魔導士だった。

【ロイド視点】


球根をナイフで切り開くと大量の蜜玉が入っていた。

甘い匂《にお》いが辺りに漂《ただよ》う。

アルラウネの蜜は魔物達にもとても人気があるから、球根からかすかに漂う甘い蜜の匂いに引き寄せられたのかもしれない。オーク種の嗅覚《きゅうかく》って人間の数千倍らしいし。

あいつは本来なら未開領域《エリアゼロ》にいるようなモンスターだ。

まあ、エクプロージョンで吹《ふ》き飛ぶ程度の相手だから何体現れても全然問題ないんだが。

一つ手に取ってみると金色の飴玉《あめだま》のようである。ためしに一つ口に入れてみるととても甘かった。

濃厚《のうこう》な蜂蜜《はちみつ》を舐めているような気分。

「ロイドさん、もう食べてる。まだ分配終わってないんですよ」

「だって美味しそうだったんだもん」

「たくさん入ってますねー」とアイリスが言った。

「蜜玉は高級食材なので高値で買い取ってもらえるんですよ。一個あたり銀貨50枚の相場なのでこの数だとお財布《さいふ》の中が金貨いっぱいになりますね」

レラは蜜玉を枡《ます》に入れて分配していく。

俺：アイリス：マルス：レラ＝2：1：1：1の配当となった。

補助魔法をかけた貢献度《こうけんど》が大きいので俺が他のみんなよりも2倍多めに貰えるのだ。昔の俺なら固辞していたかもしれないが俺も成長してそれを素直《すなお》に受け入れるようになった。

相手が正当に俺を評価してくれるなら、それを素直に受け入れることも立派な成長だと思う。

さて、分配も終わったし料理でも作るか。

せっかく蜜玉もあるんだし、昼食後に蜜玉を使ったお菓子《かし》を作りたいね。

キャンプ場を見渡す。

人気の狩場ということもあってテントの数も倍に増えている。昼食の時間みたいであちこちで美味しそうな匂いが漂ってくる。一部の冒険者はカレーを作っているようだ。

くぅ〜！　王道のカレーは犯罪的だ！　急にカレーが食べたくなった。

それは他の3人も同じのようで俺達4人はカレーを分担して作ることになった。

あちらのカレーに負けないような美味しいカレーを作らないとな。

多数決をとって辛《から》さ控《ひか》えめのポークカレーと決まり、俺達は各自の役割に合わせて調理を行った。

野菜のみの水分で調理を行うメルゼリア式のカレーはアイリスには興味深く映ったようで俺によく質問していた。

ポークカレーをぺろりと平らげた俺達。

いまはお腹《なか》いっぱいなので小一時間ほど時間を置き、食後のデザート作りを開始する。

ボウルの中に30個くらい蜜玉を入れる。ゆっくりと時間をかけて丁寧に蜜玉を溶《と》かしてペースト状にする。

この辺はチョコレートを溶かす温度調整《テンパリング》と要領は同じだ。

人肌《ひとはだ》よりちょっと高めの温度で慎重《しんちょう》に溶かしていくのが大事。

チョコレートもそうだけど、ここを雑にすると風味が一気に落ちて不味《まず》くなってしまうからね。

このまま蜜液をトーストにのせるだけでも絶品であるが俺はさらに一工夫《ひとくふう》する。

ミネルバ粉と卵と蜜を混ぜ合わせて生地を作り、それをドーナツ状にして油で揚《あ》げる。

今度は蜜入りドーナツの完成だ。

アイリスが一つ試食する。さて、お味はいかがかしら？

「ふぁあああ⁉　一晩でローランド城を建てられそうな気がしますぅ！」

アイリスの豹変《ひょうへん》に一同騒然《そうぜん》。俺が作ったドーナツは聖女の舌をも唸《うな》らせる極上《ごくじょう》のお菓子であった。

あらあら、とても喜んでいらっしゃいますの。

アイリスがとても美味しそうに食べるのでマルス達も腹を空《す》かせてドーナツをせがむ。

二人にも蜜入りドーナツを渡すと大絶賛。

「はふっ、もぐもぐ。蜂蜜よりも甘みが濃厚ですごく美味しいです！」

「先生ェの料理はあったけぇ！」

お店に出せるレベルの美味しさのようだ。

その後、俺達はキャンプ場で一泊した。

午後は4人で川釣りをしたり、そこで釣った焼き魚をワイルドに食べたり、夜は山菜鍋《なべ》を作ったりしてキャンプを存分に満喫《まんきつ》した。

すべてにおいて計画通りに事が進み、我ながら完璧《かんぺき》なキャンプだった。

アイリスだけでなく自分もたくさん楽しむ事ができた。レラとマルスの依頼もこなせたから100点満点といっても過言ではないだろう。


その後、ヴィッド大森林からミネルバへと帰還《きかん》し、俺は3人に別れを告げて宿屋に戻る。

ベッドに腰《こし》かけて明日の予定を考えていると、謎《なぞ》の紙切れが床《ゆか》に落ちた。

「なんだこれ？」

俺は紙を手に取り、文面に目を通した瞬間《しゆんかん》、全身の血の気が引いた。

「キノコパンチマンの討伐」

ロイドくんのお腹にボッコーン！

存在しないはずのキノコパンチマンにガチで腹パンされたような感覚。

ああああああああああああああああ!! 最悪だ!! キノコパンチマンの存在を完全に忘れてた!!

アルラウネを倒した事で俺はクエストが終わった気になっていたのだ。

依頼の締《し》め切り日を確認すると2日後だった。

もうそんな経《た》ってたの!?

ヴィッド大森林は遠いから往復で1週間は取られる。

今回に至っては中継《ちゆうけい》地点で宿泊《しゆくはく》したりとかなり寄り道していたので合計2週間はかかっていた。

現在、俺の冒険者での目標はクエスト達成率100％だ。

それがキノコパンチマンのせいですべて崩壊《ほうかい》する。

つーかなんだよキノコパンチマンって、名前ふざけてんのかコイツ。

「まずい、このままでは依頼が失敗になってしまう！　それだけは避《さ》けなければ！」

俺は馬の魔導人形《アルテミス》を出してヴィッド大森林まで大急ぎで引き返した。


なんとか間に合ったがギリギリだった。

今度からは他人の依頼ではなく自分の依頼を優先しよう。

締め切りに追われる感覚は久しぶりであった。

第28話 天才錬金術師の暴走

【黒鴉《くろからす》視点】


あの魔導士《まどうし》に敗北して私の中の価値観は大きく変わった。

これまでの私は《盟主様》の一番になりたい一心だった。

朝も昼も夜も盟主様の事を想《おも》って剣《けん》を振《ふ》るってきた。

煉獄殺戮団《カタストロフィ》の筆頭として、盟主様のために人生のすべてを捧《ささ》げてきた。

盟主様こそ世界の中心だった。

だが、あの魔導士に負けた事で私の中の価値観が大きく揺《ゆ》らいだ。

今では盟主様への忠誠心よりも奴《やつ》への復讐心《ふくしゅうしん》が圧倒的《あっとうてき》に勝《まさ》っている。

朝も昼も夜もあの魔導士の事ばかりを考えている。

あのニチャァという気持ち悪い笑い方を思い出すだけで自然と殺意と憎悪《ぞうお》が湧《わ》き出てくる。

奴が私に対して敗北を認め、必死に命乞《いのちご》いをする無様な姿を拝みたい。

さらに、あの魔導士は私にとって決して許せない禁忌《きんき》も犯《おか》した。

私の真名は『桜花《インファ》』である。

しかし、その名前を実際に口にする者は盟主様を除いては一人も存在しない。
私の故郷である凛桜国《りんおうこく》において真名とは己《おのれ》の命に匹敵《ひってき》する価値を誇《ほこ》る。
本当に心を許した人物のみにしか明かさない本当の呼び名だ。
武人としても、女性としても屈辱《くつじょく》を味わった。
決して奴を許すことはできない。
この屈辱を癒《い》やす事ができるのは、やはり奴への勝利のみ。
勝利でしか私の未来は拓《ひら》けない。
奴を倒《たお》すのはこの私だ。
これだけは誰《だれ》にも譲《ゆず》らない。

王都にやって来て1ヶ月が経過した。
今の私は魔力拘束具《こうそくぐ》によって魔力を練る事ができない。
体内の魔力を拘束具に吸収されてしまうからだ。
だが、所詮《しょせん》は人間の浅知恵《ぢえ》。
人間の上位存在である『魔人』の私にはこんな小細工は通用しない。
深呼吸のように大気中の魔力を吸収する。
そして、意識を《魔眼》に集中させて、魔眼の力を解放させる。
次の瞬間《しゅんかん》、私の周囲に衝撃波《しょうげきは》が発生する。

手足の動きを封《ふう》じている忌々《いまいま》しい拘束具が、木端微塵《こっぱみじん》に消し飛ぶほどの威力《いりょく》。

拘束具だけでなく、罪人を閉じ込《こ》めておくための鉄格子《てつごうし》すらも同時に吹き飛《ふ》ばした。

鉄格子は衝撃《しょうげき》で完全にねじ曲がり、瓦礫《がれき》に塗《まみ》れた廊下《ろうか》が露《あら》わになっている。

あまりにもあっけない。

実を言えば、脱出《だっしゅつ》自体はいつでも容易《ようい》にできた。

私はあえてそれをしなかっただけだ。

理由は、自分への驕《おご》りを反省するためだ。

本来なら私はあの場で死んでいた。

敵の前で気絶する事は武人としては死と同義である。

いくら油断していたとはいえ負けは負けだ。

私もそれくらいは理解している。

奴の甘《あま》えによって生かされている事を自覚するために、この屈辱を甘んじて受け入れていたのだ。

その後、大気中の魔力を操作して魔力を繊維《せんい》化させ、自身の衣服を再構築する。

囚人服《しゅうじんふく》からいつもの黒装束《くろしょうぞく》へと変化させる。

うん、やはりこの服が一番しっくりくる。

看守達《たち》が爆発音《ばくはつおん》を聞きつけて慌《あわ》ててやってくる。

その数は20名以上。

そして、泰然《たいぜん》とした態度で立っている私を見て、全員が青ざめた。

「どうかしたでごじゃるか？　緊急事態発生《きんきゅうじたい》でごじゃるよ、看守さん」

私は笑顔《えがお》で看守に警告した。

その発言から数秒後、私は看守達を全員叩《たた》きのめして全員気絶させた。

ちなみに看守達は一人も殺してはいない。

私も殺し屋なりのポリシーを持っている。

私がいま殺したいのはあの魔導士のみ。

それ以外の連中は眼中にない。

拘置所を悠々《ゆうゆう》と脱出した私が向かったのは王都の市街地。

ここで奴の行方《ゆくえ》を捜《さが》そうと思う。

私を倒した魔導士なのだからきっと有名な魔導士に違《ちが》いない！


奴は私の望み通り、とても有名な魔導士だった。

専属魔導士のロイド。

それが奴の正体である。

だが、それは良い意味ではなく悪い意味で有名だ。

無能で役立たずの専属魔導士。これが世間一般《せけんいっぱん》でのロイドの評価であるそうだ。

奴が無能魔導士と言われると、彼《かれ》に負けた私まで馬鹿《ばか》にされたような気分になるので、とても悔《くや》しい気持ちになった。

奴は史上最高の魔導士であってほしかった。

それとなく「ロイドはとても強い方ですよ」とヨイショしてあげたが、誰にも信じてもらえなかった。

どんだけ評判悪いんですか、この人。


情報収集をする中で興味深い話もいくつか耳にしました。

奴の相方だった錬金術師が少しおかしくなっているそうです。

新しい専属魔導士がまったく見つからず、せっかく見つかった専属魔導士とも初日で契約《けいやく》解除となったそうだ。

アトリエに籠《こ》もりっきりになって依頼《いらい》の納期が過ぎても謝罪一つないそうだ。

その錬金術師の事なんて私からしてみれば微塵も興味ないのですが、一応頭に入れておきましょう。

ロイドへの手がかりが掴《つか》めるかもしれない。

目的のアトリエは思いのほかすぐに見つかった。

メインストリートからやや外れた路地にある。アトリエの前には豪奢《ごうしゃ》な馬車が停《と》まっていた。

玄関《げんかん》は鍵《かぎ》が掛《か》かっていなかったので音を立てずに入る。

一つ先の部屋で声が聞こえるので覗《のぞ》き込むと、二人の男女が口論していた。

「困りますぞ、アルケミア卿《きょう》。陛下はアルケミア卿とお話をしたいと仰《おっしゃ》っているのにまだ拒否《きょひ》するつもりですかな？」

「でもお腹《なか》が痛くて、アトリエから一歩も出られないんです」

「その言い訳はいい加減聞き飽《あ》きたですぞ。陛下をお待たせするのはエレガントではありませんぞ。そもそも、お腹が痛いなら錬金術で薬を作ればいいではありませんか。そのための錬金術ですぞ」

「じゃあアナタは病人に薬を作れとでも言うんですか⁉」

「話にならないですな。他の錬金術師が作った薬の服用は断固拒否し、ご自身で薬を作る事もしない。陛下の使いである私はいったいどうすればいいのですかな？　アルケミア卿のために3週間も待たされてたいへん困っているんですぞ」

「う、うるさい！　できないものはできないんだよ！　そもそも、錬金術をしようにも、あのクロウリーが仕事放棄《ほうき》したから満足に素材を集められないっていつも何度も言っているじゃないか！　わたしに文句を言うのは筋違《すじちが》いだ！」

「アルケミア卿、何度も言っているではありませんか。陛下はその事を含《ふく》めてアルケミア卿とじっくりお話をしたいと仰っているんですぞ」

「いまは陛下に会いたくないー！」

話を聞くかぎり、駄々《だだ》をこねている赤髪《あかがみ》の少女がルビーのようだ。

陛下のところに行くの行かないので揉《も》めているが、ぶっちゃけどっちでもいい。

それよりもロイドの事が先だ。

音を立てずに男性の背後まで近づいて、

「ちょっと失礼するでごじゃるよ」

「う⁉」

首の横に手刀を入れる。

まずは会話の邪魔《じゃま》となるメルゼリア女王の使いを気絶させた。

「お主は錬金術師のルビーで間違いないでごじゃるな？」

私は看守達からくすねた剣をチラつかせる。

「わ、私に何の用ですか⁉」

「見てわかるだろう？　拙者《せっしゃ》の要求に応えれば命までは奪《うば》わないでごじゃるよ」

ちなみに私の目標はロイド一人なのでこの脅《おど》しはハッタリだ。

最初から傷つけるつもりはない。

「さ、先に言っておきますがアトリエはいま休業中ですよ。依頼はすべてお断りしています。何かを作れと命令されても専属魔導士がいないのでいまは作れません」

「安心するでごじゃる。最初からお主には用がないでごじゃる」

「は？」

私の発言に対してルビーの声色《こわいろ》に怒気《どき》が宿る。

でも事実だから仕方ない。

「ロイドという専属魔導士をご存じでごじゃるな？　お主が知っている範囲《はんい》の情報でいいから奴の情報を教えるでごじゃる」

「あの男に恨《うら》みがあるんですか？」

「武人としてもう一度戦いたいだけでごじゃるよ」

奴がいなくなって随分《ずいぶん》経《た》ってるらしいから最新の情報への望みは薄《うす》い。

だが、幼馴染《おさななじみ》という視点で何か手がかりが見つかるかもしれない。

私の淡《あわ》い期待を裏切ってルビーは予想外の発言をした。

「アナタまであの無能魔導士の事を褒《ほ》め称《たた》えるんですか？」

「はい？」

急に何を言ってるんだろう、この人。

「言っている意味がよくわからないでごじゃる」

「言葉通りの意味ですよ。ロイドという魔導士は無能ということです」

「無能かどうかはともかく、拙者が聞きたいのは奴の居場所で」

「私の方があの無能魔導士の数倍優秀《ゆうしゅう》だ！」

私の質問を遮《さえぎ》るようにルビーは大声で叫《さけ》んだ。

とてもじゃないが正気とは思えない。

話も噛《か》み合わないし、完全に目がイッている。

さっさと要件を済ませて早くこの場を去ろう。

「最後にもう一度だけ聞くでごじゃるが、奴の事は本当に何も知らないのでごじゃるね？」

「何度も言わせるな！　あいつは！　私のアトリエから！　私に無断で逃《に》げ出した！　何の取り柄《え》

もない男だ！」

話になりませんね。

これ以上ここにいるのは時間の無駄《むだ》でしょう。

私はそう判断して踵《きびす》を返す。そのままアトリエから立ち去ろうとしたその時。

このルビーという女は思いもよらぬ異常行動をとった。

「そうだ！　良いこと思いついた！　アトリエを襲撃《しゅうげき》されたことにしてしばらく身を隠《かく》そう！　しばらく時間をおけば陛下も依頼のことなど綺麗《きれい》さっぱりと忘れて下さるはず！」

「え？」

アトリエを襲撃されたことにする？

最初に剣を突《つ》きつけたから間違った事は言ってないが、後半の意味がさっぱりわからない。

「そうと決まれば善は急げ！　こいつがアトリエにいるうちにアトリエをめちゃくちゃにしないと！」

ルビーは私を押《お》し飛ばして1階の作業部屋へと走る。

これから何をするのか気になった私は彼女《かのじょ》のあとを追っていく。

そして、私は衝撃の光景を目《ま》の当たりにしてしまう。

作業部屋の中央には大きな錬金釜《れんきんがま》。

そして、そのすぐ側《そば》にはルビーが立っている。
手には杖《つえ》が握《にぎ》られている。彼女の背丈《せたけ》とほぼ同じくらいの長さ。
ルビーは杖を大きく振りかぶり、錬金釜に向かって思いっきり振り下ろした。
恐《おそ》ろしい事に自分の商売道具であるはずの錬金釜を突然《とつぜん》破壊《はかい》し始めたのだ。

ガンガンガンガン‼

何度も杖を振り下ろして錬金釜を叩き続ける。
「壊《こわ》れろ壊れろ壊れろ壊れろ壊れろ壊れろ！」
呪詛《じゅそ》のようにひたすら同じ言葉を繰《く》り返している。
な、なんだこの女……。
その光景を見て、全身から嫌な汗が噴き出た。
私も人のことはとやかく言えないが、こいつはヤバイ。
私は目の前の女に恐怖《きょうふ》を覚えて、思わずアトリエから逃げ出した。
恐ろしいものを見てしまった。未だに足の震《ふる》えが止まらない。
はやくロイドに会いたい。
アナタを倒すのはこの私です。

書き下ろし特別編

天才錬金術師の逃走

ルビーの暴走行為《こうい》は半刻にも満たなかったが、ただただ愚《おろ》かで、人間というよりも野獣《やじゅう》に近かった。

クローゼットや戸棚《とだな》の中身を床《ゆか》にぶちまけたり、錬金釜《れんきんがま》を怨嗟《えんさ》の言葉と共に杖《つえ》で打ち叩《たた》くその姿は、王都の市民達《たち》を大いに驚《おどろ》かせた。彼《かれ》らは全員、ルビーの叫《さけ》び声に引き寄せられた者達であるが、悪魔《あくま》が憑依《ひょうい》したとしか思えないような行動を見せたので、それを目撃《もくげき》して恐怖《きょうふ》を覚えなかった者は一人もいなかったとされている。

さて、ルビーは野次馬《やじうま》の事など一切《いっさい》気に留めなかった。

平民の卑《いや》しい戯言《たわごと》など女王陛下は信じないし、そもそも伝わらないと高をくくっていたのだ。

2階の寝室《しんしつ》に戻《もど》ると、ベッドの真横に置いてあるフィールドワーク用のリュックを引っ張り出した。そして、これまでに稼《かせ》いだ金貨をすべて詰《つ》め込《こ》んでいく。リュックの中身は金貨が溢《あふ》れそうになるほど膨《ふく》れ上がり、ルビーが歩き出すと入りきらなかった金貨が次々と床に零《こぼ》れ落ちるほどである。

しかし、ルビーはそれを気にすることなく走り出して、周囲の野次馬を声を荒《あら》らげて手で押《お》しのけながらアトリエを飛び出した。

権力と富、幼稚《ようち》すぎるプライドが、天才錬金術師だった彼女《かのじょ》をただの愚かな人間へと変貌《へんぼう》させた。これが若き天才錬金術師と期待された少女のなれの果てである。

もはや彼女は我々の知っている心優《やさ》しい錬金術師ではない。彼女を知る者達は皆《みな》同じくそう考えて、走り去っていくルビーを無言で見送った。

「そういえば、あのロイドという専属魔導士はどこに行ったんだろう」

一人の市民がふとそう呟《つぶや》いた。するとそれに呼応するように他の人々も口々にロイドの事を話し始めた。

あんな無能はどこかでのたれ死んでいるだろうと唾《つば》を吐《は》く者もいれば、最近別嬪《べっぴん》さんと楽しそうに王都の町を歩いていたと話す者もいた。凶悪《きょうあく》な国際指名手配犯を捕《つか》まえて騎士団《きしだん》に引き渡《わた》したというにわかには信じ難《がた》い内容を話す者まで現れ始めた。

信憑性《しんぴょうせい》のない噂《うわさ》が多すぎてどれが真実なのかもはや誰《だれ》にもわからない。だが、ロイドがいなくなってから4ヶ月間、ルビーが依頼《いらい》を一つも達成できていないのは、王都の人々なら誰しも知っている周知の事実だった。

ロイドが優秀《ゆうしゅう》かどうかはともかく、二人の相性《あいしょう》はあまり悪くなかったのかもしれないと市民達は今更《いまさら》ながら後悔《こうかい》するのであった。

ルビーは真っ先に駅舎に赴《おもむ》くと、馬車に乗って大陸行きの船がある港町の《メルポート》を指定した。

ルビーを乗せた馬車はゆっくりと速度を上げていき、華《はな》やかな中心街から次第《しだい》に離《はな》れていく。人や建物が少なくなっていき、正門を抜《ぬ》けると広大な草原が広がっていた。草原に敷《し》かれている街道《かいどう》に沿って馬車は順調に進んでいく。

神経質に窓の外を睨《にら》んでいたルビーも、息苦しい王都を離れるにつれて、持ち前の呑気《のんき》さを取り戻し、好きな歌をいい声で歌い出した。

アトリエに関しては完璧《かんぺき》に擬装《ぎそう》した。あのアトリエの惨状《さんじょう》は誰がどう見ても強盗《ごうとう》が荒《あ》らしたと推理するだろう。

そうなれば全部こっちのものだ。

陛下のご依頼も有耶無耶《うやむや》にできるし、王都を離れる理由も「強盗から自分の身を守るため」と完璧な言い訳が立つ。なにも気がかりはない筈《はず》だ。

今後の錬金術師としての活動においても、新しい専属魔導士を見つければ何の問題もない。それが成功した暁《あかつき》には、偉大《いだい》なる錬金術師としての地位と名声が舞《ま》い戻ってくるだろう。

唇《くちびる》を三日月の形に歪《ゆが》めながら醜悪《しゅうあく》な表情で笑い出した。

「今度は、他人の功績を横取りしただけの無能《クロウリー》じゃなくて、ある程度まともな専属魔導士を雇《やと》わないとね」

ロイドのような足枷《あしかせ》があってもここまで成り上がる事ができた、錬金術師としての実力に、ルビーは自信があった。

ロイドよりも優秀な魔導士は星の数より多くいる。私はその中から一人を選んであげればいいだけなのだ。

今のルビーの口癖《くちぐせ》はこれである。ルビーはロイドという魔導士の価値に何も気づいていなかったのだ。

3日後、ルビーを乗せた馬車は港町の《メルポート》に到着《とうちゃく》した。

潮風の香《かお》りが鼻をくすぐって海が近くにあることを肌《はだ》で感じさせた。

大陸との繋《つな》がりがあるメルポートも、王都に並ぶほど発展しているので町の入り口には門があり、そこでは警備兵による入門審査《しんさ》が待っている。

ルビーは苦々しく唇を歪めた。

現在は逃走中の身なのであまり自分の身元を明かしたくないが、下手に身分を偽《いつわ》るとさらに面倒《めんどう》なことになる。

これはルビーにとって苦渋《くじゅう》の選択《せんたく》となった。最終的にルビーは警備兵に対して正直に身分を明かした。

ルビーが偉大な錬金術師であるとわかると警備兵はルビーを絶えず褒《ほ》め称《たた》えた。

頭の片隅《かたすみ》にあった王都を逃《に》げ出した不安すらも綺麗《きれい》さっぱりと消え失《う》せて、ルビーは大変機嫌《きげん》を良くした。

そうだ、私はもともと偉大な人間なのだ。先代から世襲《せしゅう》しただけのメルゼリア女王に、何を畏《おそ》れる必要がある。むしろ女王が私に対して頭を下げるべきではないだろうか？　私は平民から一代で貴族になった天才錬金術師だぞ。

すっかり強気になったルビーは、宮廷《きゅうてい》でも認められた錬金術をここで実践《じっせん》してやろうと警備兵に豪語《ごうご》した。

「この素材を持ってきたまえ」

マスター級回復薬である《万能薬《エリクシル》》の材料となるレシピを書いて警備兵に渡した。

「あひゃあ⁉　要求素材に《ブラックドラゴンの翼《つばさ》》⁉　こんな難しい素材を集めてくるなんて絶対無理ですよ」

「すげー！　幻《まぼろし》の花とされる《フルールド・エインセル》まで存在するぞ！」

警備兵は驚いて腰《こし》を抜かした。

「ははは、王都ではこのような難しい素材ばかりを使って私は調合するんだよ」

女王陛下に慕《した》われている自分はすごいのだと何度も主張した。

「こういう素材ばかりを相手にしてるとね。簡単すぎる調合が久しぶりすぎて逆にできなくなっちゃうんだ。本当に困っちゃうよ」

「「あはははは」」

ルビーの贅沢《ぜいたく》な悩《なや》みに一同は大爆笑《ばくしょう》した。

「ところで、アルケミア卿《きょう》はなぜ大陸に行きたいのですか？」

ルビーが王都で活動していた事を知っている警備兵は不思議そうにそう尋《たず》ねた。

「私が専属魔導士を失った事は、すでにご存じだと思いますが、それが今回の主な理由となります。新しい専属魔導士を迎《むか》えるために、礼節を持って私自らが迎えに行こうと考えているのです」

「なるほど、それは素晴《すば》らしいお考えですね。その専属魔導士もきっとお喜びになられるでしょう」

ルビーの言葉に警備兵は深く感動の言葉を述べた。

尤《もっと》も、これは全部ルビーがその場しのぎについた大嘘《うそ》である。専属魔導士を大切に思う気持ちなど、ルビーにはこれっぽっちも存在しない。ルビーは体裁《ていさい》を取り繕《つくろ》うのだけは昔からとても上手かったのだ。

警備兵が感動する様子を見て、ルビーは内心ほくそ笑《え》んでいた。こんな嘘にも気づかないなんて、こいつらはなんて馬鹿《ばか》なのだろうとさえ考えていた。

たしかに錬金術師としては優秀かもしれないが、ロイドが評したように彼女の人間性は底辺であった。本能の赴くままに行動するゴブリンの方がまだ可愛《かわい》げがあるだろう。

最終的にルビーは、警備兵から最高の待遇《たいぐう》を受けてメルポートに足を踏《ふ》み入れた。

ルビーがその場からいなくなって数分後、一人の警備兵が呟いた。

「あれ……？」

「どうした？」

「アルケミア卿が先ほど仰《おっしゃ》っていたあの素材さ。いったい誰が集めてくるんだ？」

「誰って、そりゃあ専属魔導士だろ」

同僚《どうりょう》のトンチンカンな発言に呆《あき》れながら返事をする。

「でもよ、アルケミア卿の専属魔導士って、あの無能で有名なロイドだろ？　仮にロイドじゃなかったとしても、あのレシピに書かれている素材を、すべて集めることができるような専属魔導士なんて、この世にいるのか？」

同僚の疑問に、今度は返事をすることができなかった。

言われてみればそうだ。ルビーが指定した素材の難易度と、噂のロイドの実力がまったくかみ合わない。

特に《フルールド・エインセル》に至っては《未開領域《エリアゼロ》》にあるとされる幻の花。

王国軍を動かしても採取できるかどうかわからないほどだ。

だが、アルケミア卿はあのレシピを元に万能薬を作っている。

それはつまり、専属魔導士がすべての素材を集めてきたという事に他ならないのだ。

「きっとアルケミア卿なりのジョークなんだよ」

「そ、そうだよな。あのロイドが集められるわけないよな」

今は仕事中であったため、とりあえずそのように結論付けたが、やはり疑問は深まるばかりであった。

町の中心には噴水《ふんすい》があり、道にはゴミ一つ落ちていない。商店街は活気に満ち溢れており、旅慣れた大人が舗道《ほどう》を行き来している。

ルビーは客船が停泊《ていはく》している港へと向かった。

港で作業をしている船乗りに「次の出航はいつになるか」と尋ねたところ、信じられないような言葉が返ってきた。

「はあ？　嵐《あらし》が収まるまで船が出港できない？」

「はい、どうやら『ウンディーネ様』がお怒《いか》りのようで、海上にて大竜巻《たつまき》を発生させているのです」

船乗りが言っているウンディーネとは水の大精霊《せいれい》の事である。

ウンディーネの性格はとても穏《おだ》やかで、人間にも海の恵《めぐ》みを授《さず》ける人格者とされているが、時々、何の前触《まえぶ》れもなく憤怒《ふんど》して、海上に大竜巻を発生させることがある。

そして、この大竜巻が発生している間は船の運航は中止となる。

「突然《とつぜん》憤怒するって、それ全然温厚《おんこう》じゃないじゃん」

ルビーの言っている事は尤もであり、船乗り達も内心同じように思っているが、誰もウンディーネの怒りを買いたくないので口に出さないようにしている。

「まあそうなんですが、相手がウンディーネ様なのでこちらも何も申し上げできませんね」

「怒《おこ》っている原因はわかっているの？」

「申し訳ありません。それは私達にもわかりません」

船乗りは頭を下げて謝罪する。

「はあ!?　わからない!?　ふざけないでよ！」

ルビーは声を荒らげながら目の前の船乗りを罵《ののし》る。対照的に船乗りは慣れている様子で対応する。

「まあまあ、怒らないで下さい、赤髪《あかがみ》のお嬢《じょう》さん。これまでの傾向《けいこう》から察するに、彼女の怒りは1週間程度で静まります。1週間後に来て下されば問題なく出港できるでしょう」

1週間という言葉に絶句した。

「ウンディーネ死ね！」

ルビーは力の限りそう叫んだ。

ルビーの掲《かか》げる偉大なる第一歩は、大精霊ウンディーネの癇癪《かんしゃく》によって早くも狂《くる》い始めたのだ。

そして。

この大竜巻は、1週間どころか何週間経っても途絶《とだ》える事なく海上に残り続け、ルビーの逃走を阻止《そし》し続けた。

ルビーの苦難は始まったばかりなのだ。

あとがき

皆様《みなさま》、初めまして、こんにちは。狐御前《きつねごぜん》と申します。

この度《たび》は、『俺以外誰《おれいがいだれ》も採取《さいしゅ》できない素材《そざい》なのに「素材採取率《そざいさいしゅりつ》が低《ひく》い」とパワハラする幼馴染錬金術師《おさななじみれんきんじゅつし》と絶縁《ぜつえん》した専属魔導士《せんぞくまどうし》、辺境《へんきょう》の町《まち》でスローライフを送《おく》りたい』をお手にとっていただき誠にありがとうございます。

男性主人公というものを一度も書いた事がなかったので、比較的《ひかくてき》書き慣れている『魔法《まほう》』を題材に本作を書きました。

本作は小説投稿《とうこう》サイト『小説家になろう』にて連載《れんさい》させて頂いていたところ、奇跡《きせき》のようなお声がかかり、ドラゴンノベルス様より書籍《しょせき》化となりました。

応援《おうえん》して下さった読者様、たくさんの知識を教えて下さった担当様、大変お世話になりました。

そして、本作に最高のイラストを描《か》いて下さったNOCO《ノコ》様、本当にありがとうございました。

その他、装丁《そうてい》デザイン、印刷、製本、配送、営業、販売《はんばい》……。本作に関《かか》わって下さった全《すべ》ての方々に、改めて感謝の言葉を申し上げます。

たくさんの方に支えられて、私は本当に幸せ者です。今の私にできることは『感謝の心を忘れずに執筆《しっぴつ》を続ける』ことだけでございます。

最後に、裏話となりますが、本当はロイドをケモミミ青年にしたかったのですが、尻尾《しっぽ》の数を何本にするかで葛藤《かっとう》があったので『普通《ふつう》の人間』になりました。

ロイドの冒険《ぼうけん》は始まったばかりです。皆さま、長く愛されるシリーズになるように精一杯《せいいっぱい》頑張《がんば》りますので、これからもよろしくお願いします。

2022年10月某日《ぼうじつ》　狐御前

本書は「小説家になろう」に掲載された『俺以外誰も採取できない素材なのに「素材採取率が低い」とパワハラする幼馴染錬金術師と絶縁した専属魔導士、辺境の町でスローライフを送りたい。』を加筆修正したものです。

DRAGON NOVELS
ドラゴンノベルス

俺以外誰も採取できない素材なのに「素材採取率が低い」とパワハラする幼馴染錬金術師と絶縁した専属魔導士、辺境の町でスローライフを送りたい。1

2023年1月5日　初版発行

著　　者　狐《きつね》御《ご》前《ぜん》

発 行 者　山下直久

発　　行　株式会社 KADOKAWA
〒102-8177　東京都千代田区富士見 2-13-3
電話 0570-002-301（ナビダイヤル）

編　　集　ゲーム・企画書籍編集部

装　　丁　寺田鷹樹

D　T　P　株式会社スタジオ２０５ プラス

印 刷 所　大日本印刷株式会社

製 本 所　大日本印刷株式会社

DRAGON NOVELS ロゴデザイン　久留一郎デザイン室＋YAZIRI

ISBN978-4-04-074820-7　C0093